기찻길의 아이들

◆ ◆ ◆

교보클래식 004

기찻길의 아이들

이디스 네즈빗 지음 · 김영서 옮김

강주헌 기획 및 번역 감수

교보문고

차례

훌륭한 건축물을 아침 햇살에 비춰 보고
정오에 보고 달빛에도 비춰 보아야 하듯이
진정으로 훌륭한 책은 유년기에 읽고
청년기에 다시 읽고 노년기에 또다시 읽어야 한다.

- 로버트슨 데이비스Robertson Davies

1장
시작

그들이 처음부터 기찻길의 아이들이었던 것은 아니다. 그들은 '마스켈라인과 쿡'의 마술쇼나 팬터마임, 동물원, 마담 투소 박물관에 갈 때 말고는 기찻길에 대해 생각해본 적도 없을 것이다. 그들은 도시 외곽에 사는 평범한 아이들로 엄마, 아빠와 함께 평범한 빨간 벽돌집에서 살고 있었다. 부동산 중개업자의 말에 따르면 그 집은 '현대식 편의 시설'을 모두 갖춘 집이었다. 색유리를 낀 대문, 홀이라고 부르는 타일 깔린 통로, 찬물과 더운물이 나오는 욕실, 전자식 초인종, 정원 쪽으로 난 프랑스식 창문이 있는, 새하얀 페인트를 아낌없이 쓴 집이었다.

아이는 모두 셋이었다. 첫째는 로버타였다. 엄마들은 절대로 편애하는 법이 없다지만, 혹시라도 이 아이들의 엄마에게 편애하는 애가 있다면 아마 로버타일 것이다. 둘째는 피터로, 커서 기관사가 되고 싶어 했다. 막내는 필리스. 착하디착한 딸이었다.

아이들의 엄마는 하루 종일 한가한 부인들의 집에 한가하게 마실을 가거나, 한가하게 집에 있으면서 한가한 부인들이 한가하게 마실을 오는 것을 기다리는 사람이 아니었다. 그녀는 항상 아이들과 놀아주고 책을 읽어주며 숙제하는 것을 도와주었다. 그뿐 아니라 아이들이 학교에 가 있는 동안 이야기를 써놓았다가, 차 마시는 시간이 끝나면 큰 소리로 읽어주었다. 또 아이들의 생일이나 다른 특별한 일이 있을 때, 예컨대 새로 생긴 새끼 고양이의 이름을 짓는다든가, 인형의 집을 다시 꾸민다든가, 볼거리에 걸렸던 아이가 나을 때면 언제나 재미있는 시를 써주었다.

운 좋은 세 아이에게는 부족한 것이 없었다. 예쁜 옷, 따뜻한 난로가 있었고, 장난감이 무더기로 쌓여 있는 놀이방에는 《마더 구스》에 나오는 이야기가 그려져 있었다. 그들에게는 다정하고 쾌활한 보모와 가족처럼 여기는 개, 제임스도 있었다. 완벽 그 자체인 아빠도 있었다. 절대 화를 내지 않고, 옳지 않은 일은 결코 하지 않으며, 언제나 아이들과 함께 놀아줄 준비가 되어 있는 아빠였다. 혹시 그러지 못할 때는 언제나 훌륭한 이유가 있었다. 그 이유를 아이들에게 어찌나 흥미진진하고 재미있게 설명해주었는지, 아이들은 아빠가 정말 어쩔 수 없었다고 확신했다.

독자들은 그들이 아주 행복했을 거라고 당연히 생각할 것이다. 실제로도 그랬다. 하지만 그들은 빨간 집에서의 안락한 생활이 끝장나고 완전히 다른 삶을 살아야 했을 때에야 자신들의 삶이 얼마나 행복했는지 깨달았다.

그 끔찍한 변화는 아주 갑자기 찾아왔다.

피터의 열 번째 생일날이었다. 피터가 받은 선물 가운데 꿈에서도 그릴 수 없을 만큼 완벽한 모형 기관차가 있었다. 다른 선물들도 마음에 쏙 들고 멋지긴 했지만 그 기관차는 다른 어떤 선물보다도 훨씬 멋졌다.

기관차의 매력이 온전히 지속된 건 딱 3일 동안이었다. 피터가 서툴게 갖고 놀았기 때문이었을까, 필리스가 자기 마음과는 다르게 힘을 주어 만졌기 때문이었을까, 아니면 다른 원인 때문이었을까. 3일 후 기관차는 갑자기 큰 소리를 내며 터져버렸다. 제임스는 너무 놀라 밖으로 뛰쳐나가더니 온종일 돌아오지 않았다. 탄수차*에 집어넣었던 노아의 방주 동물 모형들도 모두 산산조각이 났다. 하지만 가장 상처받은 것은 작고 가엾은 기관차와 피터의 마음이었다. 사람들은 피터가 그 일 때문에 울었다고 말했다. 하지만 열 살짜리 소년은 울지 않는 법이다. 아무리 끔찍한 비극이 자신의 운명에 어두운 그림자를 드리운다 해도. 피터는 감기에 걸려서 눈이 빨개진 거라고 말했다. 피터의 말은 결국 사실이 되었다. 그 말을 했을 때는 진짜 이렇게 될 거라곤 생각지도 못했지만, 다음 날 피터는 온종일 침대에 누워 있어야 했다. 홍역에 걸린 걸지도 모른다고 엄마가 걱정하려던 참에 그가 벌떡 일어나 말했다.

"귀리 죽 싫어요. 보리차도 싫고 빵과 우유도 싫어요. 일어나서 진짜 음식을 먹고 싶어요."

"뭘 먹고 싶은데?" 엄마가 물었다.

---

* 증기 기관차 뒤에 연결해 석탄과 물을 싣는 차량

"비둘기 파이요." 피터가 간절하게 말했다. "커다란 비둘기 파이요. 엄청나게 큰 거."

그래서 엄마는 요리사에게 커다란 비둘기 파이를 만들어달라고 부탁했다. 요리사는 파이를 반죽해 구웠다. 피터는 파이 구운 것을 조금 먹고 나니 한결 나아졌다. 엄마는 파이가 만들어지는 동안 피터를 즐겁게 해줄 시 한 편을 지었다. 그 시는 피터가 불운하지만 얼마나 훌륭한 소년인지 이야기하는 것으로 시작해 다음과 같이 계속되었다.

그에게는 마음과 영혼을 다해 사랑했던
기관차가 있었네.
그에게 소원이 있다면
기관차가 망가지지 않는 것이었네.

친구들이여, 마음을 단단히 먹게나.
최악을 향해 가고 있으니.
어느 날 갑자기 나사 하나가 미쳐
보일러가 폭발했다네!

그는 우울한 얼굴로 기관차를 집어 들어
엄마에게 가져갔네.
엄마가 새로 하나 만들어주실 수 있을 거라
생각한 건 아니었지만.

그는 이 사고로 잃은 동물 모형들에는
전혀 신경 쓰지 않는 것 같았다네.
거기 있던 모든 것보다
기관차가 더 중요했으니.

이제 우리 피터가 아팠던 이유를
알 수 있다네.
그는 비둘기 파이로 영혼을 달래고
고통스러운 슬픔을 진정시켰네.

그는 담요로 몸을 따뜻하게 감싸고
늦게까지 잤다네.
그러고는 자신의 비참한 운명을 이겨내리라
단단히 결심했네.

그의 눈이 빨갛다면
감기 때문 아니겠는가.
그러니 그에게 파이를 줘보게.
그는 결코 거절하지 않을 걸세.

아빠는 사나흘 동안 지방에 가 있었다. 상처 입은 기관차를 고
칠 수 있는 사람은 이제 아빠밖에 없었다. 아빠는 손재주가 뛰어나
서 어떤 물건이든 고칠 수 있었다. 흔들 목마에게는 수의사나 다름

없었는데, 한번은 목마를 되살려낸 적도 있었다. 많은 사람이 시도했지만 소용이 없었고, 목수조차 손쓸 방법을 몰라 안됐지만 이제 버리라고 한 목마를 아빠가 고쳐낸 것이다. 그리고 아무도 고칠 수 없었던 인형 침대를 고친 사람도, 약간의 풀과 조금의 나무 조각과 주머니칼로 노아의 방주에 들어 있던 모든 동물을 예전처럼 단단하게 고정한 사람도 아빠였다.

피터는 엄청난 배려심을 발휘해, 아빠가 저녁 식사를 마치고 시가를 피울 때까지 자신의 기관차에 대해 한마디도 하지 않았다. 아빠를 배려하자고 제안한 사람은 엄마였지만, 실천한 사람은 피터였다. 그리고 그렇게 하는 데에는 상당한 인내심이 필요했다.

드디어 엄마가 아빠에게 이야기를 꺼냈다. "여보, 이제 어느 정도 쉬셨으면 끔찍한 기관차 사고에 관해서 말씀드리고 당신 조언을 듣고 싶어요."

"그럽시다." 아빠가 말했다. "말해봐요."

그렇게 피터는 슬픈 이야기를 전했고 한때 기관차였던 부서진 조각들을 가져왔다.

"흠." 아빠가 기관차의 부서진 조각들을 자세히 살폈다.

아이들은 숨을 죽이고 있었다.

"희망이 전혀 없나요?" 피터가 낮고 떨리는 목소리로 물었다.

"희망? 없긴! 아주 많은걸!" 아빠가 쾌활하게 말했다. "그런데 희망 말고도 필요한 게 있을 것 같구나. 놋쇠땜질이나 납땜질 약간, 그리고 새 밸브가 필요하겠는데. 내 생각엔 일단 그냥 두고 다른 날 하는 게 좋을 것 같다. 토요일 오후에 시간을 내서 고칠 테니 너희들 모두 나를 도와주렴."

"여자애들도 기관차를 고치는 걸 도울 수 있다는 말인가요?" 미심쩍은 듯 피터가 물었다.

"당연히 할 수 있지. 여자애들도 남자애들만큼 똑똑하단다. 그걸 잊으면 안 돼! 필*, 기관사가 되는 건 어떻겠니?"

"얼굴이 늘 더럽겠네요, 그렇죠?" 필리스가 시큰둥한 말투로 답했다. "게다가 전 뭔가를 망가뜨리고 말 거예요."

"너무 재미있을 것 같아요." 로버타가 말했다. "아빠, 저도 크면 기관사가 될 수 있을까요? 아니면 불 때는 사람은요?"

"화부** 말이니?" 아빠가 말했다. "다 커서도 꿈이 변하지 않는다면 우리 모두 네가 기관사나 화부가 되는 걸 보겠구나. 내가 어렸을 땐 말이지…"

바로 그때 현관문을 두드리는 소리가 들렸다.

"도대체 누구람!" 아빠가 말했다. "영국 사람에게 집은 성이라는 것도 모르나? 집 주위에 해자***를 파고 도개교****를 놓았어야 했는데." 빨간 머리 가정부 루스가 오더니 신사 두 명이 주인님을 뵙고 싶어 한다고 말했다.

"그분들을 서재로 모셨습니다." 루스가 말했다.

"목사님의 추천서에 서명하라고 왔나 보네." 엄마가 말했

---

* 필리스의 애칭
** 기관이나 난로에 불을 때거나 조절하는 일을 맡은 사람
*** 성 주위에 둘러 판 못
**** 위로 열리게 만든 다리

다. "그게 아니라면 성가대의 성탄 모금 때문일 거야. 여보, 빨리 내보내세요. 저녁 시간을 망치고 있는 데다 아이들 잘 시간이 다 됐어요."

하지만 아빠는 손님들을 빨리 내보낼 수 없는 것 같았다.

"우리 집에 해자와 도개교가 있었으면 좋겠다." 로버타가 말했다. "그럼 우리가 원하지 않을 때 사람들이 오면 도개교를 올려서 아무도 못 들어오게 할 수 있을 텐데. 저분들이 더 오래 있으면 아빠가 어린 시절에 대해 이야기하시려던 걸 잊어버리시고 말 거야."

엄마는 초록 눈의 공주에 관한 새로운 동화를 아이들에게 들려주며 시간을 보내려 했지만 쉽지 않았다. 서재에서 아빠와 손님들의 목소리가 들려왔기 때문이다. 아빠의 목소리는 서명이나 성탄 모금 때문에 사람들이 방문했을 때와는 달랐고 언성도 더 높았다.

그때 서재의 종이 울렸고 모두 안도의 한숨을 내쉬었다.

"이제 가시나 보다." 필리스가 말했다. "밖으로 안내하라고 종을 울리신 거야."

하지만 루스는 누구를 배웅하는 대신 안으로 들어왔다. 아이들은 루스가 좀 이상해 보인다고 생각했다.

"저, 마님." 루스가 말했다. "주인님께서 서재로 잠깐 오시랍니다. 꼭 다 죽은 사람처럼 보이셨어요, 마님. 안 좋은 소식이 있는 것 같아요. 최악의 경우를 대비하셔야 할 듯해요. 음, 아마 가족 중에 누군가 돌아가셨거나 은행이 파산했거나 아니면…."

"그 정도면 됐어요, 루스." 엄마가 부드럽게 말했다. "가봐도 좋아요."

16

그러고 나서 엄마는 서재로 들어갔고 이야기가 더 오갔다. 마침 내 종이 다시 울렸고 루스가 마차를 불러왔다. 아이들은 서재에서 나와 계단을 내려가는 발소리를 들었다. 마차가 떠나고 현관문이 닫혔다. 그리고 엄마가 들어왔다. 엄마의 얼굴은 옷깃의 레이스처럼 하얬고 휘둥그레진 두 눈은 번득였다. 얇은 입술은 마치 희미한 빨간 선 같았다. 평소의 모양과는 완전히 달랐다.

"잘 시간이다." 엄마가 말했다. "루스가 잠자리를 봐줄 거야."

"하지만 오늘 밤은 아빠가 돌아오시니까 늦게까지 깨어 있어도 된다고 약속하셨잖아요." 필리스가 말했다.

"아빠는 연락을 받고 다시 나가셨단다. 일 때문에." 엄마가 말했다. "자, 얘들아. 어서 가렴."

아이들은 엄마와 입을 맞추고 자러 갔다. 로버타는 남아 있다가 엄마를 한 번 더 안으며 속삭였다.

"엄마, 나쁜 소식은 아닌 거죠, 그렇죠? 누군가 돌아가셨다거나…."

"아니야, 아무도 돌아가시지 않았어." 엄마는 이렇게 말하면서 로버타를 거의 밀쳐내다시피 했다. "얘야, 오늘 밤엔 아무 이야기도 해줄 수 없단다. 우리 강아지, 이제 가서 자렴."

로버타는 방으로 갔다.

루스는 여자애들 방에서 로버타와 필리스의 머리를 빗겨주고 잠옷으로 갈아입는 것을 도와주었다. (이 일은 거의 항상 엄마가 직접 하던 일이었다.) 가스등을 끄고 방에서 나오던 루스는 피터가 옷을 아직 그대로 입은 채 계단에서 기다리고 있는 것을 보았다.

"루스, 대체 무슨 일이에요?" 그가 물었다.

"아무것도 묻지 마세요. 거짓말을 할 순 없으니." 빨간 머리 루스가 답했다. "머지않아 알게 될 거예요."

그날 밤늦게 엄마가 올라와 잠든 세 아이 모두에게 입을 맞췄다. 유일하게 로버타가 엄마의 입맞춤에 잠에서 깼지만 쥐죽은 듯 말없이 누워 있었다.

'엄마는 우는 모습을 들키고 싶지 않으실 거야.' 로버타가 어둠 속에서 엄마의 숨소리를 들으며 생각했다. '모른 척하자. 그게 좋겠어.'

다음 날 아침, 아이들이 아침을 먹으러 내려왔을 때 엄마는 이미 나가고 없었다.

"런던에 가셨어요." 루스가 이렇게 말하고는 아이들이 아침 식사를 하게 두고 나갔다.

"뭔가 끔찍한 일이 생긴 거야." 피터가 달걀을 깨며 말했다. "어젯밤에 루스가 그러는데 우리도 머지않아 알게 될 거래."

"네가 물어본 거야?" 로버타가 비난하듯 물었다.

"그래, 내가 물어봤어!" 피터가 화를 내며 대답했다. "누나는 엄마가 걱정을 하든 말든 상관없이 잘 수 있었겠지만 난 그럴 수 없었거든. 그래서 그랬다!"

"엄마가 우리에게 말하지 않는 걸 하인들에게 물어봐서는 안 될 것 같아."

"그래요, 착한 척하는 아가씨." 피터가 말했다. "설교는 딴 데 가서 하세요."

"나는 착한 사람이 아니지만," 필리스가 말했다. "그래도 이번엔 바비* 언니가 맞는 것 같아."

"왜 아니겠어. 누나는 항상 옳지. 자기 머릿속에서는." 피터가 말했다.

"아, 그만!" 달걀 떠먹는 숟가락을 내려놓으며 로버타가 소리쳤다. "서로 괴롭히지 말자. 끔찍한 불행이 닥쳐오는 게 분명해. 더 나쁘게 만들지는 말자고!"

"누가 시작했더라?" 피터가 말했다.

로버타는 애써 되짚어보더니 답했다.

"내가 그런 것 같네. 그런데….”

"그럼 됐어." 피터가 의기양양해하며 말했다. 그래도 그는 학교 가기 전에 누나의 어깨를 툭 치며 기운 내라고 말해주었다.

아이들이 점심시간인 1시에 맞춰 집에 왔으나 엄마는 없었다. 그리고 엄마는 차 마시는 시간에도 없었다.

엄마는 거의 7시가 다 돼서야 돌아왔다. 너무 아프고 지쳐 보여서 아이들은 엄마에게 아무것도 물어보면 안 되겠다고 생각했다. 엄마는 안락의자에 털썩 주저앉았다. 필리스는 엄마의 모자에서 긴 핀을 뽑았고, 로버타는 엄마의 장갑을 벗겼으며, 피터는 엄마의 신발끈을 풀고 부드러운 벨벳 실내화를 갖고 왔다.

로버타가 차를 마시는 엄마의 아프고 가엾은 머리에 향수를 뿌

* 로버타의 애칭

렸을 때 엄마가 말했다.

"자, 얘들아, 너희에게 할 말이 있단다. 어젯밤에 오셨던 남자분들은 실제로 아주 나쁜 소식을 갖고 오셨어. 그래서 아빠는 당분간 집에 안 계실 거야. 나는 매우 걱정된단다. 그러니 내가 더 힘들지 않도록 너희가 나를 도와주었으면 좋겠구나."

"절대로 힘들게 하지 않을게요!" 로버타가 이렇게 말하며 엄마의 손을 자기 얼굴에 갖다 댔다.

"내게 큰 도움이 되는 건," 엄마가 말했다. "너희가 착하고 기쁘게 살고, 내가 없을 때 싸우지 않는 거야." 로버타와 피터는 죄책감을 느끼며 서로를 흘낏 보았다. "엄마는 앞으로 집을 자주 비우게 될 거야."

"싸우지 않을게요. 정말로 안 그럴게요." 모두 입을 모아 말했다. 그리고 그 말은 진심이었다.

"그리고," 엄마가 말을 이었다. "이 일에 대해서 엄마한테 아무것도 묻지 않았으면 좋겠구나. 다른 누구한테도 묻지 말거라."

피터는 움찔하며 부츠 신은 발을 카펫에 이리저리 비벼댔다.

"이것도 약속해줄 거지, 응?" 엄마가 말했다.

"사실은 저 루스에게 물어봤어요." 피터가 불쑥 말했다. "정말 죄송해요. 그런데 이미 물어봤어요."

"그랬더니 루스가 뭐라고 말하든?"

"곧 알게 될 거라고요."

"너희들은 이 일에 대해서 몰라도 된단다." 엄마가 말했다. "아빠 일과 관련된 건데 너희들이 이해할 수 있을 리 없잖니, 그렇지?"

"네." 로버타가 말했다. "정부에 관련된 일인가요?" 아빠는 정부 기관에서 일하고 있었다.

"그래." 엄마가 답했다. "얘들아, 이제 잘 시간이네. 너희는 걱정 하지 말아라. 결국에는 다 잘될 거야."

"그렇다면 엄마도 걱정하지 마세요." 필리스가 말했다. "저희도 더할 나위 없이 착한 애들이 될게요."

엄마는 한숨을 쉬고는 아이들에게 입을 맞췄다.

"내일 아침 일찍부터 착하게 구는 거야." 계단을 오르며 피터가 말했다.

"지금은 왜 안 되는데?" 로버타가 말했다.

"바보. 지금은 착하게 굴 일이 없잖아." 피터가 말했다.

"착한 마음을 갖는 것으로 시작하면 어때?" 필리스가 말했다. "욕도 그만 좀 하고."

"누가 욕을 하는데?" 피터가 말했다. "바비 누나는 내가 '바보' 라고 하는 거나 '바비 누나'라고 하는 거나 똑같다는 것쯤은 안다 고."

"뭐라고?" 로버타가 말했다.

"아니, 누나가 생각하는 그런 뜻이 아니고. 그러니까 이건 말이 지, 아빠가 뭐라고 불렀더라…. 아칭, 아니 애칭이라는 거야! 잘 자."

여자아이들은 평소보다 깔끔하게 옷을 갰다. 그들이 생각해낼 수 있는 유일한 착한 행동이었다.

"있잖아," 필리스가 점퍼스커트에 생긴 주름을 펴며 말했다. "언니는 일상이 너무 따분하다고 말하곤 했잖아. 책에서 일어나는 일 같은 건 전혀 일어나지 않는다고. 이제 뭔가가 실제로 일어나버렸어."

"엄마를 슬프게 하는 일이 일어나기를 원한 건 아니었는데." 로버타가 말했다. "모든 게 너무 끔찍해."

모든 것이 너무 끔찍한 상태가 몇 주 동안 이어졌다.

엄마는 거의 언제나 나가 있었다. 식사는 지루했고 지저분했다. 허드렛일을 하던 하인을 내보냈고 엠마 아주머니가 방문했다. 엠마 아주머니는 엄마보다 나이가 훨씬 많았다. 가정교사로 외국에 나가기로 예정되어 있던 엠마 아주머니는 입을 옷을 미리 장만하느라 매우 바빴다. 아주 아주 흉하고 우중충한 옷가지들이 여기저기 내팽개쳐져 있었고, 재봉틀은 밤낮을 가리지 않고 윙윙거리며 돌아가는 것 같았다. 엠마 아주머니는 아이들이 다들 있어야 할 자리에 있어야 한다고 믿었다. 그리고 아이들은 그 이상으로 보답했다. 아이들이 생각하기에 아주머니가 원하는 자기 자리는 그들이 없는 곳이었다. 그래서 아이들은 아주머니를 거의 보지 못했다. 아이들은 하인들과 노는 걸 더 좋아했다. 그들이 훨씬 재밌으니까. 요리사는 기분이 좋으면 웃긴 노래를 불러주었고, 가정부는 화가 안 났을 때면 알 낳는 암탉 흉내나 샴페인 병 따는 소리를 내주었으며, 싸움 붙은 고양이 두 마리의 울음소리를 흉내 내기도 했다. 하인들은 두 신사가 가져온 나쁜 소식이 무엇인지 아이들에게 절대 이야기하지 않았다. 하지만 하려고만 한다면 아주 많은 얘기를 해줄 수 있음을 넌지시 비쳤다. 아이들은 그것이 불편했다.

하루는 피터가 장난삼아 욕실 문을 열면 물건이 떨어지게 덫을

설치해놓았는데, 루스가 문을 통과할 때 기막히게 작동했다. 그러자 그 빨간 머리 가정부는 피터를 붙잡아서 뺨을 때렸다.

"너 커서 뭐가 되려고 그러냐." 루스는 미친 듯이 화를 내며 말했다. "이 녀석, 이 나쁜 꼬마 같으니라고! 너 그런 행동 안 고치면 네가 그렇게 좋아하는 아빠가 있는 곳으로 가게 될 거야. 내 그것만은 똑똑히 말해주지!"

로버타는 이 일을 엄마에게 그대로 일렀고, 엄마는 다음 날 루스를 내보냈다.

엄마가 나갔다 들어와서는 이틀 동안 일어나지도 못할 정도로 아파서 의사가 온 날이었다. 아이들은 가엾게도 소리가 안 나도록 집 안을 살금살금 기어 다니다시피 했고, 세상이 끝나는 것은 아닌가 생각했다.

어느 날 아침, 엄마가 아침 식사 때 내려왔다. 핏기 하나 없이 창백한 엄마의 얼굴에는 없던 주름살까지 생겨 있었다. 엄마는 애써 웃으며 말했다.

"자, 우리 강아지들. 모든 게 결정됐단다. 우린 이 집을 떠나 시골에 가서 살게 될 거야. 아주 귀엽고 아담한 하얀색 집이란다. 분명히 너희 마음에도 들 거야."

그 후로 일주일 동안은 짐을 싸느라 정신이 하나도 없었다. 바닷가에 놀러 갈 때처럼 옷만 싸는 게 아니었다. 의자와 탁자에는 큰 자루를 씌우고 다리를 짚으로 싸맸다.

바닷가에 가져가지 않는 온갖 종류의 물건들도 싸야 했다. 그릇, 담요, 촛대, 카펫, 침대, 냄비, 그리고 난로망과 부지깽이까지.

집이 마치 가구 창고 같았다. 아이들은 이것을 꽤 즐기는 듯했다. 엄마는 굉장히 바빴지만 이제는 아이들에게 말도 하고 책도 읽어줄 여유가 있었다. 필리스가 드라이버를 손에 쥔 채 넘어지는 바람에 손을 다치자 기운 내라고 짧은 시를 지어주기도 했다.

"엄마, 저건 안 가지고 가나요?" 로버타가 붉은 거북이 등껍질과 황동으로 무늬를 새긴 아름다운 장식장을 가리키며 물었다.

"다 가져갈 수는 없단다." 엄마가 말했다.

"안 예쁜 건 죄다 가져가는 것 같은데." 로버타가 말했다.

"쓸모 있는 것들을 가지고 가는 거야." 엄마가 말했다. "아가, 당분간 우리는 가난하게 사는 놀이를 해야 한단다."

예쁘지는 않지만 쓸모 있는 물건들로 짐을 꾸렸고, 녹색 모직 천으로 된 앞치마를 입은 사내들이 그것을 화물차에 실어 가져갔다. 두 여자아이와 엄마, 그리고 엠마 아주머니는 예쁜 가구들만으로 꾸며진 두 개의 손님 방에서 잤다. 침대는 실어가고 없었다. 피터의 잠자리는 응접실 소파에 마련되었다.

"이거 정말 신나는데요." 엄마가 이불을 덮어줄 때 몸을 신나게 꿈틀거리며 피터가 말했다. "저는 이사가 좋아요! 한 달에 한 번씩 이사했으면 좋겠어요."

엄마가 웃었다.

"나는 아니란다!" 엄마가 말했다. "잘 자라, 꼬마 피터야."

엄마가 몸을 돌렸을 때 로버타가 엄마의 얼굴을 봤다. 엄마는 결코 잊을 수 없는 표정을 짓고 있었다.

'아, 엄마.' 로버타는 잠자리에 들며 속으로 생각했다. '용감한 우

리 엄마! 사랑하는 우리 엄마! 그런 마음이 들 때도 웃을 만큼 용감하시다니!'

다음 날, 남은 잡동사니를 이삿짐 상자에 채워 넣었다. 그렇게 채워진 상자가 한둘이 아니었다. 그리고 늦은 오후, 마차가 오더니 그들을 역으로 데리고 갔다.

엠마 아주머니가 그들을 배웅했다. 아이들은 오히려 자신들이 아주머니를 배웅하는 것처럼 느꼈고 그래서 기뻤다.

"그런데 아주머니가 돌보게 될 외국 아이들이 너무 안됐다!" 필리스가 속삭였다. "나는 절대 그 애들이 되고 싶지 않아!"

처음에는 창밖을 보는 게 신났다. 하지만 해 질 녘이 되자 졸음이 점점 몰려왔다. 엄마가 부드럽게 흔드는 바람에 깼을 때는 얼마나 오랫동안 기차를 탄 건지 아무도 알 수가 없었다. 엄마가 말했다.

"얘들아, 일어나렴. 다 왔단다."

잠에서 깬 아이들은 추웠고 울적한 기분이 되었다. 기차에서 짐을 내리는 동안 그들은 찬 바람 부는 플랫폼에 떨며 서 있었다. 얼마 후 엔진이 연기를 내뿜고 큰 소리를 내며 다시 움직이기 시작하더니 기차를 끌고 가버렸다. 아이들은 차장 칸에 달린 꼬리등이 어둠 속으로 사라지는 모습을 지켜보았다.

앞으로 아이들에게 둘도 없이 소중해질 이 기찻길에서 본 첫 기차였다. 이 기찻길을 얼마나 좋아하게 될지, 기찻길이 얼마나 빨리 새 삶의 중심이 될지, 얼마나 많은 놀라운 일과 변화를 가져다줄지 아이들은 그때 짐작도 하지 못했다. 그들은 추위와 재채기에 시달리며 새집으로 가는 길이 멀지 않기만을 바랐다. 피터는 그렇게 코가

시렸던 기억이 없었다. 로버타의 모자는 찌그러졌고 고무줄은 평소보다 더 조이는 것 같았다. 필리스의 구두끈은 이미 풀어져 있었다.

"얘들아." 엄마가 말했다. "우리는 좀 걸어야 해. 여기는 마차가 없거든."

가는 길은 어둡고 질척질척했다. 길이 고르지 않아 아이들은 발이 걸려 비틀댔고, 무심코 걷던 필리스는 진흙탕에서 넘어지고 말았다. 필리스는 도움을 받아 일어났지만 이미 옷도 젖고 마음도 상해버렸다. 길은 가스등도 없는 오르막이었다. 수레는 걸음 속도에 맞춰 움직였고, 그들은 진흙 길을 구르는 바퀴 소리를 따라갔다. 눈이 어둠에 익숙해지자 바로 앞에서 상자 더미가 흔들리는 모습이 희미하게나마 눈에 들어왔다.

길쭉한 대문을 열고 수레가 지나갔다. 그다음에는 들판을 가로지르는 듯한 길이 나왔다. 그때부터는 내리막길이었다. 곧 크고 컴컴한 덩어리가 오른쪽에 나타났다.

"저게 우리 집이다." 엄마가 말했다. "왜 덧문을 닫아놨는지 모르겠네."

"누가요?"

"집 청소를 맡긴 사람. 가구도 들여놓고 저녁을 준비해달라고도 부탁했단다."

낮은 담이 눈에 띄었고 그 안쪽으로 나무가 보였다.

"저건 정원이란다." 엄마가 말했다.

"검은 양배추가 가득 담긴 기름받이처럼 생겼네요." 피터가 말했다.

수레는 정원 담을 따라 집 뒤쪽으로 돌아가서 자갈이 깔린 마당을 덜그럭거리며 지나 뒷문에서 멈췄다.

창문에는 불빛이 하나도 보이지 않았다.

다 같이 문을 두드렸지만 나오는 사람은 없었다.

수레를 끈 사내가 바이니 부인은 집에 갔을 거라고 말했다.

"당신들이 타고 온 기차가 그 정도로 늦게 도착했다니까요." 그가 말했다.

"하지만 그 사람이 열쇠를 가지고 있는데." 엄마가 말했다. "어떻게 하면 좋죠?"

"아, 문간 밑에 두었을 거요." 그가 말했다. "여기 사람들은 그렇게 하거든." 그는 수레에서 매달아두었던 등을 가져와서 몸을 숙여 불을 비췄다.

"아, 여기 있네. 내 말이 맞죠?" 그가 말했다.

사내는 문을 열고 들어가 등을 탁자 위에 놓았다.

"양초 있어요?" 그가 말했다.

"뭐가 어디에 있는지 잘 몰라서." 엄마가 평소보다 기운 없는 목소리로 말했다.

사내가 성냥을 그었다. 그러고는 탁자 위에 보이는 양초에 불을 붙였다. 양초의 조그맣고 희미한 불빛 속에서 아이들은 돌바닥이 깔린 텅 빈 부엌을 볼 수 있었다. 커튼도 없었고 난로 앞에 깔개도 없었다. 집에서 가져온 식탁이 부엌 한가운데에 덩그러니 놓여 있었다. 한쪽 구석에는 의자들이 있었고, 다른 쪽 구석에는 솥이며 냄비, 빗자루, 그릇 등이 있었다. 불도 피워져 있지 않았고, 벽난로 안의 시커먼 장작 받침에는 불기 없이 다 식은 재만 보였다.

수레꾼이 이삿짐 상자들을 옮겨놓고 돌아서는데 벽 속에서 바스락거리며 우다다 뛰는 소리가 나는 것 같았다.

"어, 뭐야?" 여자애들이 외쳤다.

"그냥 쥐야." 수레꾼이 말했다. 그가 나가면서 문을 닫자, 갑자기 인 바람에 촛불이 꺼졌다.

"맙소사." 필리스가 말했다. "여기 괜히 왔어!" 그러더니 의자 하나를 넘어뜨렸다.

"그냥 쥐라니까!" 피터가 어둠 속에서 말했다.

2장
피터의 탄광

"재밌네!" 엄마가 어둠 속에서 탁자 위에 있는 성냥을 찾느라 더 듬거리며 말했다. "그놈들이 얼마나 놀랐을까. 난 쥐라고는 생각하지 않아. 쥐가 아니었을 거야."

엄마는 성냥을 그어 초를 다시 켰고, 깜박거리는 불빛 속에서 모두 서로를 쳐다보았다.

"자," 엄마가 말했다. "무슨 일이 일어났으면 좋겠다고 너희들이 종종 말했잖니. 이제 정말 그렇게 된 거야. 이건 제법 괜찮은 모험이야, 그렇지 않니? 바이니 부인에게 빵과 버터, 고기나 다른 먹을 것들을 좀 갖다 달라고 했단다. 저녁을 먹을 수 있게. 아마 식당에 차려놨을 거야. 그러니까 가보자."

식당은 부엌과 붙어 있었다. 촛불을 들고 들어가니 식당은 부엌보다 훨씬 어두워 보였다. 부엌은 온통 하얗게 칠해져 있었지만 식당은 바닥부터 천장까지 짙은 색 나무로 돼 있는 데다 굵은 검은색 들보가 천장을 가로지르고 있었기 때문이다. 그곳은 먼지투성이의 가구들이 뒤죽박죽 놓인 미로 같았다. 그들이 태어나서 죽 살던 예전 집에서 가져온 거실 가구들이었다. 예전 집에서 살았던 게 아주 오래전, 아주 먼 곳에서 있었던 일처럼 느껴졌다.

분명 거기에는 식탁이 있었고 의자도 있었지만 저녁은 없었다.

"다른 방들을 살펴보자." 엄마가 말했다. 아이들은 모든 방을 샅샅이 살펴봤다. 방마다 상황은 똑같았다. 반쯤 배치하다 만 가구, 부지깽이와 도기 그릇이 있었고, 바닥에는 온갖 종류의 알 수 없는 물건들이 널브러져 있었지만 먹을 것은 없었다. 식료품 저장실 안에도 녹슨 케이크 틀과 깨진 접시만 있었다.

"형편없는 사람 같으니!" 엄마가 말했다. "돈만 챙기고 먹을 건 아무것도 안 갖다놨네."

"그럼 저녁은 못 먹는 거예요?" 필리스가 물었다. 실망에 빠져 뒷걸음질 치던 필리스가 비누 그릇을 밟았고 그릇이 깨져버렸다. "먹을 수 있어." 엄마가 말했다. "다만 그러려면 지하 저장고에 넣어둔 커다란 상자 중 하나를 풀어야 해. 필, 걸을 때 발을 조심해라, 착하지? 피터, 불을 들어라."

지하 저장고로 들어가는 문은 부엌에 있었다. 문을 열자 아래로 내려가는 나무 계단이 다섯 개 보였다. 아이들이 아는 평범한 지하 저장고와는 달리, 이 저장고의 천장은 부엌만큼 높았다. 천장에는 베이컨 말리는 선반이 매달려 있었다. 저장고 안에는 장작과 석탄이 있었고 커다란 이삿짐 상자들도 있었다.

피터가 촛불을 들고 로버타와 필리스와 함께 한쪽에 서 있는 동안 엄마는 커다란 이삿짐 상자를 열려고 씨름했다. 상자에는 못이 단단히 박혀 있었다.

"망치가 어디 있죠?" 피터가 물었다.

"바로 그게 문제란다." 엄마가 말했다. "아무래도 상자 속에 들어 있는 것 같구나. 하지만 석탄 삽이 있으니까. 그리고 부엌에서 쓰는 부젓가락도 있고."

엄마는 그런 것들로 이삿짐 상자를 열려고 했다.

"제가 해볼게요." 피터가 말했다. 자기가 더 잘할 수 있을 것 같다는 생각에서였다. 누군가 불을 지피거나 상자를 열거나 실 매듭을 푸는 것을 볼 때면 모두 그렇게 생각하는 법이다.

"엄마, 그러다 손 다치시겠어요." 로버타가 말했다. "제가 할게요."

"아빠가 여기 계시면 좋을 텐데." 필리스가 말했다. "아빠라면 두 번만 젖히고도 열었을 거야. 바비 언니, 발은 왜 차?"

"안 그랬어." 로버타가 말했다.

바로 그때 이삿짐 상자에 박혀 있던 긴 못 하나가 끼익 소리를 내며 뽑히기 시작했다. 그다음 널빤지 하나가 들어 올려졌고 그다음 또 하나가, 마침내 네 개 모두 들어 올려졌다. 널빤지에 박힌 기다란 못이 촛불에 맹렬히 반짝이는 모습이 마치 강철 이빨 같았다.

"만세!" 엄마가 외쳤다. "여기 양초가 좀 있구나. 처음으로 찾은 거네! 우리 딸들, 이걸 가지고 가서 불을 붙이렴. 찻잔 받침 같은 걸 찾을 수 있을 거야. 거기에 촛농 몇 방울을 떨어뜨리고 초를 세우면 돼."

"몇 개나 붙일까요?"

"너희가 원하는 만큼." 엄마가 유쾌하게 말했다. "중요한 것은 마음을 즐겁게 하는 거니까. 올빼미나 겨울쥐 말고는 누가 어둠을 좋아하겠니?"

로버타와 필리스가 양초에 불을 붙였다. 첫 번째 성냥의 머리 부분이 날아가 필리스의 손에 붙었다. 로버타는 손에 튄 불똥 때문에 난 상처쯤은 작은 화상일 뿐이라며, 몸 전체가 타는 화형에 처해지곤 했던 로마 시대 순교자로 태어나지 않은 게 다행이라고 말했다.

이제 촛불 열네 개가 식당을 환히 밝혔고, 로버타가 석탄과 장작을 가져와 불을 지폈다.

"5월치고는 너무 춥네요." 로버타가 말했다. 로버타는 자신이 제법 어른스러운 말을 한다고 생각했다.

난롯불과 촛불 덕분에 식당은 조금 전과 매우 달라 보였다. 어둡게만 보였던 벽이 실제로는 나무였다는 것을 그제야 알 수 있었다. 벽에는 작은 화환과 고리 모양이 여기저기 조각되어 있었다.

로버타와 필리스는 급히 식당을 '정리'했다. 의자는 벽 쪽으로 밀어놓았다. 모든 잡동사니는 한구석에 쌓은 다음, 아빠가 저녁 식사 후에 앉던 커다란 가죽 안락의자로 대충 가려놓았다.

"브라보!" 엄마가 쟁반에 무언가를 한가득 들고 오며 외쳤다. "그럴듯한데! 그럼 식탁보를 가지고 와서…"

식탁보는 삽이 아니라 열쇠로 여는 자물쇠로 제대로 잠긴 상자 안에 있었다. 그리고 식탁보가 식탁에 깔리자 그 위에 진짜 성찬이 펼쳐졌다.

모두 너무너무 피곤했지만 재미있고 즐거운 저녁상을 보고는 기운이 났다. 거기에는 마리 비스킷*과 보통 비스킷, 정어리, 생강 절임, 요리용 건포도, 그리고 설탕에 조린 과일 껍질과 마멀레이드가 있었다.

"엠마 아주머니가 창고 찬장에서 잡동사니까지 모두 싸주셔서 다행이구나." 엄마가 말했다. "필, 마멀레이드 숟가락을 정어리 사이에 놓지 말아라."

"네, 안 그럴게요, 엄마." 필리스는 이렇게 말하고 마리 비스킷 사이에 숟가락을 내려놓았다.

"엠마 아주머니를 위해 건배해요." 로버타가 불쑥 제안했다. "이런 것들을 안 싸주셨다면 우린 어쩔 뻔했어요? 엠마 아주머니를 위하여!"

유리컵을 찾을 수 없었기 때문에 그들은 버들 무늬 찻잔에 생강 주와 물을 채워 건배했다.

그들 모두 엠마 아주머니에게 좀 심하게 굴었다는 생각이 들었다. 엄마처럼 다정하고 사랑스러운 사람은 아니었지만 자질구레한 먹을거리를 싸줄 생각을 한 사람이니까.

침대보를 모두 바람에 말려놓은 사람도 엠마 아주머니였다. 가구를 옮겼던 사람들이 침대를 조립해놓아서 잠자리는 금방 만들어졌다.

"잘 자라, 우리 병아리들." 엄마가 말했다. "엄마는 쥐가 없을 거

---

* 바닐라 맛이 나는 둥근 모양의 비스킷

라고 확신해. 그래도 방문을 열어둘 테니 쥐가 나오면 소리만 지르면 돼. 그럼 엄마가 와서 쥐를 혼내줄게."

그런 다음 엄마는 엄마 방으로 갔다. 로버타는 작은 여행용 시계가 2시를 알리는 소리에 잠에서 깼다. 그 소리가 아주 멀리에서 울리는 교회 종소리 같다고 로버타는 늘 생각했다. 그때 엄마가 방 안에서 이리저리 움직이는 소리가 들렸다.

다음 날 아침 로버타는 필리스의 머리를 당겨 그녀를 깨웠다. 살살 당겼지만 잠에서 깰 만큼은 아팠다.

"왜애그래애?" 아직 잠에 푹 빠져 있는 필리스가 물었다.

"일어나! 일어나!" 로버타가 말했다. "우린 새집에 있어. 기억 안나? 하인도 없고 아무것도 없어. 일어나서 쓸모 있는 사람이 되자. 쥐처럼 조용히 내려가서 엄마가 일어나시기 전에 모든 것을 아름답게 정리해놓는 거야. 피터도 깨웠어. 우리가 옷을 다 입을 때쯤 피터도 준비가 될 거야."

아이들은 조용히 그리고 빠르게 옷을 갈아입었다. 방에 물이 없어서 마당으로 내려갔다. 아이들은 마당에 있는 펌프 주둥이 밑에서 꼭 필요하다 싶을 만큼만 씻었다. 한 사람이 펌프질을 하면 다른 사람은 씻었다. 물이 튀겼지만 재미있었다.

"세숫대야에서 씻는 것보다 훨씬 재밌는걸." 로버타가 말했다. "돌 틈에 난 잡초랑 지붕 위의 이끼가 반짝반짝해. 와, 꽃도!"

뒤쪽 부엌의 지붕은 꽤 경사져 있었다. 짚으로 엮은 지붕에는 이끼가 끼어 있었고 돌나물, 꿩의비름, 꽃무가 보였으며 저쪽 구석에는 붓꽃까지 피어 있었다.

"에지컴 빌라보다 훨씬 훨씬 훨씬 예쁘다." 필리스가 말했다. "정원은 어떨지 궁금해."

"벌써 정원까지 생각하면 안 돼." 로버타가 진지하게 말했다. "들어가서 일을 시작하자."

아이들은 불을 피우고 주전자를 올려놓은 뒤 아침 식사에 쓸 그릇을 갖다 놓았다. 필요한 것을 모두 찾을 수는 없었지만 유리 재떨이는 훌륭한 소금 그릇이 되었고, 새것처럼 보이는 빵틀에는 빵을 올려놓아도 될 것 같았다. 빵은 없었지만.

자신들이 할 수 있는 일은 다 한 것 같다고 생각한 아이들은 다시 밖으로 나가 상쾌하고 밝은 아침을 맞았다.

"이제 정원에 가는 거야." 피터가 말했다. 그런데 어찌 된 일인지 아이들은 정원을 찾을 수가 없었다. 아이들은 집 주위를 뱅뱅 돌았다. 집 뒤쪽은 마당이었고 마당 건너편에는 마구간과 별채가 있었다. 집을 둘러싼 다른 세 면은 그냥 들판이었다. 짧고 부드러운 풀밭과 집을 구분해줄 정원의 모습은 전혀 보이지 않았다. 하지만 그들은 전날 밤에 정원 담장을 확실히 보았다.

그곳은 언덕이 많은 지역이었다. 언덕 아래쪽으로 기찻길과 하품하듯 입을 벌린 컴컴한 터널이 보였다. 기차역은 보이지 않았다. 높은 아치가 있는 웅장한 다리가 계곡 사이를 가로지르고 있었다.

"정원은 잊어버리고," 피터가 말했다. "내려가서 기찻길을 구경하자. 기차가 지나갈지도 몰라."

"여기에서도 볼 수 있잖아." 로버타가 천천히 말했다. "잠깐 앉아 있자."

그래서 아이들은 모두 풀밭 위로 솟은 거대하고 편평한 회색 바위에 앉았다. 언덕에는 그런 바위가 여기저기 수없이 많았다. 엄마가 8시에 그들을 찾으러 나왔을 때, 아이들은 따뜻한 햇볕 속에서 한데 붙어 기분 좋게 잠에 빠져 있었다.

아이들이 성공적으로 불을 지피고 그 위에 주전자를 올려놓았던 건 아침 5시 반이었다. 8시가 되었을 때는 이미 불이 꺼진 지 오래였고 물은 모두 졸아 없어진 상태였으며, 주전자는 바닥이 타서 새까맸다. 게다가 아이들은 상을 차리기 전에 그릇을 씻어야 한다고는 생각지도 못했다.

"상관없단다. 찻잔과 찻잔 받침 같은 건." 엄마가 말했다. "내가 방을 하나 더 발견했거든. 그게 있다는 걸 깜빡했지 뭐니. 마법처럼 다시 생각났어! 참, 차 마실 물은 엄마가 냄비에다 끓여놨단다."

엄마가 깜빡했던 방은 부엌에 붙어 있었다. 어젯밤에는 불안하고 어두워서 그 방으로 통하는 문을 찬장 문으로 잘못 봤던 것이다. 깜빡했던 그 방은 정사각형 모양의 작은 방이었고, 예쁘게 차려진 식탁 위에는 차가운 로스트비프 한 덩이와 빵과 버터, 치즈, 파이가 있었다.

"아침으로 파이라니!" 피터가 외쳤다. "완벽하게 멋져!"

"비둘기 파이는 아니란다." 엄마가 말했다. "그냥 사과 파이야. 어, 이게 우리가 어제 먹었어야 한 저녁이란다. 그리고 바이니 부인이 남긴 쪽지도 있었어. 사위가 팔이 부러져서 집에 일찍 가야 했대. 오늘 아침 10시에 오겠다는구나."

근사한 아침 식사였다. 차가운 사과 파이로 하루를 시작하는 것은 흔치 않은 일이지만 아이들은 너도나도 고기보다 파이를 먹겠다고 했다.

"우리한텐 아침 식사가 아니라 저녁 식사 같아요." 피터가 더 달라고 접시를 내밀며 말했다. "너무 일찍 일어나서요."

엄마를 도와 이삿짐을 풀고 정리하면서 하루가 지나갔다. 여섯 개의 작은 다리는 몹시 아팠다. 다리 주인들이 옷과 그릇, 온갖 살림들을 제자리에 갖다 놓으러 이리저리 뛰어다녔기 때문이다. 오후 늦게야 엄마가 드디어 말했다.

"됐다! 오늘은 이만하면 되겠어. 엄마는 한 시간 정도 누워 있을게. 그래야 저녁 식사 때까지 종달새처럼 쌩쌩해지지."

아이들은 서로를 쳐다보았다. 세 얼굴에 나타난 표정에는 같은 생각이 드러나 있었다. 그 생각이란 두 가지였는데 마치 《어린이를 위한 지식 안내서》에 담긴 내용처럼 질문과 답으로 이루어져 있었다.

질문: 우리 어디 갈까?

답: 기찻길.

그리하여 아이들은 기찻길로 갔다. 막 나가려는 순간 숨겨진 정원이 보였다. 정원은 마구간 바로 뒤, 높은 담으로 둘러싸인 곳에 있었다.

"아, 정원은 지금 신경 쓰지 말자고!" 피터가 소리쳤다. "엄마가 오늘 아침에 정원 있는 곳을 알려주셨어. 정원 가는 건 내일 하고, 기찻길에 가자."

기찻길로 가는 길은 부드럽고 짧은 잔디가 덮인 내리막길이었고 여기저기 가시금작화 덤불이 있었으며, 회색과 노란색이 뒤섞인 바위가 케이크 맨 위를 장식하는 설탕에 조린 과일 껍질처럼 솟아 있었다.

가파른 내리막길 끝에는 나무 울타리가 있었다. 그 너머에 번쩍이는 금속과 전선과 전봇대와 신호등이 있는 기찻길이 나왔다.

아이들은 모두 울타리 위로 올라갔다. 바로 그때 갑자기 우르릉거리는 소리가 나서 아이들은 기찻길을 따라 오른쪽을 쳐다보았다. 암벽에 터널이 컴컴한 입을 벌리고 있었다. 다음 순간 기차가 기적소리와 함께 콧김을 내뿜으며 터널에서 달려 나왔고, 요란한 소리를 내며 미끄러지듯 아이들 앞을 지나갔다. 기차의 굉장한 속도가 느껴졌다. 지나가는 기차 아래 선로에서는 자갈이 튀어 오르고 덜그럭거렸다.

"우와!" 로버타가 숨을 고르며 말했다. "거대한 용이 쏜살같이 날아가는 것 같았어. 용이 뜨거운 날개로 우리한테 바람을 일으키는 거 느꼈어?"

"용이 사는 굴을 밖에서 보면 저 터널과 아주 비슷할 것 같아." 필리스가 말했다.

피터는 이렇게 말했다.

"기차에 이렇게 가까이 가볼 수 있으리라고는 생각도 못 했어. 정말 멋지다!"

"장난감 기관차보다 낫다, 그렇지?" 로버타가 말했다.

('로버타'라는 이름으로 그녀를 부르는 것에 지친다. 그렇게 불러야 하는 이유를 모르겠다. 아무도 그렇게 부르지 않으니까. 다들 그녀를 '바비'라고 부르니 나도 그렇게 부르지 못할 이유가 없다.)

"그건 모르겠어. 좀 달라." 피터가 말했다. "기차 전체를 다 보다니 정말 신기하다. 어마어마하게 크네, 그렇지 않아?"

"그동안은 항상 플랫폼 때문에 반만 보였는데." 필리스가 말했다.

"저 기차는 런던으로 가는 걸까?" 바비가 말했다. "런던에는 아빠가 계시잖아."

"기차역에 내려가서 알아보자." 피터가 말했다.

그렇게 아이들은 기차역으로 갔다.

아이들이 기찻길 가장자리를 따라 걷는데 머리 위에서 전선이 윙윙거리는 소리가 들렸다. 기차를 타고 있을 때는 전봇대와 전봇대 사이가 가까운 것 같고, 한 전봇대에서 전깃줄을 받치는 다른 전봇대까지 가는 속도가 전봇대 수를 세는 속도보다 조금 더 빠른 것처럼 느껴진다. 하지만 기찻길을 걸을 때는 전봇대가 많지 않고 간격도 멀게 느껴진다.

아이들은 마침내 역에 도착했다.

기차를 타거나 기다릴 때 말고는 아이들 중 누구도 기차역에 가 본 적이 없었다. 기차역에 갔을 때는 언제나 어른들과 함께였다. 어른들은 기차역에 관심이 없었다. 그들에게는 벗어나고 싶은 장소일 뿐이었다.

아이들은 전깃줄을 보거나 철컹철컹 기차 지나가는 소리 뒤에 나는 신비로운 "핑, 핑" 소리를 들을 수 있을 만큼 신호소 가까이 지나간 적도 없었다.

레일에 놓인 침목들을 길 삼아 따라가는 것도 즐거웠다. 바비는 즉석에서 놀이를 만들었다. 물결이 방울방울 부서지는 급류를 건너는 놀이에서 침목들은 징검돌 역할을 하기에 딱 알맞은 간격으로 놓여 있었다.

그렇게 아이들은 역에 도착했다. 매표소를 통과하지 않고 플랫폼 끝의 경사진 곳을 통해 들어가는 일종의 약탈 행위를 했지만 그것도 즐거웠다.

또 하나 즐거웠던 것은 램프가 보관된 짐꾼 휴게실을 몰래 들여다보는 것이었다. 그곳 벽에는 철도 시간표가 붙어 있었고, 짐꾼 한 사람이 신문으로 얼굴을 덮고 반쯤 잠들어 있었다.

역에는 엄청나게 많은 선로들이 교차하고 있었다. 어떤 것들은 마치 일에 지쳐 영원히 은퇴할 작정인 듯 조차장*을 향해 가서는 갑자기 끝나 있었다. 조차장 레일 위에는 무개화차**가 있었고, 한쪽에는 거대한 석탄 더미가 쌓여 있었다. 여러분 집에 있는 석탄 창고 속 석탄처럼 허술하게 쌓여 있는 것이 아니라, 네모난 석탄 덩어리를 벽돌 삼아 쌓아 만든 견고한 건물 같았다. 높기도 높아서 《유아를 위한 성경 이야기》에 나오는 '분지에 있는 도시들'처럼 보일 정도였다. 석탄 벽 꼭대기 부근에는 흰색 줄이 쳐져 있었다.

역 문 위에 달린 종이 딸랑딸랑 두 번 울리자 짐꾼이 어슬렁거리며 휴게실에서 나왔다. 피터가 예의를 다해 말했다. "안녕하세요?" 그러고는 다짜고짜 석탄 더미에 있는 흰색 줄이 무엇인지 물었다.

* 기차를 잇거나 떼어내는 곳
** 덮개나 지붕이 없는 화물차

"석탄이 얼마나 있는지 표시하는 거야." 짐꾼이 대답했다. "누가 훔쳐 가면 알 수 있게. 꼬마 신사야, 그러니까 주머니 속에 넣어가면 절대 안 돼!"

그 순간에는 짐꾼의 말이 우스갯소리로만 들렸다. 피터는 짐꾼이 친절한 사람이라는 것을 곧바로 느낄 수 있었다. 허튼소리를 하는 사람 같지도 않았다. 나중에 그의 말은 피터에게 새로운 의미로 다가왔다.

농가에서 빵 굽는 날 부엌에 들어가 본 적이 있는가? 불 옆에 놓인 커다란 그릇에서 반죽이 부풀어 오르는 것을 본 적이 있는가? 만약 있다면, 그리고 그때가 눈에 보이는 모든 것에 관심이 생길 정도로 어린 나이였다면, 빵판 안에서 거대한 버섯처럼 부푼 그 부드럽고 둥근 반죽을 찔러보고 싶은 유혹을 참기 어려웠다는 걸 기억할 것이다. 결국 손가락으로 반죽을 눌러 자국을 만들었다는 것을, 그리고 서서히 하지만 확실히 그 자국이 사라지고 반죽이 손대기 전과 똑같아지던 것을 기억할 것이다. 물론 반죽에 검은 자국이 남을 정도로 손이 특별히 더럽지만 않았다면 말이다.

음, 아빠가 가버리고 엄마가 매우 슬퍼해서 아이들이 느꼈던 슬픔은 눌렸다가도 그 자국이 사라지는 반죽과 똑같았다. 슬픔은 깊었지만 오래가지 않았다.

아이들은 아빠를 잊지는 않았어도 아빠가 안 계신 것에 곧 익숙해졌다. 학교에 다니지 않는 것에도, 엄마를 거의 못 보는 것에도 익숙해졌다. 엄마는 거의 하루 종일 위층에서 방문을 걸어 잠그고 무언가를 쓰고 쓰고 또 썼다. 엄마는 차 마시는 시간에 내려와 자신이 쓴 이야기들을 큰 소리로 읽어주곤 했다. 아름다운 이야기들이었다.

엄마는 아이들에게 "이제는 무척 가난하다"고 여러 번 말했지만 그건 그냥 입버릇처럼 들렸다. 어른들은, 심지어 엄마들조차 아무 의미 없어 보이는 말을 자주 한다. 그냥 무슨 말이라도 하기 위해서 그러는 것 같다. 음식은 항상 충분했고 아이들은 늘 입던 것처럼 좋은 옷을 입었다.

6월에는 3일 내내 비가 온 적이 있었다. 창이 내리꽂히듯 장대비가 쏟아졌고 너무너무 추웠다. 아무도 밖에 나갈 엄두를 못 냈고 모두 추워서 덜덜 떨었다. 아이들은 다 같이 엄마 방으로 올라가서 문을 두드렸다.

"그래, 무슨 일이니?" 안에서 엄마 목소리가 들렸다.

"엄마." 바비가 말했다. "불 좀 피우면 안 될까요? 어떻게 하는지 아는데."

그러자 엄마가 말했다. "아니, 우리 아가. 6월에는 불을 피워서는 안 된단다. 석탄이 너무 비싸서. 추우면 다락방에 가서 뛰어놀으렴. 그러면 몸이 따뜻해질 거야."

"하지만 엄마, 불 피우는 데는 석탄이 아주 조금만 있으면 돼요."

"우리 형편이 그렇지 못한단다, 아가." 엄마가 밝은 목소리로 말했다. "자, 이제 가렴. 착하지. 난 바빠서 미칠 지경이란다!"

"요새 엄마는 맨날 바빠." 필리스가 피터에게 속삭였다. 피터는 대꾸하지 않았다. 그는 어깨를 으쓱했다. 생각 중이었다.

하지만 머지않아 다락에 산적 소굴을 어떻게 만들까 하는 생각이 자꾸만 떠올랐다. 물론 우두머리는 피터 자신이었다. 바비는 피터의 믿음직한 부하였고, 때론 필리스의 부모가 되기도 했다. 필리스는 포로로 잡힌 아가씨였고, 어마어마한 몸값이 걸려 있었으나 몸값은 재빨리 지급됐다. 누에콩으로.

아이들은 빨갛게 상기된 얼굴을 하고 모두 즐겁게 차를 마시러 내려갔다. 그 모습이 산적 떼 같았다.

필리스가 버터 바른 빵에 잼을 더 바르려 하자 엄마가 말했다.

"얘야, 잼 아니면 버터, 둘 중 하나만 바르렴. 잼과 버터 둘 다 바르지 말고. 요새 우리한테는 그런 것도 사치란다."

필리스는 말없이 버터 바른 빵을 다 먹었다. 그다음에는 잼을 발라 먹었다. 피터는 연한 홍차를 마시면서 뭔가를 생각했다.

차를 마시고 나서 아이들은 다락으로 다시 올라갔다. 피터가 바비와 필리스에게 말했다.

"나한테 좋은 생각이 있어."

"뭔데?" 바비와 필리스가 나긋나긋하게 물었다.

"말 안 해줄 거야." 피터는 예상치 못한 답변을 했다.

"흥, 좋아." 바비가 말했다. 그리고 필이 말했다. "그러면 하지 마."

"여자애들이란." 피터가 말했다. "언제나 그렇게 성미가 급하다니까."

"남자애들은 어떤지 알고 싶네!" 바비가 빈정거리며 말했다. "네 바보 같은 생각 따위 알고 싶지 않아."

"언젠가는 알게 될 거야." 피터가 화를 억누르며 말했다. 피터가 그렇게 화를 참는 모습은 거의 기적처럼 보였다. "둘이 그렇게 계속 까탈스럽게 굴지만 않았어도 내가 말해주지 않는 게 다 고결한 마음 때문이란 걸 알려줬을 텐데. 하지만 지금은 아무것도 말해주지 않을 거야. 마음 정했어!"

시간이 조금 지나서 피터는 마지못해 누나와 동생에게 계획을 말해줬지만 자세히 말하지는 않았다. 그는 이렇게 말했다.

"내가 뭘 하려는지 말해주지 않는 이유는 딱 하나야. 그게 잘못된 일일 수도 있어서야. 그래서 두 사람을 끌어들이고 싶지 않아."

"피터, 그게 잘못된 일이라면 하지 마." 바비가 말했다. "내가 할게."

필리스는 이렇게 말했다.

"오빠가 잘못된 일을 할 거라면 나도 할래!"

"안돼." 두 사람의 헌신적인 사랑에 꽤 감동한 피터가 말했다. "이 일에는 실낱같은 희망밖에 없어. 그래서 내가 하려는 거야. 다만 부탁이 있는데, 엄마가 내가 어디 있는지 물으시면 비밀을 함부로 말하지 말아줘."

"아는 게 있어야 말하지." 바비가 화를 내며 말했다.

"있어!" 피터가 손가락 사이로 누에콩을 떨구며 말했다. "나는 누나를 죽을 때까지 믿어. 누나는 내가 혼자 모험을 할 거라는 걸 알잖아. 어떤 사람들은 그게 잘못된 일이라고 할지도 몰라. 내 생각은 다르지만. 그리고 엄마가 내가 어디 있냐고 물으시면 광산에서 놀고 있다고 말해줘."

"어떤 광산?"

"그냥 광산이라고만 말해."

"피터, 우리한텐 말해도 되잖아."

"뭐, 정 그렇다면… 석탄 광산이야. 하지만 어떤 고문을 받아도 그 말을 입 밖에 내선 안 돼."

"협박 안 해도 돼." 바비가 말했다. "우리도 돕게 해줘."

"내가 석탄 광산을 발견하면 두 사람이 석탄 운반을 도와줘." 피터가 고집을 굽히고 약속했다.

"오빠 비밀은 지키고 싶으면 지켜도 돼." 필리스가 말했다.

"어디 지킬 수 있으면 지켜봐." 바비가 말했다.

"지킬 거거든!" 피터가 말했다.

아무리 잘 먹는 집이라도 차 마시는 시간과 저녁 식사 사이에는 빈 시간이 있게 마련이다. 이 시간에 엄마는 주로 글을 썼고 바이니 부인은 집에 가고 없었다.

피터는 자기 생각을 말한 지 이틀이 지난 날 해 질 녘에, 누나와 동생을 은밀히 불렀다.

"나랑 같이 가자." 그가 말했다. "로마 전차를 가지고 와."

로마 전차는 아주 오래된 유모차로 몇 년 동안이나 마차 차고의 다락에서 썩고 있었다. 아이들은 유모차에 기름칠을 해서 바퀴에 바람이 빵빵한 자전거처럼 조용하고 매끄럽게 굴러갈 수 있게 해놓았다. 상태가 좋았을 때처럼 방향도 잘 바뀌었다.

"대담무쌍한 너희의 지도자를 따르라." 피터가 말했다. 그러고는 앞장서서 기차역을 향해 언덕을 내려갔다.

역 바로 위에는 많은 바위들이 풀밭 사이로 머리를 내밀고 있었다. 자기도 아이들처럼 기찻길에 관심이 있다는 듯이.

바위 세 개 사이 움푹 꺼진 공간에는 말라빠진 검은 딸기나무와 헤더*가 있었다.

피터가 멈추더니 여기저기 흠집이 난 부츠로 덤불을 들추며 말했다.

"여기 피터 성자의 광산에서 나온 첫 번째 석탄이 있다. 우리는 이것을 전차로 집까지 가져갈 것이다. 정확하고 신속하게. 모든 명령은 신중하게 처리한다! 어떤 모양의 석탄이든 단골손님의 취향에 맞춰 자른다!"

전차가 석탄으로 가득 찼다. 석탄을 너무 많이 담아서 아이들세 명이 끌고 언덕을 올라가기에는 지나치게 무거웠다. 피터가 가죽허리띠로 자기 몸을 유모차 손잡이에 묶고는, 허리띠를 한 손으로 단단히 움켜잡고 당겼다. 그와 동시에 여자아이들이 뒤에서 밀었지만 소용없었다. 아이들은 유모차에서 석탄을 다시 덜어내야 했다.

세 번 왔다 갔다 해서야 피터의 광산에서 나온 석탄을 지하 저장고에 있는 석탄 더미에 다 나를 수 있었다.

그 후 혼자 나갔던 피터는 시커멓게 돼서 돌아왔다. 뭔가 비밀을 감춘 듯한 표정이었다.

"내 석탄 광산에 갔다 왔어." 그가 말했다. "내일 저녁에 우리는 검은 다이아몬드를 전차를 사용해서 집에 가져올 거야."

바이니 부인이 엄마에게 마지막으로 들여온 석탄 더미가 꽤 오

---

* 낮은 산·황야 지대에 나는 야생화

래간다고 말한 것은 일주일 뒤였다.

아이들은 계단에서 이 말을 듣고 서로 얼싸안았다. 소리 없이 웃느라 몸이 들썩였다. 이때쯤 그들은 석탄 채굴이 잘못된 일인지도 모른다고 피터가 의문을 품었다는 사실을 이미 모두 잊어버린 상태였다.

하지만 끔찍한 밤이 찾아왔다. 여름 휴가 때 바닷가에서 신었던 운동화를 신은 역장이 죄 대신 석탄으로 가득 채워진 소돔과 고모라 같은 조차장으로 갔다. 거기에는 흰색 줄이 쳐진 석탄 더미가 있었다. 그는 쥐구멍 앞에서 쥐를 기다리는 고양이처럼 조차장에서 기다렸다. 석탄 더미의 꼭대기에서 작고 까만 무언가가 석탄을 몰래 뒤적이면서 덜그럭덜그럭 소리를 내고 있었다.

역장은 제동차*의 그림자 속에 자신을 숨겼다. 제동차에는 주석으로 된 작은 굴뚝이 있었고 다음과 같이 적혀 있었다.

G.N. & S.R.
34576
화이트 헤더 사이딩스로
즉시 귀선

역장이 숨어서 기다리고 있을 때 작은 형체가 꼭대기에서 덜그럭거리며 뒤지던 것을 멈추고 석탄 더미의 가장자리로 오더니, 조심

* 제동 장치가 있는 차량

스럽게 내려와서는 무언가를 고쳐 들었다. 그때 역장의 팔이 들리고 그의 손은 피터의 뒷목을 잡았다. 윗옷을 단단히 잡힌 피터의 떨리는 손에는 석탄으로 가득 찬 낡은 목수 가방이 들려 있었다.

"자, 드디어 잡았군. 이 꼬마 도둑!" 역장이 말했다.

"전 도둑이 아니에요." 피터가 최대한 당당하게 말했다. "저는 석탄 채굴자예요."

"헛소리하지 마라!" 역장이 말했다.

"무슨 말씀을 하셔도 제가 도둑이 아니라는 건 사실이에요." 피터가 말했다.

"이 녀석, 이제 잡혔으니 입 다물고 역으로 따라와." 피터를 잡은 남자가 말했다.

"이런, 안 돼!" 어둠 속에서 괴로워하는 목소리가 들렸다. 피터의 목소리는 아니었다.

"경찰서는 안 돼!" 어둠 속에서 또 다른 목소리가 들렸다.

"아직은 아니야." 역장이 말했다. "우선 기차역으로 간다. 뭐야, 전문적으로 도둑질하는 패거리구만. 너희 말고 더 있어?"

"우리뿐이에요." 바비와 필리스가 '스테이블리 탄광'이라고 적혀 있는 무개화차의 그림자에서 나오며 말했다. 거기에는 흰색 분필로 '1번 갱도용'이라고 쓰여 있었다.

"왜 나 같은 사람을 몰래 감시하는 거예요?" 피터가 화를 내며 말했다.

"감시할 때가 됐으니 하지." 역장이 말했다. "역으로 따라와."

"아, 안 돼요!" 바비가 외쳤다. "우리를 어떻게 할지 지금 결정하시면 안 돼요? 피터 못지않게 저희 잘못도 커요. 저희가 석탄 옮기는 걸 도와줬거든요. 그리고 우린 피터가 그걸 어디에서 가져왔는지 알고 있었어요."

"아니야, 누나는 몰랐어." 피터가 말했다.

"아니, 우린 알고 있었어." 바비가 말했다. "처음부터 알고 있었어. 네 비위를 맞추느라 모르는 척했던 거야."

피터는 화가 머리끝까지 났다. 그는 석탄을 캐고, 석탄을 깨고, 잡힌 데다, 이제는 누나와 동생이 자기 '비위를 맞췄다'는 사실까지 알게 됐다.

"손 좀 놓으세요!" 피터가 말했다. "안 도망가요."

역장은 피터의 옷깃을 잡았던 손을 풀고 성냥을 켜더니 흔들리는 불빛에 아이들을 비춰봤다.

"뭐야." 그가 말했다. "너희는 저기 언덕 위에 굴뚝 세 개 있는 집 아이들이로구나. 옷도 그렇게 멀끔히 차려입고. 이제 말해봐라. 무엇 때문에 이런 짓을 한 거지? 교회 다닌 적 없어? 교리 시간에 도둑질은 나쁜 거라고 배운 적 없어?" 그의 말투가 훨씬 부드러워졌다.

피터가 답했다.

"그게 도둑질이라고 생각하지 않았어요. 아니라고 거의 확신했어요. 석탄 더미의 바깥 부분에서 가져갔다면 아마 훔치는 거라고 생각했을 거예요. 하지만 가운데 부분이라면 그냥 채굴쯤으로 여겨도 될 거라고 생각했어요. 아저씨들이 그 모든 석탄을 다 때고 중간 부분까지 가려면 수천 년은 걸릴 거잖아요."

"그렇지는 않아. 그런데 장난으로 그런 거니?"

"장난으로 그 어마어마하게 무거운 걸 언덕 위로 나르진 않죠." 피터가 화를 내며 말했다.

"그럼 왜 그랬는데?" 역장의 목소리가 훨씬 친절해진 것을 듣고 피터가 답했다.

"저번에 비 많이 온 날 기억하세요? 사실은, 엄마가 우린 너무 가난해서 불을 피울 수 없다고 말씀하셨어요. 전에 살던 집에서는 추울 때 항상 불을 피웠거든요. 그리고⋯."

"그만!" 바비가 낮은 목소리로 말을 막았다.

"흠." 역장이 생각에 잠긴 듯 턱을 문지르며 말했다. "내가 어떻게 할지 알려주지. 이번만은 그냥 넘어가 주마. 하지만 꼬마 신사, 기억해둬라. 훔친 건 훔친 거고, 내 것은 네 것이 아니다. 네가 그걸 채굴이라고 부르건 말건. 집에 빨리 가거라."

"우리한테 아무것도 안 하시겠다는 말씀인가요? 아저씨는 좋은 분이시군요." 피터가 감격하여 말했다.

"정말 착한 분이시네요." 바비가 말했다.

"멋져요." 필리스가 말했다.

"됐다." 역장이 말했다.

이 말을 끝으로 역장과 아이들은 헤어졌다.

"나한테 말 걸지 마." 세 사람이 언덕을 올라가고 있을 때 피터가 말했다. "누나랑 필리스는 첩자에 배신자야. 그런 사람들이야."

하지만 바비와 필리스는 피터를 사이에 두고 경찰서가 아닌 굴뚝이 세 개 있는 집으로 안전하고 자유롭게 가고 있다는 사실이 너무나 기뻐서 피터의 말은 귀에 들어오지도 않았다.

"우리도 너 못지않게 잘못했다고 우리 입으로 말했잖아."

"글쎄…. 그건 아닌 것 같은데."

"법정에서 판사님들 앞에 섰더라도 똑같이 말했을 거야." 필리스가 말했다. "퉁명스럽게 굴지 마, 피터 오빠. 오빠의 비밀을 알아내기 너무 쉬웠던 건 우리 잘못이 아니라고." 필리스는 피터한테 팔짱을 꼈다. 피터도 필리스가 그렇게 하도록 내버려 두었다.

"어쨌든 이제 지하 저장고에는 엄청나게 많은 석탄이 있어." 피터가 말했다.

"이런, 그런 말 하지 마." 바비가 말했다. "그것에 대해서는 기뻐하면 안 될 것 같아."

"모르겠어." 기분이 좀 나아진 피터가 말했다. "채굴이 범죄인지는 지금도 확실히 모르겠어."

하지만 바비와 필리스는 범죄라고 확신했다. 그리고 그들은 피터가 인정하지 않으려 하지만 확실히 알고 있다고 생각했다.

3장
노신사

피터의 광산에서 한 모험 이후 아이들은 기차역에 가까이 가지 않는 편이 좋겠다고 생각했다. 하지만 기찻길만큼은 멀리하지도 않았고 멀리할 수도 없었다. 아이들이 태어나서 쭉 살았던 거리에는 마차와 합승마차가 시도 때도 없이 지나다녔고, 푸줏간, 빵집, 촛대 가게의 수레는 언제든지 볼 수 있었다. (난 한 번도 촛대 가게의 수레를 본 적이 없다. 독자들은 본 적이 있는가?) 하지만 잠자는 시골의 깊은 고요함 속에서는 기차밖에 지나가는 것이 없었다. 오직 기차만이 아이들과 그들이 한때 살았던 삶을 연결해주는 것 같았다. 아이들의 세 쌍의 다리가 매일매일 세 굴뚝 집 앞에서 언덕 아래까지 걸어 내려간 덕분에, 어느새 바스락거리는 짧은 풀밭을 가로지르는 길이 생겼다. 아이들은 어떤 기차가 몇 시에 지나가는지 알게 되었고, 기차에 이름을 붙이기 시작했다. 9시 15분 상행선은 '초록색 용'이라 불렀다. 10시 7분 하행선은 '윈틀리의 벌레'였다. 야간 급행열차는 '공포의 야반도주'였다. 가끔 아이들은 그 기차가 질주하며 내는 기적 소리를 들으려고 일부러 잠에서 깨기도 했다. '공포의 야반도주'라는 별명은 어느 날 피터가 잠에서 깨어나 차가운 별빛 속을 달리는 기차를 커튼 사이로 엿보다가 그 자리에서 지은 것이다.

노신사가 타고 다니는 기차는 '초록색 용'이었다. 노신사는 굉장히 잘생겼고 마음씨도 좋아 보였다. 물론 잘생겼다고 다 마음씨가 좋은 것은 아니지만 말이다. 노신사는 깨끗하게 면도한 뽀송뽀송한 얼굴에 머리는 하얀 은발이었다. 모양이 특이한 옷깃이 달린 양복을 입었으며, 보통 사람들이 쓰는 모자와는 다른 모양의 중산모를 쓰고 있었다. 물론 처음부터 아이들 눈에 이 모든 게 보였던 것은 아니다. 사실 아이들 눈에 가장 먼저 띈 것은 노신사의 손이었다.

어느 날 아침, 아이들은 울타리 위에 앉아서 '초록색 용'을 기다리고 있었다. 피터가 지난번 생일에 선물 받은 워터베리 시계에 따르면 기차는 3분 15초 늦었다.

"'초록색 용'은 아빠가 계신 곳으로 가는 거겠지." 필리스가 말했다. "만약 그게 정말로 진짜 용이라면 그걸 멈춰 세운 다음 우리의 사랑을 아빠에게 전해달라고 할 수 있을 텐데."

"용은 사람의 사랑을 운반하지 않아." 피터가 말했다. "그런 일을 하기엔 용이 너무 대단한 존재지."

"아냐, 운반해. 우선 그들을 철저히 길들여야 할 거야. 스패니얼 같은 애완견처럼 심부름도 할 수 있을걸." 필리스가 말했다. "손에 있는 먹이를 받아먹기도 하고. 아빠가 우리에게 왜 편지 한 통 안 쓰시는지 궁금하다."

"너무 바쁘시다고 엄마가 말씀하시잖아." 바비가 말했다. "하지만 곧 쓰실 거라고."

"이러면 어때?" 필리스가 제안했다. "우리 모두 '초록색 용'이 지나갈 때 손을 흔드는 거야. 그게 마법의 용이라면 우리가 왜 손을 흔드는지 알아보고 우리 사랑을 아빠한테 전해줄 거야. 혹시 아니더라도 세 사람이 손 흔드는 게 그렇게 힘든 일은 아니잖아. 매일 손을 흔드는 거야."

그리하여 '초록색 용'이 어두컴컴한 터널의 입을 빠져나와 기적을 울리며 질주할 때 세 아이는 모두 울타리에 올라서서 손수건을 흔들었다. 깨끗한 손수건인지 아닌지는 생각하지 않으려고 애썼다. 사실 절대로 깨끗한 손수건은 아니었다.

그때 일등칸에서 어떤 사람이 아이들에게 손을 흔들어주었다. 아주 깨끗한 손이었고, 신문을 쥐고 있었다. 노신사의 손이었다.

그 뒤로 아이들과 9시 15분 기차 사이에 서로 손을 흔들어 인사하는 관례가 생겼다.

아이들, 특히 여자애들은 어쩌면 노신사가 아빠를 알고 있을지도 모른다고 생각하고 싶어 했다. 어딘지 알 수는 없지만 으슥한 곳에서 노신사가 아빠와 '사업상' 만나는 상상을 했다. 그리고 세 아이가 초목으로 덮인 머나먼 시골에서 기찻길 울타리에 올라가 매일 아침, 비가 오나 눈이 오나 사랑을 담아 아빠에게 손을 흔들고 있다는 걸 전해준다고.

이제 아이들은 도시에서 살았다면 절대 허락이 떨어지지 않을 만큼 궂은 날씨에도 밖에 나갈 수 있었다. 엠마 아주머니 덕분이었다. 아이들은 날이 갈수록 이 매력 없는 아주머니를 지나치게 얕봤다는 생각이 들었다. 처음에는 아주머니가 볼품없는 긴 장화와 우비를 샀다며 비웃었는데 이제 보니 꼭 필요한 것들이었기 때문이다.

엄마는 글을 쓰느라 여전히 바빴다. 이야기를 담은 원고를 파란색 긴 봉투에 담아 잔뜩 부치곤 했다. 그리고 크기와 색이 제각각인 커다란 봉투들이 엄마 앞으로 도착했다. 봉투를 열어본 엄마는 가끔 한숨을 쉬며 말했다.

"내가 쓴 이야기가 다시 돌아왔구나. 이런, 이런!" 그럴 때면 아이들도 무척 아쉬워했다.

하지만 엄마가 봉투를 흔들며 이렇게 말할 때도 있었다. "이야, 만세! 현명한 편집장도 있구나. 내 이야기를 싣기로 했으니까. 자, 이게 그 증거란다."

처음에 아이들은 '그 증거'라는 게 분별 있는 편집장이 쓴 편지라고 생각했지만, 곧 엄마의 글이 인쇄된 기다란 종잇조각이라는 걸 알게 되었다.

편집장이 현명할 때면 언제나 차 마시는 시간에 건포도가 든 달콤한 번빵이 나왔다.

〈아이들 세계〉 편집장의 현명함을 축하하기로 한 어느 날이었다. 피터가 번빵을 사러 마을로 내려가는 길에 하필 역장을 만났다.

피터는 마음이 편치 않았다. 그동안 피터는 탄광 사건을 곰곰이 생각해보곤 했다. 보통은 한적한 길에서 누구를 만나면 그 사람이 누구든 인사하기 마련이다. 하지만 그는 역장에게 "안녕하세요"라고 인사하고 싶지 않았다. 왜냐하면 피터는 역장이 석탄을 훔친 사람과는 말을 섞고 싶지 않을 거라고 생각했고, 그래서 얼굴이 달아오르면서 귀까지 화끈거렸기 때문이다. '훔친'이라니, 끔찍한 말이지만 피터는 그게 딱 맞는 단어라고 생각했다. 그래서 그는 고개를 푹 숙이고 아무 말도 하지 않았다.

"안녕!"이라고 말한 사람은 피터 옆을 지나가던 역장이었다. 피터도 "안녕하세요"라고 답했다. 그러고 나서 피터는 생각했다. '아마 대낮에 보니 내가 누군지 못 알아보시겠나 봐. 아니면 저렇게 친절하실 리가 없는데.'

이런 생각을 하니 기분이 안 좋았다. 피터는 자기도 모르게 역장을 뒤쫓아 달려갔다. 역장은 급히 탁탁탁 다가오는 발소리를 듣고 멈춰 섰다. 귀가 새빨개진 피터가 숨을 헐떡이며 뛰어오는 것이 보였다.

"저를 못 알아보신 거면 친절하게 대하지 말아주세요." 피터가 말했다.

"뭐?" 역장이 말했다.

"제가 석탄을 가져간 사람이라는 걸 모르시는 것 같아서요." 피터는 말을 이어나갔다. "방금 '안녕'이라고 인사하셨을 때 말이에요. 사실은 제가 그 사람이에요. 죄송해요."

"이런." 역장이 말했다. "난 석탄 일 같은 건 생각도 안 하고 있었는데. 이미 다 지난 일이잖니. 그런데 어딜 그렇게 급히 가고 있니?"

"차와 함께 먹을 번빵을 사러 가는 길이었어요." 피터가 말했다.

"너희가 굉장히 가난한 줄 알았는데." 역장이 말했다.

"맞아요." 피터가 비밀을 털어놓듯 말했다. "하지만 엄마가 이야기나 시 같은 걸 팔 때마다 반 페니짜리 동전들로 3페니가 생겨서 차 마시는 데 쓸 수 있거든요"

"아하." 역장이 말했다. "그러니까 너희 엄마는 글 쓰는 분이시구나. 맞니?"

"세상에서 가장 아름다운 이야기일걸요." 피터가 말했다.

"그렇게 재능 있는 분이 엄마라니 아주 자랑스럽겠구나."

"네." 피터가 말했다. "하지만 어쩔 수 없이 이렇게 재능을 발휘하시기 전에는 우리랑 좀 더 많이 놀아주시곤 했어요."

"그렇구나." 역장이 말했다. "난 이제 가봐야겠다. 너희가 마음 내키면 언제든지 기차역에 와서 사무실에 들르렴. 그리고 석탄 일 말인데, 그 얘기는, 음… 우리 그 얘기는 다시 하지 말자꾸나. 알겠지?"

"고맙습니다." 피터가 말했다. "우리 사이에 그 일이 모두 정리되어서 기뻐요." 피터는 운하 다리를 건너 마을에 가서 번빵을 샀다. 그날 밤, 석탄 속에서 역장에게 옷깃을 잡혔을 때 이후로 처음 마음이 아주 편안했다.

다음 날 아이들은 아빠를 향한 손인사 세 사람분을 '초록색 용' 편으로 보냈다. 노신사도 평상시처럼 손을 흔들며 화답해주었다. 피터는 당당하게 앞장서서 모두를 기차역으로 이끌었다.

"그런데 가도 괜찮을까?" 바비가 말했다.

"바비 언니는 석탄 사건 때문에 그렇게 묻는 거야." 필리스가 설명했다.

"어제 역장님을 만났어." 피터는 필리스가 한 말을 못 들은 체하며 무뚝뚝하게 말했다. "우리보고 원하면 언제든 내려오라고 특별히 초대하셨어."

"석탄 사건이 있었는데도?" 필리스가 다시 말했다. "잠깐만 기다려. 구두끈이 또 풀렸어."

"그건 맨날 풀려 있잖아." 피터가 말했다. "그리고 역장님은 누구보다도 신사야. 필, 너는 근처에도 못 갈걸. 석탄 얘기로 나한테 직격탄을 날리다니."

필리스는 구두끈을 고쳐 매고 아무 말 없이 계속 걸었다. 필리스의 어깨가 들썩거렸고 이내 닭똥 같은 눈물이 코를 타고 흘러 선로의 금속 부분에 후드득 떨어졌다. 바비가 그것을 보았다.

"이런, 왜 그래?" 바비가 바로 멈춰서서 필리스의 들썩이는 어깨를 감쌌다.

"오빠가 나더러 신사 같지 아, 아, 않다고 했어." 필리스가 흐느꼈다. "나라면 오빠한테 숙녀 같지 않다는 말은 절대 하지 않을 텐데. 오빠가 내 인형 클로린다를 순교자라며 장작에 묶어 화형시켰을 때도 그런 말은 하지 않았다고."

실제로 피터는 일이 년 전에 그런 잔혹한 행위를 저질렀다.

"근데 너도 알겠지만 네가 먼저 잘못했잖아." 바비가 솔직하게 말했다. "석탄 어쩌고 그러면서. 두 사람 다 기차에 손을 흔든 다음에 했던 말을 취소하고 화해하는 게 어때?"

"피터 오빠가 취소하면 나도 할게." 필리스가 코를 훌쩍이며 말했다.

"좋아." 피터가 말했다. "화해하자. 나 원 참. 여기 내 손수건 써, 필. 네 것은 언제나처럼 잃어버렸을 테지. 도대체 그걸로 뭘 하는 거야?"

"오빠가 내 마지막 손수건을 가져갔잖아." 필리스가 화를 내며 말했다. "토끼장 문을 묶어둔다고 하면서. 오빠는 고마워할 줄도 모르는 사람이야. 시집에서 하는 말이 역시 맞아. 이가 없는 자식을 두는 것은 뱀에게 물리는 것보다 더 날카로운 고통이라고. 이가 없다는 표현은 고마워할 줄 모른다는 뜻이랬어. 로 선생님이 내게 그렇게 말씀하셨어."

"알았어." 피터가 짜증을 내며 말했다. "미안해. 됐지? 이제 좀 가자."

아이들은 기차역에 도착해 짐꾼과 두 시간을 즐겁게 보냈다. 그는 인품이 훌륭한 사람이었고, 상대보다 높은 지위에 있는 사람 대부분이 성가셔하는 '왜…'로 시작하는 질문에 답하는 걸 지겨워하지 않았다.

그는 아이들이 전에는 몰랐던 것을 많이 가르쳐주었다. 예를 들어 객차와 객차를 연결하는 장치는 연결기라고 부르고, 그 연결기에 매달린 거대한 뱀 같은 파이프는 기차를 멈추게 하는 장치라는 것이었다.

"기차가 달릴 때 이것 중 하나를 잡아서 떼어내면," 그가 말했다. "그녀가 갑자기 확 멈추게 돼."

"그녀라뇨?" 필리스가 물었다.

"물론 기차를 말하는 거지." 짐꾼이 말했다. 이때 이후로 기차는 아이들에게 두 번 다시 '그것'이 아니었다.

"그리고 객차 안을 보면 이런 표지판이 붙어 있잖아? 부적절한 사용 시 벌금 '5파운드'라고. 그걸 잘못 건드리면 기차가 멈추게 된단다."

"그럼 잘 사용했을 때는요?" 로버타가 물었다.

"내 생각엔 그래도 똑같이 멈출걸." 그가 말했다. "하지만 네가 목숨이 위험한 상황이 아니라면 잘 사용했다고 주장할 수 없을 거야. 한번은 누군가 어느 노부인에게 그게 식당벨이라고 농담을 해서 그분이 그걸 잘못 사용했지. 배는 좀 고팠지만 생명이 위험한 상황도 아닌데 쓴 거야. 기차가 멈추고 차장이 왔어. 누군가가 피범벅이 되어 죽기 직전인 거라고 생각하면서. 노부인은 이렇게 말했지. '아저씨, 흑맥주 한 잔이랑 바스 번* 하나 부탁해요.' 기차는 제시간보다 7분이나 늦었어."

"차장은 그 노부인에게 뭐라고 말했죠?"

"나야 모르지." 짐꾼이 말했다. "하지만 무슨 말을 들었든 간에 노부인이 그걸 금세 잊지는 못했을 거야."

그런 즐거운 대화를 나누다 보니 시간이 후딱 지나갔다.

매표소 구멍 안쪽에는 신성한 사원 같은 내밀한 장소가 있다. 역장은 한두 번씩 그곳에서 나와 아이들과 매우 유쾌한 시간을 보냈다.

"석탄 일을 들킨 적이 없는 것만 같아." 필리스가 언니에게 속삭였다.

역장은 아이들 모두에게 오렌지를 하나씩 주었고 조만간 별로 바쁘지 않을 때 신호소에 데려가 주겠다고 약속했다.

기차 몇 대가 역을 지나갔다. 피터는 마차처럼 기관차에도 번호

---

* 건포도를 넣고 설탕을 위에 뿌려 과자처럼 만든 작은 빵

가 있다는 것을 처음 알았다.

"그렇단다." 짐꾼이 말했다. "내가 아는 젊은 남자 하나는 자기가 본 번호를 녹색 공책에 일일이 적곤 했지. 귀퉁이가 은으로 된 공책이었어. 그 사람 아버지가 문구 도매상점을 해서 아주 잘 살았거든."

문구 도매상집 아들은 아니었지만 피터도 번호를 받아 적고 싶은 마음이 들었다. 피터에게 귀퉁이가 은으로 된 녹색 공책이 있을리는 없었다. 짐꾼은 그에게 노란색 봉투를 주었다. 피터는 거기에 이렇게 적었다.

379
663

이 번호를 시작으로 아주 재미있는 수집을 하게 될 것 같았다.

그날 밤, 차 마시는 시간에 피터는 귀퉁이가 은으로 된 녹색 가죽 공책이 있는지 엄마에게 물었다. 엄마는 없다고 했다. 하지만 엄마는 피터가 무엇 때문에 그것을 원하는지 듣고는 작은 검은색 공책을 피터에게 주었다.

"몇 장은 찢어버렸어." 엄마가 말했다. "하지만 번호를 꽤 많이 적을 수 있을 거야. 다 차면 다른 공책을 줄게. 기찻길을 좋아한다니 아주 기쁘구나. 다만, 제발 그 위로 걸어 다니지는 말아라."

"기차가 오는 방향과 마주 보고 걸어도 안 돼요?" 우울한 침묵 속에서 실망한 눈빛들이 오고 간 후, 피터가 물었다.

"안 돼. 절대 안 된단다." 엄마가 말했다.

그때 필리스가 말했다. "엄마, 엄마는 어렸을 때 선로 위를 걸어 보신 적 없어요?"

엄마는 솔직하고 훌륭한 분이었다. 그래서 이렇게 말할 수밖에 없었다. "있었단다."

"어, 그렇다면…." 필리스가 말했다.

"하지만 얘들아, 내가 너희를 얼마나 사랑하는지 모르겠니? 너희가 다치기라도 하면 엄마는 어떻게 하니?"

"엄마가 어렸을 때 할머니가 엄마를 사랑했던 것보다 지금 엄마가 우리를 사랑하는 마음이 더 커요?" 필리스가 물었다. 바비가 필리스에게 그만하라는 신호를 보냈다. 바비가 그렇게 명백한 신호를 보냈는데도 필리스는 눈치채지 못했다.

잠시 말없이 앉아 있던 엄마가 일어나서 찻주전자에 물을 더 부었다.

"아무도," 엄마가 드디어 입을 열었다. "너희 할머니가 나를 사랑하셨던 것만큼 누군가를 사랑할 수는 없단다."

그러고는 다시 아무 말도 하지 않았다. 바비는 식탁 밑으로 필리스를 세게 찼다. 왜냐하면 바비는 엄마를 침묵에 잠기게 하는 생각이 무엇인지 조금은 알 수 있었기 때문이다. 엄마는 엄마가 작은 소녀였고 엄마의 엄마에게 세상 전부였던 시절을 떠올리고 있었다. 힘든 일이 생겼을 때 엄마에게 달려가는 것은 너무나 쉽고 당연한 일처럼 보였다. 바비는 사람들이 어른이 되어도 힘든 일이 겪을 때면 여전히 엄마에게 달려가는 이유를 조금은 이해할 수 있었다. 그리고 슬프다는 게 어떤 것인지, 달려갈 엄마가 더 이상 없다는 게 어떤 느낌인지 알 것 같다는 생각도 들었다.

바비가 필리스를 찬 것은 그것 때문이었다. 필리스는 이렇게 말했다.

"바비 언니, 날 왜 그렇게 차는 거야?"

그러자 엄마가 조금 웃었고 한숨을 쉬며 말했다.

"그렇다면, 좋아. 다만 기차가 어느 쪽에서 오는지는 확인하는 거다? 그리고 터널 근처나 모퉁이 근처에서는 선로 위를 걷지 말아라."

"기차도 마차처럼 왼쪽에서 달려요." 피터가 말했다. "그러니까 우리가 오른쪽 선로로만 걷는다면 기차가 오는 걸 보게 돼 있어요."

"그래, 알았다." 엄마가 말했다. 독자들은 아이들의 엄마가 그렇게 말해서는 안 됐다고 생각할 것이다. 하지만 그녀는 자신이 어렸을 때 어땠는지를 떠올리면서 그렇게 말했다. 세 아이뿐 아니라 독자들이나 세상의 다른 어떤 아이라도 그녀가 얼마나 힘들게 그 말을 했는지 결코 완전히 이해하지 못할 것이다. 독자 중 아주 소수만이, 바비가 그랬던 것처럼 아주 조금 이해할 수 있을 것이다.

엄마가 심한 두통 때문에 앓아누운 것은 바로 다음 날이었다. 두 손은 불타는 듯이 뜨거웠고 아무것도 먹지 못했으며 목도 심하게 아팠다.

"부인, 제가 당신이라면요," 바이니 부인이 말했다. "의사를 불러서 진찰을 받겠어요. 요새 몸살이 유행하는 것 같더라고요. 제 조카딸은 오한이 든다더니 그게 몸속까지 퍼졌지 뭐예요. 2년 전 크리스마스 때쯤인가. 그러고 나서는 애가 영 예전 같지 않다니까요."

처음에 엄마는 의사를 부르려 하지 않았다. 하지만 저녁에는 상태가 훨씬 더 나빠졌기 때문에 마을에 사는 의사에게 피터를 보냈다. 의사 집 대문 옆에는 나도싸리 나무가 세 그루가 있었고, 대문에는 '의학박사 W. W. 포레스트'라고 쓰인 황동 문패가 달려 있었다.

W. W. 포레스트 선생은 즉시 집을 나섰다. 아이들의 집으로 가는 길에 그는 피터와 이야기를 나눴다. 의사는 아주 매력적이고 현명한 사람 같았다. 기찻길, 토끼, 그리고 정말 중요한 것들에 관심을 가지고 있었다.

의사는 엄마의 상태를 살피고는 독감이라고 말했다.

"자, 심각한 아가씨." 의사가 복도에서 바비에게 말했다. "수간호사가 되고 싶구나?"

"그럼요." 바비가 말했다.

"그렇다면 말이지, 내가 약을 좀 보내줄게. 불을 계속 잘 지펴놓고, 쇠고기 수프를 진하게 끓여서 열이 내리면 엄마에게 곧바로 드릴 수 있도록 준비해놓으렴. 포도는 지금 드셔도 돼. 쇠고기 진액, 그리고 탄산수랑 우유도 괜찮아. 브랜디 한 병이 있으면 좋을 거야. 최고급으로. 싸구려 브랜디는 독약만도 못하거든."

바비는 그것들을 모두 적어달라고 부탁했고 의사는 그렇게 해주었다.

의사가 적어준 목록을 보여주자 엄마가 웃었다. 굉장히 이상하고 약하기는 했지만 바비는 분명히 웃음소리였다고 생각하기로 했다.

"이런 터무니없는." 엄마가 침대에 누운 채 말했다. 엄마의 눈이

구슬처럼 빛나고 있었다. "이런 말도 안 되는 것들에 돈을 쓸 여유가 없단다. 바이니 부인에게 내일 너희들 저녁으로 양고기 목살 한 근 반을 삶아달라고 부탁하렴. 그러면 내가 그 국물을 좀 먹을 수 있으니까. 그래, 물을 좀 마셔야겠다, 아가. 그리고 대야에 물을 받아다가 손을 좀 닦아줄래?"

로버타는 그대로 따랐다. 엄마가 불편하지 않도록 자신이 할 수 있는 일을 모두 한 뒤, 다른 사람들이 있는 아래층으로 내려갔다. 입술을 꼭 다문 채 두 볼은 매우 상기되어 있었고, 두 눈은 엄마의 것처럼 반짝였다.

로버타는 의사의 말과 엄마의 당부를 동생들에게 전했다.

"그러니까 이제는," 모든 얘기를 전하고 나서 바비가 말을 이었다. "무슨 일이든 그것을 할 사람은 우리밖에 없어. 그리고 우리는 그것을 해야만 해. 내게 양고기를 살 1실링은 있어."

"우리는 양고기 따위 안 먹어도 되잖아." 피터가 말했다. "빵과 버터면 살 수 있어. 사람들이 무인도에서 그보다 못 먹고 산 경우도 많다고."

"물론이야." 바비가 답했다. 아이들은 바이니 부인에게 마을로 가서 1실링으로 살 수 있는 브랜디와 탄산수, 쇠고기 수프를 사다 달라고 했다.

"하지만 우리가 아무것도 먹지 않는다고 해도," 필리스가 말했다. "저녁거리를 마련할 돈 정도로는 목록에 있는 나머지를 다 살 수가 없어."

"맞아." 바비가 얼굴을 찌푸리며 동의했다. "다른 방법을 찾아야 해. 자, 모두 생각해봐. 최대한 열심히."

아이들은 열심히 생각했다. 그리고 곧 의견을 나눴다. 그러고 나서 바비는 엄마에게 필요한 게 있을까 봐 올라가 있었다. 그동안 다른 두 아이는 가위, 흰색 침대보, 페인트 붓과 바이니 부인이 벽난로 장작 받침과 난로망에 칠했던 브런즈윅 검정 니스 한 통으로 뭔가를 하느라 바빴다. 첫 번째 침대보로는 아이들이 원하는 대로 잘되지 않아 침대보를 넣어두는 장에서 하나를 더 꺼냈다. 자기들이 지금 상당히 비싸고 품질 좋은 침대보를 못 쓰게 만들고 있다는 생각은 하지 못했다. 아이들은 자기들이 만드는 게 좋은⋯ 잠깐, 그들이 뭘 만들고 있었는지는 나중에 알게 될 것이다.

바비의 침대는 엄마 방으로 옮겨졌다. 바비는 밤중에도 여러 번 일어나 난롯불을 손보고 엄마에게 우유와 탄산수를 드렸다. 엄마는 혼잣말을 많이 했다. 하지만 거기에 특별한 의미가 있는 것 같지는 않았다. 한번은 벌떡 일어나더니 "엄마, 엄마!" 하고 외쳤다. 바비는 엄마가 외할머니를 부른다는 걸 알았다. 외할머니는 돌아가셨으니까 그렇게 불러도 소용없는데 엄마는 그 사실을 잊은 듯했다.

이른 아침, 바비는 자기 이름을 부르는 소리에 침대에서 뛰쳐나와 엄마 침대 옆으로 달려갔다.

"어, 아, 그래. 내가 잠들었었나 봐." 엄마가 말했다. "우리 가엾은 작은 오리, 얼마나 피곤하겠니. 내가 너를 이렇게 고생시켜서 어쩌니."

"고생이라뇨!" 바비가 말했다.

"이런, 울지 말아라, 아가." 엄마가 말했다. "하루 이틀이면 다 나을 거야."

바비가 말했다. "네." 그러고는 애써 웃음을 지어 보였다.

하루 열 시간씩 자던 사람이 자다가 서너 번씩 깨게 되면 마치 밤을 꼬박 새운 것 같은 상태가 된다. 바비는 굉장히 멍했고, 눈은 쓰리고 뻑뻑했다. 하지만 의사가 오기 전에 방을 치우고 모든 것을 깔끔하게 정리해놓았다.

오전 8시 30분이었다.

"꼬마 간호사님, 모든 게 잘돼가고 있겠죠?" 현관에서 의사가 말했다. "브랜디는 사 왔니?"

"네, 샀어요." 바비가 말했다. "조그맣고 납작한 병에 들어 있어요."

"그런데 포도나 쇠고기 수프는 안 보이네." 그가 말했다.

"네." 바비가 딱 잘라 말했다. "하지만 내일은 보실 수 있을 거예요. 그리고 쇠고기 수프를 만들려고 고기를 끓이고 있어요."

"누가 그렇게 하라고 했니?" 그가 물었다.

"필이 볼거리를 앓을 때 엄마가 만드시는 것을 봤어요."

"그렇구나." 의사가 말했다. "이제 아주머니한테 어머니 옆에 계셔달라고 하고 너는 제대로 아침을 먹어라. 그런 다음 바로 방에 가서 저녁 식사 때까지 자는 거야. 우리 형편에 수간호사까지 병에 걸리면 안 되거든."

그는 정말 아주 친절한 의사였다.

그날 아침 9시 15분 열차가 터널을 빠져나올 때 일등칸에 있던 노신사는 신문을 내려놓고 울타리에 매달린 아이들에게 손을 흔들 준비를 하고 있었다. 하지만 그날 아침에는 아이가 세 명이 아니었다. 한 명밖에 없었다. 피터였다.

평소와 달리 피터는 울타리 위가 아닌 울타리 앞에 서 있었다. 피터는 마치 과장된 몸짓으로 동물쇼에서 동물을 선보이는 사회자나, 환등기를 틀고 '팔레스타인 풍경'을 막대기로 가리키며 설명하는 온화한 성직자처럼 보이는 자세를 하고 있었다.

피터는 뭔가를 손으로 가리키고 있었다. 그것은 울타리에 못으로 박은 커다란 흰색 침대보였다. 침대보에는 검은색 글자들이 사람 발보다도 더 크게 쓰여 있었다.

필리스가 브런즈윅 검정 니스를 너무 열심히 칠하는 바람에 군데군데 조금 흘러내린 곳이 있었지만 거기에 쓴 글씨는 쉽게 읽을 수 있었다.

노신사와 기차 안에 있던 다른 몇몇 이들은 흰색 침대보 위에 커다랗게 쓰인 검정 글씨를 읽었다.

역에 도착하면 밖을 내다보세요.

아주 많은 사람들이 기차역에서 밖을 내다보고는 실망했다. 평소와 다른 것은 아무것도 보이지 않았기 때문이다. 노신사도 밖을 내다보았다. 처음에는 특이한 것이 눈에 띄지 않았다. 자갈이 깔린 플랫폼과 햇빛, 역 가장자리에 핀 꽃무와 물망초 정도가 다였다. 기차가 증기를 내뿜으며 다시 움직이기 시작할 때에야 비로소 필리스가 눈에 들어왔다. 필리스는 뛰어오느라 숨이 턱까지 찬 상태였다.

"이런." 필리스가 말했다. "기차를 놓치는 줄 알았어요. 구두끈이 자꾸만 풀려서 두 번이나 걸려 넘어졌거든요. 여기, 이거 받으세요."

필리스가 따뜻하고 축축한 편지를 불쑥 내밀며 노신사의 손에 쥐여주었다. 그 순간 기차가 움직였다.

노신사는 구석에 기대어 편지를 열었다. 이렇게 쓰여 있었다.

친애하는 이름 모르는 신사분께,

엄마가 편찮으세요. 의사 선생님은 엄마에게 편지 끝에 적은 것들을 드리라고 말씀하셨어요. 그런데 엄마는 그런 걸 살 여유가 없다고 하세요. 우리한테는 양고기를 사라고 하시면서 엄마는 그 국물만 드시면 된대요. 우리가 여기서 아는 사람은 할아버지뿐이에요. 아빠는 멀리 계시고 우리는 아빠 주소를 몰라요. 아빠가 할아버지께 갚으실 거예요. 혹시 아빠가 돈을 다 잃으셨다든가 하면 피터가 어른이 돼서 갚을 겁니다. 우리 명예를 걸고 약속드려요. 엄마에게 필요한 모든 것에 대한 차용증.

피터가 서명함.

소포를 역장님께 주시겠어요? 할아버지가 어느 기차를 타고 돌아가시는지 우리는 모르거든요. 석탄 일로 미안해하는 피터에게 보내는 거라고 말씀하시면 역장님이 아실 거예요.

로버타, 필리스, 피터

그 밑에는 의사가 마련하라고 한 것들이 무엇인지 나열되어 있었다.

노신사는 편지를 한 번 훑어보고 난 다음 눈썹을 치켜올렸다. 편지를 두 번째 읽었을 때는 그의 얼굴에 미소가 떠올랐다. 편지를 세 번째 읽고 나서 그는 그것을 주머니에 넣고 〈더 타임스〉를 다시 읽기 시작했다.

저녁 6시쯤 뒷문을 두드리는 소리가 들렸다. 아이들은 부리나케 달려가 문을 열었다. 거기에는 재미있는 기차 얘기를 많이 들려준 친절한 짐꾼이 서 있었다. 그는 돌로 된 부엌 바닥에 커다란 바구니를 쿵 하고 떨어뜨렸다.

"어느 어르신께서," 그가 말했다. "너희에게 이걸 곧장 가져다주라고 말씀하셨다."

"정말 감사드려요." 피터가 말했다. 그런데 짐꾼이 떠나지 않고 계속 서 있었다. 피터가 덧붙였다.

"정말 죄송해요. 아빠처럼 2펜스를 드려야 하는데 제가 돈이 없어서. 그렇지만….."

"제발 그런 소리 하지 마라." 짐꾼이 화를 내며 말했다. "2펜스 같은 건 생각하지도 않고 있었는데. 다만 너희 엄마가 몸이 안 좋으시다니 유감이라고 말하고 오늘 저녁에는 좀 어떠시냐고 묻고 싶었을 뿐이야. 그리고 들장미를 좀 가지고 왔단다. 향기가 정말 좋아. 2펜스라니!" 짐꾼이 말하며 모자에서 들장미 한 다발을 꺼내 보였다. 나중에 필리스가 말한 대로 그는 꼭 '마술사' 같았다.

"정말 감사합니다." 피터가 말했다. "그리고 2펜스 이야기를 꺼낸 것은 용서해주세요.”

“괜찮아.” 실은 마음이 여전히 상해 있었지만 짐꾼은 예의를 갖추어 그렇게 말하고 떠났다.

아이들은 바구니를 풀어보았다. 우선 짚이 나왔고 그다음에는 가는 대팻밥이 나왔다. 그러고 나서 아이들이 부탁했던 모든 것이, 그것도 아주 많이 나왔다. 그들이 부탁하지 않은 것들도 상당히 많이 있었다. 그중에는 복숭아, 포트 와인, 닭 두 마리, 판지로 만든 상자에 담긴 줄기가 긴 탐스러운 빨간 장미, 길고 가느다란 병에 든 라벤더 화장수, 그리고 그것보다 작고 굵은 향수 세 병도 있었다. 편지도 들어 있었다.

편지는 ‘친애하는 로버타와 필리스와 피터에게’라고 시작했다.

여기 당신들이 원한 것이 있습니다. 어머니께서는 이것을 어디서 났는지 알고 싶어 하실 겁니다. 어머니께서 편찮으시다는 소식을 들은 친구에게서 온 것이라고 말하세요. 물론 어머니께서 다 나으시면 이 일에 관해 모두 말해야 합니다. 그리고 어머니께서 이것을 부탁하지 말았어야 한다고 말씀하신다면 제가 괜찮다고 했다고 이야기하세요. 제가 기쁘고 싶어서 마음대로 한 이 일을 용서해주시길 바란다고도 전해주세요.

편지는 ‘G.P.’ 그리고 아이들이 알아볼 수 없는 뭐라고 서명되어 있었다.

“우리가 옳았던 것 같아.” 필리스가 말했다.

"옳았던 것 같다고? 당연히 우리가 옳았지." 바비가 말했다.

"나도 동감." 피터가 주머니에 손을 넣은 채 말했다. "그런데 엄마한테 모든 진실을 말씀드릴 일이 그다지 기다려지지는 않아."

"엄마가 나으실 때까진 말씀드리지 않을 거잖아." 바비가 말했다. "그리고 다 나으시면 너무 행복해서 이런 작은 소동쯤은 신경도 안 쓰시게 될 거야. 우와, 이 장미 좀 봐! 엄마에게 가져다드려야겠다."

"들장미도." 필리스가 냄새를 맡느라 숨을 크게 들이마시며 말했다. "짐꾼 아저씨가 준 들장미 잊지 마."

"내가 어떻게 잊겠니!" 로버타가 말했다. "엄마가 어렸을 때 할머니댁에 들장미로 만들어진 두툼한 울타리가 있었다고 말씀하신 적이 있거든."

4장
기관차 강도

두 번째 침대보 남은 것과 브런즈윅 검은색 니스로 제법 괜찮은 현수막이 만들어졌다.

엄마는 거의 다 나으셨어요. 감사합니다.

아이들은 멋진 바구니가 도착하고 나서 2주쯤 후 '초록색 용'이 볼 수 있도록 이 현수막을 펼쳐 들었다. 노신사는 그것을 보고 기차에서 쾌활한 손인사로 답해주었다. 노신사에게 감사 인사까지 한 아이들은 이제 엄마가 아팠을 때 자기들이 한 일을 엄마에게 고백해야 할 때라는 것을 알았다. 생각했던 것만큼 입이 쉽게 떨어지지 않았다. 하지만 해야 하는 일이었고 그래서 했다. 엄마는 엄청나게 화를 냈다. 엄마는 평소에 화를 거의 내지 않는 사람이라 아이들도 엄마의 그런 모습은 처음 볼 정도였다. 무서웠다. 하지만 그게 끝이 아니었다. 엄마가 울기 시작하자 상황은 훨씬 더 나빠졌다. 우는 것은 홍역이나 백일해처럼 전염되는 것 같았다. 어쨌든 모두 다 자기도 모르는 사이에 눈물 잔치를 벌이고 있었다.

엄마가 제일 먼저 울음을 멈췄다. 엄마는 눈물을 훔치고 말했다.

"얘들아, 이렇게까지 화를 내서 미안하구나. 내가 왜 이렇게 화를 내는지도 모르는 너희에게."

"버릇없는 행동을 하려고 했던 건 아니에요, 엄마." 바비가 울면서 말했다. 피터와 필리스도 코를 훌쩍였다.

"자, 내 말을 들어보렴." 엄마가 말했다. "우리가 가난한 건 사실이야. 하지만 그럭저럭 먹고살 만큼은 돼. 모든 사람에게 우리 형편을 말하고 다녀선 안 돼. 그건 옳지 않아. 그리고 절대, 절대, 절대로 모르는 사람에게 뭔가를 달라고 부탁해서는 안 된단다. 이제부터 그것을 항상 기억하렴. 그렇게 해줄래?"

아이들은 모두 엄마와 부둥켜안고 젖은 뺨을 엄마에게 비비며 그렇게 하겠다고 약속했다.

"그리고 엄마가 너희 노신사분께 편지를 쓰마. 내가 허락한 일이 아니라고 말씀드려야겠다. 아, 물론 그분의 친절에는 감사드려야지. 내가 나무라는 것은 노신사분이 아닌 너희니까. 그분은 더할 나위 없이 큰 친절을 베풀어주셨어. 너희는 엄마 편지를 가지고 가서 역장님께 드려라. 그분께 전해달라고. 그러고 나면 우리는 그 일에 대해 더 이상 말하지 않는 거야."

나중에 아이들끼리만 있을 때 바비가 말했다.

"엄마 정말 대단하시지 않아? 화내서 미안하다고 말하는 어른 본 적 있어?"

"맞아." 피터가 말했다. "엄마는 정말 대단하셔. 하지만 화내실 때는 좀 무서웠어."

"노래에 나오는 '찬란한 복수' 같았어." 필리스가 말했다. "그렇게 무시무시하지만 않다면 엄마의 그런 모습을 보는 것도 좋을 것 같아. 엄마가 물불 안 가리고 화내시니까 너무 아름다워 보이더라."

아이들은 편지를 역장에게 가지고 갔다.

"런던에만 친구가 있다고 들은 것 같다만." 그가 말했다.

"그 이후에 친구가 되었어요." 피터가 말했다.

"그런데 여기에 사는 분은 아니라고?"

"네. 기차에 타고 있는 모습만 봤거든요."

역장은 매표소의 작은 창문 안쪽에 있는 내밀한 사원으로 들어갔고, 아이들은 짐꾼 휴게실로 내려가 짐꾼과 이야기를 나눴다. 그들은 짐꾼에게서 몇몇 흥미로운 사실을 알아냈다. 짐꾼의 이름이 퍼크스라는 것과 결혼을 해서 아이가 셋이라는 것, 그리고 기관차 맨 앞에 있는 등은 머리등, 맨 뒤에 있는 등은 꼬리등이라고 부른다는 것이었다.

"그렇다면 그 말은," 필리스가 속삭였다. "기차가 정말로 변장한 용이라는 거네. 머리와 꼬리까지 제대로 있잖아."

바로 그날, 아이들은 기관차가 모두 똑같지 않다는 것을 처음 알게 됐다.

"똑같다고?" 짐꾼 퍼크스가 말했다. "허허, 그럴 리가. 그렇지 않아요, 아가씨. 너랑 내가 다른 것만큼 다르단다. 연료를 실은 탄수차가 없는 작은 기관차 하나가 방금 지나갔지? '탱크'라고 하는데,

메이드브리지 건너편으로 가서 기차의 선로를 바꿔주는 작업을 해. 아가씨처럼 작고 귀여운 기관차야. 그리고 화물 기관차가 있지. 양쪽에 바퀴가 세 개씩 있고 바퀴를 더 강하고 튼튼하게 만들기 위해 연결봉으로 이어놓았어. 이 거대하고 힘 센 기관차는 나 같다고 할 수 있지. 그리고 간선 기관차가 있는데, 나중에 커서 학교에서 하는 모든 경주에서 1등을 할 것 같은 여기 이 꼬마 신사 같은 거지. 암, 그렇게 될 거고말고. 간선 기관차는 힘이 센 건 물론이고 빨리 달릴 수 있도록 만들어졌어. 9시 15분 상행선 기관차가 그거야."

"'초록색 용' 말이군요." 필리스가 말했다.

"아가씨, 우리는 '달팽이'라고 부른단다." 수위가 말했다. "다른 간선 열차들은 안 그런데 걔는 종종 늦게 도착하거든."

"그런데 그 기관차는 초록색이잖아요." 필리스가 말했다.

"맞아요, 아가씨." 퍼크스가 말했다. "달팽이도 1년 중 어떤 계절에는 그래."

저녁 식사를 하러 집으로 돌아가는 길에 아이들은 짐꾼이랑 같이 있는 게 가장 즐겁다고 입을 모아 얘기했다.

다음 날은 로버타의 생일이었다. 오후에 바비는 차 마시는 시간까지 나갔다 와달라는 부탁을 받았다. 공손하고 단호한 부탁이었다.

"우리가 준비를 마칠 때까지 뭘 하는지 봐선 안 돼. 아주 깜짝 놀랄걸." 필리스가 말했다.

로버타는 혼자 정원에 나갔다. 고마워해야 할 일이었지만 아무리 깜짝 놀랄 파티라 해도 생일날 오후를 혼자 보내기보다는 차라리 동생들을 돕고 싶었다.

혼자 있으니 바비는 생각할 시간이 많았다. 가장 많이 한 생각은 어느 날 밤에 심한 열에 시달리던 엄마가 했던 말이었다. 그날 엄마 손은 아주 뜨거웠고 눈은 반짝였다.

엄마는 이렇게 말했다. "아, 치료비가 얼마나 많이 나올까!"

로버타는 장미 덤불, 라일락, 들정향나무, 까치밥나무 사이로 정원을 뱅뱅 돌았다. 장미는 꽃봉오리만 맺혔을 뿐 꽃이 피기 전이었다. 치료비를 생각할수록 바비는 그것에 대해 생각하기 싫어졌다.

바비는 곧 마음을 먹었다. 그녀는 정원 옆문을 통해 밖으로 나와서 가파른 벌판을 올라, 운하를 따라 나란히 길이 난 곳으로 갔다. 그 길을 따라 걷다가 운하 건넛마을로 이어지는 다리까지 간 다음, 거기에서 기다렸다. 햇빛 속에서 따뜻한 돌난간 위에 팔꿈치를 올려놓고 기대어 운하의 파란 물을 내려다보니 기분이 매우 좋아졌다. 바비는 리전트가의 운하 말고 다른 운하는 한 번도 본 적이 없었다. 운하의 물 색깔은 별로 예쁘지 않았다. 템스강 외에 다른 강도 본 적이 없었는데 템스강 역시 수면이 깨끗하지는 않았다.

아이들이 운하를 기찻길만큼 좋아하지 못한 데에는 두 가지 이유가 있었다. 하나는 기찻길을 먼저 발견했기 때문이었다. 집과 시골과 황무지와 바위와 높은 언덕이 모두 새롭게 느껴지던 바로 그 첫 번째 멋진 아침에 기찻길을 발견했다. 아이들이 운하를 발견한 것은 그로부터 며칠이 지나서였다. 다른 이유는 기찻길에서 만난 모든 사람이 아이들에게 친절했기 때문이다. 역장, 짐꾼, 그리고 아이들이 손을 흔들던 노신사가 그랬다. 운하에서 만난 사람들은 결코 친절하지 않았다.

운하에서 만난 사람들은 당연히 사공들이었다. 바지선*을 위아래로 천천히 저어가거나, 늙은 말이 배 끄는 길을 다지고 배를 정박시키느라 밧줄을 잡아당길 때 옆에서 말을 모는 사람들이었다.

한번은 피터가 사공 한 명에게 시간을 물었다가 "저리 비켜!"라는 말을 들은 적이 있었다. 그 자리에서 자기도 그 사람만큼 배 끄는 길로 다닐 권리가 있다는 말을 했어야 했는데, 사공의 목소리가 하도 험악해서 그러지 못했다. 사실 그렇게 말했어야 했다는 것도 시간이 한참 지난 후에야 생각이 났다.

또 이런 적도 있었다. 어느 날 아이들이 운하에서 고기를 잡기로 했는데, 바지선에 타고 있던 한 소년이 아이들에게 석탄 덩어리를 마구 던졌고 그중 하나가 필리스의 목덜미에 맞았다. 필리스는 마침 구두끈을 매려고 몸을 숙이고 있었다. 크게 다치지는 않았지만 그 일 때문에 필리스는 고기 잡으러 가는 것을 별로 좋아하지 않게 되었다.

하지만 로버타는 다리 위가 꽤 안전하다고 느꼈다. 운하를 내려다볼 수 있어서 만일 어떤 남자애가 석탄을 던질 기미라도 보인다면 재빨리 몸을 굽혀 난간 뒤로 숨을 수 있기 때문이었다.

이윽고 바비가 고대하던 바퀴 소리가 들렸다.

그것은 의사의 이륜 마차 소리였고, 거기에는 예상대로 의사가 타고 있었다.

의사는 마차를 세우고 소리쳤다.

* 바닥이 편평한 짐배

"안녕하시오, 수간호사! 태워줄까?"

"뵙고 싶었어요." 바비가 말했다.

"설마 어머니께서 더 안 좋아지신 건 아니겠지?" 의사가 말했다.

"아니요. 그런데…."

"그럼, 타라. 같이 드라이브 가자."

로버타가 마차에 올라타자 의사는 갈색 말이 방향을 바꾸게끔 몰았다. 말은 방향을 바꾸기가 싫었다. 차 마실 시간을 기다리고 있었으니까. 아니, 귀리 먹을 시간을.

"정말 재미있어요." 운하 옆길을 따라 날아가듯 달리는 마차에서 바비가 말했다.

"여기서 돌을 던지면 너희 집 굴뚝 세 개 중 하나를 맞힐 수도 있겠다." 바비의 집을 지날 때 의사가 말했다.

"맞아요." 바비가 말했다. "하지만 잘 던지는 사람이어야 할 거예요."

"내가 그렇지 않다는 걸 어떻게 아니?" 의사가 말했다. "이제 그만 고민을 말해보렴."

바비가 주저하며 마차용 무릎 덮개의 고리를 만지작거렸다.

"자, 말해봐." 의사가 말했다.

"사실 좀 어렵네요." 바비가 말했다. "솔직하게 털어놓기가요. 엄마가 말씀하신 게 있거든요."

"어머니가 도대체 뭐라고 말씀하셨는데?"

"우리가 가난하다는 것을 아무한테나 말하지 말라고요. 하지만 선생님은 '아무나'가 아니잖아요, 그렇죠?"

"당연하지!" 의사가 쾌활하게 답했다. "그런데?"

"의사 선생님들이 아주 비싸다는 건 저도 알아요. 아, 제 말은, 진료비가 비싸다는 뜻이에요. 그런데 바이니 부인이 그러는데 아주머니는 어떤 '클럽'에 속해 있어서 치료받는 데 일주일에 2펜스밖에 들지 않는대요."

"그럴걸."

"바이니 부인이 제게 선생님이 얼마나 좋은 의사인지 말씀해주셨어요. 저는 어떻게 선생님께 진료를 받으시는 건지 여쭤봤어요. 왜냐하면 그분은 저희보다도 훨씬 가난하시거든요. 그분 댁에 가봤기 때문에 알고 있어요. 그때 아주머니께서 그 클럽에 대해 말씀하셔서 저도 선생님께 여쭤봐야겠다고 생각했어요. 그리고… 전 엄마가 걱정 안 하셨으면 좋겠거든요. 저희도 그 클럽에 들어갈 수 없을까요? 바이니 부인과 같은 것이요."

의사는 아무 말이 없었다. 자기도 가난한 편이어서 새 가족을 환자로 받게 되어 기뻐하던 참이었다. 그러니 그 순간 그의 심정도 매우 복잡했을 것이다.

"저한테 화나신 건 아니죠? 그러신가요?" 바비가 작은 목소리로 물었다.

의사는 자신에게 활기를 불어넣으며 말했다.

"화라고? 내가 어떻게 그러겠니? 너는 아주 사려 깊은 꼬마 아가씨로구나. 자, 날 보렴. 걱정하지 말아라. 내가 너희 어머니와 함께 모두 잘 처리하겠다. 필요하면 너희 어머니를 위해서 완전히 새로운 특별 클럽이라도 만들도록 하지. 여기를 좀 봐라. 여기가 수도교가 시작되는 곳이야."

"수도… 뭐라고요?" 바비가 물었다.

"물이 다니는 다리지." 의사가 말했다. "봐."

길이 점점 높아지더니 운하를 건너는 다리까지 연결되어 있었다. 왼쪽에는 가파른 암벽이 있었는데 바위 틈새로는 나무와 관목이 자라고 있었다. 언덕 위를 따라 흐르던 운하는 거기서부터 그 자체로 운하이기도 한 다리를 건너기 시작했다. 높은 아치가 있는, 계곡을 가로지르는 거대한 다리였다.

바비는 숨을 길게 들이마셨다.

"정말 웅장하네요!" 바비가 말했다. "《로마의 역사》에 나오는 그림 같아요."

"맞아!" 의사가 말했다. "저게 바로 그것과 같은 거란다. 로마인들은 수도교에 완전히 미쳐 있었지. 수도교는 공학의 눈부신 결정체야."

"공학은 기관차를 만드는 걸 말하는 줄 알았어요."

"아, 여러 종류의 공학이 있어. 길과 다리와 터널을 만드는 것도 한 종류고, 요새를 만드는 것도 한 종류야. 어, 이제 돌아가야겠는걸. 너는 진료비 걱정은 하지 않아도 된다는 걸 명심해라. 안 그러면 너까지 아프게 될 거야. 그리고 그렇게 되면 수도교만큼 긴 치료비 청구서를 너한테 보낼 거다."

바비는 벌판 꼭대기에서 의사와 헤어지고 나서 세 굴뚝집을 향해 달려 내려갔다. 자신이 뭔가 잘못했다는 느낌은 들지 않았다. 엄마는 달리 생각할 수도 있지만 이번만은 자신이 옳다고 느꼈고, 정말 행복한 마음으로 바위투성이의 비탈길을 한달음에 내려왔다.

필리스와 피터는 뒷문에서 바비를 맞이했다. 그들은 어색할 정도로 깨끗하고 말쑥했으며, 필리스는 머리에 빨간 리본까지 꽂고 있었다. 바비가 옷매무새를 다듬고 파란색 리본으로 머리를 묶자 곧 작은 종이 울렸다.

"저거야!" 필리스가 말했다. "저게 깜짝 파티가 준비됐다고 알려주는 신호야. 이제 언니는 종이 다시 울릴 때까지 기다렸다가 식당으로 들어오면 돼."

그래서 바비는 기다렸다.

"딸랑딸랑." 작은 종이 울리자 바비는 약간 부끄러워하며 부엌으로 들어갔다. 문을 여니 마치 자신이 빛과 꽃과 노래의 신세계에 들어간 것 같았다. 엄마와 피터와 필리스는 식탁 끝에 나란히 서 있었다. 덧창은 닫혀 있었고 식탁 위에는 초가 열두 개 있었다. 초 하나당 한 살씩을 뜻했다. 식탁을 뒤덮은 꽃은 패턴을 이루고 있었고, 로버타의 자리에는 물망초를 두툼하게 엮은 화관이 놓여 있었다. 가장 관심을 끄는 것은 포장지로 싼 작은 상자들이었다. 엄마와 필리스와 피터는 〈성 패트릭 데이〉 첫 부분의 음을 따 노래를 부르고 있었다. 로버타는 엄마가 자신의 생일을 위해 가사를 썼다는 것을 알았다. 생일을 축하하는 엄마만의 방식이었다. 이것은 바비의 네 번째 생일에 시작되었다. 이때 필리스는 아직 어린 아기였다. 바비는 아빠를 '깜짝 놀라게' 해주려고 시를 외웠던 기억이 났다. 엄마도 아직 기억하는지 궁금했다. 네 살짜리의 시는 이랬다.

사랑하는 아빠, 저는 네 살밖에 안 됐어요.
나이를 더 먹지 않았으면 좋겠어요.
네 살은 가장 좋은 나이예요.
2 더하기 2, 1 더하기 3.
내가 좋아하는 건 2 더하기 2,
엄마, 피터, 필, 그리고 아빠.
아빠가 좋아하는 건 1 더하기 3,
엄마, 피터, 필, 그리고 나.
아빠의 어린 딸에게 입 맞춰주세요.
이 시를 배워서 아빠에게 들려드리고 있으니까요.

가족들이 지금 노래하고 있는 것은 이런 내용이었다.

사랑하는 우리 로버타,
어떤 슬픔도 너에게 상처가 되지 않기를!
우리가 그것을 막을 수 있다면!
너의 평생 동안.
너의 생일은 우리의 축젯날이라네.
우리는 그날을 굉장한 날로 만들 거라네.
그리고 너에게 선물을 주고,
너에게 우리 노래를 불러줄 거라네.
기쁨이 너를 보살피기를!
그리고 운명의 여신이 너에게

가장 행복한 여정을 보내주시기를!

너의 인생 내내.

머리 위에는 밝은 하늘이 있기를!

너를 사랑하는 좋은 사람들이 있기를!

사랑하는 로버타! 이렇게 행복한 날이

앞으로도 계속되기를!

노래가 끝나자 그들은 외쳤다. "우리 바비를 위해 세 번 건배!" 그러고는 아주 큰 소리로 건배를 외쳤다. 바비는 울음이 터질 것 같았다. 코끝에 느껴지는 이상한 감각이나 눈꺼풀이 떨리는 느낌을 독자들도 알지 않는가? 하지만 울음을 터뜨릴 새도 없이 가족들이 모두 바비에게 입을 맞추고 그녀를 꼭 껴안았다.

"이제 선물을 풀어보렴." 엄마가 말했다.

아주 멋진 선물들이었다. 필리스가 몰래 시간을 내서 직접 만든 책처럼 접는 바늘 쌈지와, 미나리아재비 모양을 한 귀엽고 작은 은 브로치였다. 엄마의 선물이었다. 바비가 오랫동안 봤고 좋아했던 것인데 자기 것이 되리라고는 한 번도, 단 한 번도 생각하지 못했다. 선물 중에는 바이니 부인이 준 파란색 유리 꽃병 한 쌍도 있었다. 로버타는 마을에 있는 가게에서 그것을 보고 감탄한 적이 있었다. 그리고 예쁜 그림과 축하 인사가 담긴 생일 카드도 세 장 있었다.

엄마는 바비의 갈색 머리에 물망초 왕관을 씌워줬다.

"이제 식탁 위를 보려무나." 엄마가 말했다.

식탁 위에는 흰 설탕으로 뒤덮인 케이크가 있었다. 케이크 위에는 분홍색 사탕으로 '사랑하는 바비에게'라고 쓰여 있었다. 번빵과 잼도 있었다. 하지만 가장 좋았던 것은 꽃으로 빈틈없이 덮인 커다란 식탁이었다. 차 쟁반 주위에는 꽃무가 놓여 있고 각 접시는 물망초로 빙 둘려 있었다. 케이크 둘레에는 흰색 라일락 화환이, 가운데에는 무늬처럼 보이는 게 있었는데 모두 라일락이나 꽃무, 나도싸리에서 따온 꽃송이로 만든 것이었다.

"그건 지도야, 철도 지도!" 피터가 외쳤다. "이것 봐. 라일락으로 된 이 선은 기찻길이야. 그리고 저기 갈색 꽃무로 된 건 기차역이지. 나도싸리 꽃은 기차고, 저기 저건 신호소, 여기까지는 길이야. 그리고 저기 송이가 큰 빨간색 데이지는 노신사에게 손을 흔드는 우리 셋이야. 저게 그분이야. 나도싸리 기차 안에 있는 팬지 말이야."

"보라색 앵초로 만든 건 '세 굴뚝집'이야." 필리스가 말했다. "그리고 저 조그만 장미꽃 봉오리는 차 마시는 시간에 늦은 우리를 찾는 엄마야. 피터 오빠가 이걸 다 생각해냈어. 그리고 꽃은 다 기차역에서 꺾어왔고. 그러면 언니가 더 좋아할 것 같아서."

"내 선물은 이거야." 자기가 애지중지하던 증기 기관차를 바비 앞에 갑자기 툭 내려놓으며 피터가 말했다. 탄수차 안쪽에는 하얀색 새 종이가 덧대어져 있었고 사탕이 가득 담겨 있었다.

"와, 피터!" 바비가 외쳤다. "네가 그렇게 좋아하는 소중한 작은 기관차를 주면 어떡해?"

"어, 아니." 피터가 즉시 말했다. "기관차는 아니고 사탕만이야."

바비는 자신의 표정이 조금 변하는 것을 막을 수 없었다. 기관차를 갖지 못해 실망해서가 아니었다. 피터의 행동이 매우 고귀하다고 생각했는데 그렇게 생각한 자신이 어리석게 느껴졌기 때문이다. 게다가 사탕뿐만 아니라 기관차까지 바라다니 틀림없이 욕심쟁이로 비쳤을 것 같았다. 그래서 바비의 표정이 변한 것이었다. 피터는 누나의 표정이 변하는 것을 눈치챘다. 피터는 뭔가를 망설이는 듯했고 곧 표정이 변했다. 그가 말했다. "내 말은 기관차 전부는 아니라는 거야. 누나만 좋다면 반은 누나한테 줄게."

"피터, 너는 좋은 녀석이야." 바비가 외쳤다. "정말 멋진 선물이야." 바비는 더 이상 소리 내어 말하지 않고 속으로 이렇게 생각했다.

'피터는 정말 의젓하구나. 그럴 의도가 아니었을 텐데. 흠, 기관차의 망가진 반쪽을 내 몫으로 해야지. 그리고 그걸 고친 다음에 피터 생일에 돌려주는 거야.' "엄마, 케이크 자를게요." 바비가 덧붙였다. 그리고 차 마시는 시간이 시작되었다.

즐거운 생일 파티였다. 차를 마신 후에 엄마는 아이들과 같이 놀이를 했다. 엄마는 아이들이 원하는 놀이면 어떤 것이든 할 준비가 되어 있었다. 아이들이 첫 번째로 고른 놀이는 당연히 술래잡기였다. 놀이를 하고 있는데 바비의 물망초 화관이 뒤틀어져서 한쪽 귀에 비뚤게 걸쳐졌다. 그 후 잘 시간이 가까워져 흥분을 가라앉혀야 할 시간이 되자 엄마는 새로 쓴 아름다운 이야기를 아이들에게 읽어주었다.

"밤늦게까지 일하지는 마세요, 엄마. 네?" 밤 인사를 나눌 때 바비가 말했다.

엄마는 안 그러겠다고 대답하고, 아빠에게 편지만 쓰고 바로 잠자리에 들 거라고 했다.

나중에 바비는 선물을 가지러 살금살금 내려갔다. 밤새 선물과 떨어져 있고 싶지 않았기 때문이다. 엄마는 편지를 쓰는 게 아니라 식탁에 팔을 올리고 그 위에 머리를 댄 채 엎드려 있었다. 바비가 조용히 그 자리를 피한 것은 올바른 선택이었던 것 같다. 바비는 생각했다. '엄마는 자기가 행복하지 않다는 걸 내가 몰랐으면 하셔. 나는 모르는 거야. 나는 몰라.' 하지만 그것으로 바비의 생일은 슬프게 끝났다.

● · ·

바로 다음 날 바비는 피터의 기관차를 몰래 고칠 기회를 엿보기 시작했다. 그리고 그 기회는 그날 오후에 찾아왔다.

엄마는 기차를 타고 가장 가까운 시내로 장을 보러 갔다. 엄마는 시내에 갈 때면 언제나 우체국에 들렀다. 아마 아빠에게 편지를 부치기 위해서였을 것이다. 엄마는 아빠한테 보내는 편지를 대신 부쳐달라고 아이들이나 바이니 부인에게 부탁하는 법이 없었고, 따로 마을에 가는 일도 없었기 때문이다. 피터와 필리스가 엄마와 함께 시내에 갔다. 바비는 가고 싶지 않아서 핑곗거리를 찾았지만 그럴듯한 게 떠오르지 않았다. 그런데 포기하려는 순간 원피스가 부엌문 옆의 커다란 못에 걸리면서 치마 앞자락이 십자 모양으로 크게 찢어지고 말았다. 장담하는데 이것은 정말로 우연히 일어난 일이었다. 그리하여 가족들은 바비를 동정하며 그녀를 빼고 시내로 향했다. 이미 꽤 늦은 상태라 기차를 타려면 역까지 서둘러 가야 했기 때문에 바비가 옷을 갈아입는 걸 기다릴 시간이 없었다.

가족들이 떠나자 바비는 평소에 입는 원피스로 갈아입고 기찻길로 내려갔다. 그녀는 역에 들어가지 않고 선로를 따라 플랫폼 끝으로 갔다. 그곳은 하행선 기차가 플랫폼에 정차할 때 기관차가 위치하는 곳이었다. 그곳에는 물탱크와 코끼리의 코처럼 길게 축 처진 가죽 호스가 있었다. 바비는 기찻길 반대편의 덤불 뒤에 숨어서 갈색 종이에 싸 온 장난감 기관차를 겨드랑이에 낀 채 참을성 있게 기다렸다.

다음 기차가 들어와 멈추자 바비는 상행선 선로를 넘어 기관차 옆에 가서 섰다. 기관차 옆에 그렇게 가까이 가본 것은 처음이었다. 생각했던 것보다 훨씬 크고 단단해 보였다. 바비는 자신이 아주 작게 느껴졌고 어쩐지 아주 연약하다는 느낌까지 들었다. 마치 아주아주 쉽게 다칠 수 있는 존재처럼.

"이제는 누에가 어떤 기분일지 알 것 같아." 바비가 중얼거렸다.

기관사와 화부는 바비를 보지 못했다. 그들은 반대쪽으로 몸을 내밀고 짐꾼에게 개와 양고기 다리에 관한 이야기를 해주고 있었다.

"저, 죄송하지만…." 로버타가 말했다. 하지만 기관차가 증기를 내뿜는 소리에 묻혀 아무도 그녀의 말을 듣지 못했다.

"기관사 아저씨, 죄송하지만…." 조금 더 큰 소리로 말해봤지만 우연히도 그 순간 기관차가 기적을 울렸고, 당연히 로버타의 작고 여린 목소리는 전달될 기회가 없었다.

로버타가 보기에 유일한 방법은 기관차에 올라가서 그들의 옷을 잡아당기는 것뿐이었다. 계단이 높았지만 그녀는 거기에 무릎을 딛고 기관실 안으로 기어들어 갔다. 그녀는 탄수차의 네모난 구멍까지 이어진 거대한 석탄 더미의 아랫부분에 걸려서 고꾸라지고 말았다. 다른 기관차도 그렇지만 이 기관차에도 단점이 없는 것은 아니었다. 기관차는 필요한 것보다 훨씬 많은 소음을 내고 있었다. 바비가 석탄 더미 위로 넘어졌을 때 기관사가 돌아보았지만 그는 바비를 보지 못하고 기관차를 출발시켰다. 바비가 일어났을 때 기차는 이미 움직이고 있었다. 빠르지는 않았지만 뛰어내리기는 힘들었다.

순간적으로 소름이 끼치며 온갖 끔찍한 생각들이 한꺼번에 밀려왔다. 바비는 수백 킬로미터를 쉬지 않고 달리는 급행열차가 있다는 것을 알고 있었다. 만일 이 기차가 급행이라면? 집에는 어떻게 돌아갈 것인가? 바비는 돌아오는 기차를 탈 돈도 없었다.

"난 여기에서 일하는 사람이 아니잖아. 기관차 강도가 된 셈이네." 바비가 생각했다. "저 아저씨들이 이런 나를 감옥에 보낸다 해도 놀랄 일이 아닐 거야." 그러는 동안 기차는 점점 더 빨리 달렸다.

바비는 뭔가 목에 걸려서 말을 할 수가 없었다. 두 번이나 시도했지만 허사였다. 남자들은 바비에게 등을 돌린 상태로 수도꼭지 같이 생긴 것에 뭔가를 하고 있었다.

바비는 손을 뻗어 가까운 쪽에 있는 남자의 소매를 잡았다. 남자는 깜짝 놀라서 돌아보았고, 그와 로버타는 아무 말 없이 잠시 서로를 바라보며 서 있었다. 그 침묵은 두 사람 모두에 의해 깨졌다.

남자가 말했다. "이게 도대체 뭐야!" 로버타는 울음을 터뜨렸다.

다른 남자는 "이게 대체 뭐래"라고 하는 것 같았다. 그들은 당연히 깜짝 놀랐지만 엄밀히 말해서 불친절하지는 않았다.

"꼬마 아가씨, 너 정말 말썽꾸러기구나." 화부가 이렇게 말하자 기관사가 말했다. "나라면 대담한 꼬마라고 부르겠어." 그들은 기관실의 철제 의자 위에 바비를 앉혀놓고, 그만 울고 왜 그랬는지 말해 보라고 했다.

바비는 최대한 빨리 울음을 멈췄다. 울음을 멈추는 데 도움이 된 것은 '피터라면 실제로 움직이는 기관차에 어떻게든 타고 싶어서 자기 귀라도 떼어줬을 텐데'라는 생각이었다. 아이들은 자신을 기관차에 태워줄 만큼 너그러운 기관사를 만날 수 있을지 종종 궁금해했다. 그런데 지금 바비가 기관차 안에 있는 것이다. 바비는 눈물을 닦고 코를 열심히 훌쩍였다.

"자, 이제," 화부가 말했다. "털어놔 봐라. 여긴 왜 올라탄 거니? 응?"

"제발 화내지 마세요." 바비가 코를 훌쩍였다.

"옳지, 계속 말해봐라." 기관사가 격려하듯 말했다.

바비는 힘들게 다시 입을 뗐다.

"그러니까요, 기관사 아저씨." 바비가 말했다. "저는 사실 선로에서 아저씨를 불렀어요. 그런데 아저씨가 제 말을 못 들으셨어요. 그래서 아저씨 팔을 치려고 이렇게 올라온 거예요. 정말 살짝만 칠 생각이었어요. 그런데 석탄 위로 넘어지는 바람에…. 아저씨를 놀라게 해서 정말 죄송해요. 제발 화내지 마세요, 제발요!" 바비는 다시 한번 훌쩍였다.

"우리는 그다지 화나지 않았어." 화부가 말했다. "그보다는 흥미롭다고 해야겠지. 매일같이 꼬마 아가씨가 하늘에서 뚝 떨어져서 우리 석탄 창고에 굴러들어 오지는 않거든. 안 그런가, 빌? 그런데 무엇 때문에 그랬니, 응?"

"그러게 말이야." 기관사가 맞장구쳤다. "무엇 때문에 그런 거지?"

바비는 자기도 모르게 다시 울고 있었다. 기관사가 바비의 등을 토닥이며 말했다. "자, 자, 기운 내렴, 친구. 괜찮으니까 말해봐."

바비는 '친구'라고 불리자 훨씬 용기가 났다. "제가 그랬던 건, 이걸 고쳐주실 수 있는지 여쭤보기 위해서였어요." 바비는 갈색 종이로 싼 물건을 석탄 속에서 주워서 붉게 달아오른 손가락을 바들바들 떨며 끈을 풀었다. 발과 다리는 엔진에서 나오는 열 때문에 그을릴 정도로 뜨거워졌지만 어깨에는 사납게 부는 찬 바람이 느껴졌다. 기차는 흔들리고 떨리고 덜컹거렸고, 다리 밑을 질주할 때는 귀 바로 옆에 대고 소리를 지르는 것 같았다.

화부가 삽으로 석탄을 퍼 넣었다.

바비는 갈색 종이를 펼쳐서 장난감 기관차를 보여주었다.

"제 생각에는요," 바비가 뭔가 바라는 듯한 표정으로 말했다. "아저씨들이 이걸 고쳐주실 수 있을 것 같았어요. 그러니까, 아저씨들은 기관사잖아요."

기관사는 미치고 팔짝 뛸 노릇이라고 말했다.

"팔짝 뛰고 미칠 노릇이구먼." 화부가 말했다.

그래도 기관사는 조그만 기관차를 받아서 살펴봤다. 화부도 석탄을 퍼 넣는 것을 잠시 멈추고 같이 살펴보았다.

"너무 뻔뻔한 것 아니냐." 기관사가 말했다. "도대체 우리가 이런 싸구려 장난감을 왜 고쳐줄 거라고 생각한 거냐?"

"뻔뻔하게 굴 생각은 없었어요." 바비가 말했다. "그냥 기찻길과 관련된 사람은 모두 너무 친절하고 착해서 아저씨들도 귀찮아하지 않을 거라고 생각했어요. 설마 귀찮으신 건 아니죠?" 바비가 덧붙였다. 두 남자 사이에 매정하지 않은 윙크가 오가는 것을 보았기 때문이다.

"내 직업은 기관차를 운전하는 거지 고치는 게 아니야. 특히 이 정도 크기의 기관차라면 더더욱 그렇지." 빌이 말했다. "그런데 슬퍼하고 있을 네 친구와 가족들에게 너를 어떻게 돌려보낸담? 얼른 돌려보내고 이 일은 깨끗이 잊고 싶은데."

"저를 다음 역에서 내려주시면 돼요." 바비는 단호하게 말하긴 했지만 쿵쾅쿵쾅 뛰는 심장 박동이 팔에서까지 느껴졌다. 두 손을 가슴 앞에 꼭 마주 잡고 있었기 때문이다. "그리고 삼등칸 표를 살 돈을 빌려주시면 나중에 갚을게요. 제 명예를 걸고 약속해요. 저는 신문에 나오는 그런 신용 사기꾼이 아니에요. 정말이에요."

"너는 어딜 봐도 꼬마 숙녀란다." 빌이 갑자기 완전히 누그러진 목소리로 말했다. "우리가 너를 집으로 안전하게 돌려보내 주마. 그리고 이 기관차 말인데… 짐, 자네 친한 친구 중에 납땜인두 쓸 줄 아는 사람 없나? 그거면 요 녀석이 원하는 건 해결될 것 같은데."

"아빠도 그렇게 말씀하셨어요." 바비가 적극적으로 설명했다. "저건 뭐죠?"

바비는 빌이 말하면서 돌렸던 작은 황동 핸들을 가리켰다.

"그건 연료 분사기란다."

"연료 분… 뭐라고 하셨죠?"

"보일러에 연료를 분사해서 채우는 장치야."

"아, 그렇구나." 바비가 동생들에게 말해주려고 설명을 머릿속에 새기며 말했다. "정말 흥미로워요."

"여기 이건 자동 제동 장치야." 바비의 열정에 으쓱해진 빌은 설명을 계속했다. "여기 이 작은 손잡이를 움직이기만 하면 기차가 곧바로 멈춘단다. 손가락 하나로도 돼. 이게 신문에서 말하는 '과학의 힘'이라는 거지."

그는 바비에게 시계 글자판처럼 생긴 작은 눈금판 두 개를 보여주었다. 하나는 증기가 얼마큼 나가고 있는지를 나타내고, 다른 하나는 제동 장치가 제대로 작동하고 있는지를 나타낸다고 했다.

빌이 반짝이는 커다란 강철 핸들로 증기를 차단하는 것까지 봤을 때 바비는 기관 내부의 작동 원리에 대해 많은 것을 이미 알고 있었다. 그렇게 알아야 할 것이 많은지 전에는 전혀 생각하지 못했다. 그리고 짐은 별일 없으면 자기 6촌의 아내의 오빠가 장난감 기관차를 납땜해줄 거라고 장담했다. 바비는 다양한 지식을 얻었을 뿐 아니라 자신과 빌과 짐이 평생 친구가 된 것 같은 느낌이 들었다. 그리고 탄수차의 신성한 석탄에 걸려 넘어진 불청객을 그들이 완전히, 영원히 용서해주었다고 생각했다.

스태클풀 분기역에서 바비는 그들과 따뜻한 인사를 나누며 헤어졌다. 빌과 짐은 돌아오는 열차의 차장에게 바비를 직접 부탁했다. 차장은 그들의 친구이기도 했다. 바비는 차장이 은밀하면서도 민첩하게 무슨 일을 하는지 지켜보고, 객차 안에 있는 통신용 코드를 잡아당기면 코앞에서 바퀴가 회전하면서 벨소리가 크게 울린다는 것을 알게 되는 기쁨도 누렸다. 바비는 기차에서 왜 이렇게 비린내가 나는지 물었다. 차장은 매일 많은 생선을 싣고 다니다 보니, 홍가자미와 대구와 고등어와 서대기로 가득 찬 상자에서 나온 습기가 골이 진 바닥의 틈새에 스며들어 냄새가 나는 거라고 말했다.

바비는 차 마시는 시간에 늦지 않게 집에 도착했다. 가족들과 헤어진 후에도 자신의 머릿속에 들어온 모든 지식 때문에 머리가 터질 지경이었다. 바비는 원피스를 찢은 못에게 매우 고마웠다.

"어디 갔다 왔어?" 동생들이 물었다.

"기차역에 갔었지. 어디겠어." 로버타가 말했다. 하지만 로버타는 약속한 날까지 자신의 모험에 대해 한마디도 하지 않았다. 그날이 되자 로버타는 별다른 말 없이 3시 19분 기차가 통과하는 시간에 맞추어 동생들을 역으로 데리고 가서, 새 친구 빌과 짐에게 자랑스럽게 소개했다. 짐의 6촌의 아내의 오빠는 신성한 신뢰를 받을 만한 사람이었다. 장난감 기관차는 말 그대로 새것이나 다름없었다.

"안녕히 가세요, 안녕히 가세요." 바비가 말했다. 기차도 기적 소리를 크게 울리며 자기식으로 인사했다. "언제나, 언제나 아저씨들을 사랑할 거예요. 그리고 짐 아저씨의 6촌의 아내의 오빠도요!"

그러고 나서 아이들은 집으로 갔다. 언덕을 오르는 동안 피터는 이제 완전히 원래 모습으로 돌아온 기관차를 꼭 안고 있었고, 바비는 심장이 즐겁게 쿵쿵 뛰는 것을 느끼며 기차 강도가 되었던 날의 이야기를 동생들에게 들려주었다.

5장
죄수와 포로

엄마가 메이드브리지에 간 어느 날이었다. 엄마 혼자 다녀오는 날이었지만 아이들은 엄마를 마중하러 기차역에 갔다. 얼마나 기차역을 좋아했던지 아이들은 엄마의 기차가 도착하기 한 시간 전에 당연하다는 듯 이미 기차역에 나가 있었다. 기차가 제시간에 도착하는 일은 거의 없는데도 말이다. 나무와 들판과 바위와 강에 나가 신나게 뛰어놀 수 있는 화창한 날이었다고 해도 아이들은 틀림없이 평소처럼 일찍 역에 나가 있었을 것이다. 하지만 그날은 비가 많이 오는 날이었고 7월치고는 지나치게 추웠다. 바람도 거칠어서 짙은 보라색 구름이 필리스의 말대로 '꿈에 나오는 코끼리 떼처럼' 하늘을 가로지르며 몰려갔다. 빗방울이 따가울 정도로 날카로워서 아이들은 역까지 단숨에 내달렸다. 빗줄기가 점점 굵어지며 매표소 창문과 스산한 '일반 대합실'의 창문을 비스듬히 때렸다.

"포위된 성안에 있는 것 같아." 필리스가 말했다. "흉벽을 향해 날아가는 적의 화살들 좀 봐!"

"그것보다는 거대한 정원용 물 분사기 같은데." 피터가 말했다.

그들은 상행선 쪽에서 기다리기로 했다. 하행선 플랫폼은 물바다가 된 것처럼 보였고, 하행선 승객들이 기차를 기다리는 음침한 작은 대합실은 안쪽까지 비가 들이치고 있었다.

엄마가 탄 기차가 올 때까지 상행선 열차 두 대, 하행선 열차 한 대가 지나갈 예정이었다. 기차를 구경하다 보면 기다리는 동안 재미있는 일들이 많이 벌어지곤 했다.

"아마 그때까지는 비가 그칠지도 몰라." 바비가 말했다. "어쨌든 엄마 우비와 우산을 갖고 왔으니 다행이야."

'일반 대합실'이라는 표지가 붙은 곳은 한산했고, 아이들은 그곳에서 광고 놀이를 하며 아주 즐거운 시간을 보냈다. 물론 독자들도 이 놀이를 알고 있을 것이다. '바보 크램보*'와 비슷한 놀이다. 한 사람씩 차례로 밖에 나가서 광고를 보고 돌아온 다음 자기가 본 광고와 같은 포즈를 취하면, 다른 이들이 무슨 광고인지 알아맞히는 놀이다. 바비는 들어와서 엄마 우산 밑에 앉아 날카로운 표정을 지었다. 동생들은 모두 그것이 우산 밑에 앉아 있는 여유가 나오는 광고라는 것을 알았다. 필리스는 엄마 우비로 마법 양탄자를 만들려고 했지만 마법 양탄자처럼 뻣뻣하지도 않고 뗏목 같아 보이지도 않아서 아무도 알아맞히지 못했다. 피터는 얼굴에 온통 석탄가루를 칠한 채 몸을 가늘고 길게 만들었다. 그는 어느 회사의 '짙은 남색 잉크' 광고 속 잉크 자국을 흉내 낸 거라고 설명했다. 아이들은 그건

* 상대방이 내놓은 단어와 같은 운(韻)의 낱말을 찾는 놀이

너무 지나치다고 생각했다.

다시 필리스의 차례가 왔다. 어느 회사 것인지는 모르겠지만 '나일강 가이드 투어' 광고에 등장하는 스핑크스를 흉내 내고 있을 때, 상행선 열차의 도착을 알리는 신호가 딸랑딸랑 선명하게 울렸다. 아이들은 기차가 지나가는 것을 보려고 재빨리 달려나갔다. 그 기관차에는 이제 아이들의 가장 소중한 친구가 된 기관사와 화부가 타고 있었다. 아이들과 두 남자 사이에 인사가 오갔다. 짐은 장난감 기관차의 안부를 물었고 바비는 기름이 잔뜩 묻은 축축한 토피* 꾸러미를 그에게 억지로 쥐여주다시피 했다. 바비가 직접 만든 것이었다.

바비의 마음 씀씀이에 감동한 기관사는 언젠가 피터를 기관차에 태워달라는 그녀의 부탁에 생각해보겠다고 답했다.

"친구들, 뒤로 물러나세요." 기관사가 갑자기 외쳤다. "이제 출발합니다."

그러고는 기차가 일정대로 떠났다. 아이들은 기차가 커브를 돌며 사라질 때까지 꼬리등에서 눈을 떼지 못했다. 그리고 자유롭게 뛰놀 수 있는 먼지투성이 일반 대합실로 돌아가 즐거운 광고 놀이를 다시 하려고 몸을 돌렸다.

아이들은 표를 포기하고 가버린 사람들의 행렬도 끝나고 역에 한두 사람 정도만 남아 있을 것으로 예상했다. 하지만 기차역 문 근처의 플랫폼에는 사람들이 새까맣게 모여 있었다.

"와!" 피터가 흥분에 들떠서 외쳤다. "무슨 일이 있나 봐! 가보

* 설탕, 버터, 물을 함께 끓여 만든 것

자!”

아이들은 플랫폼 쪽으로 뛰어갔다. 사람들 근처에 갔지만 아이들에게 보이는 것은 군중 가장자리에 서 있는 사람들의 비에 젖은 축축한 등과 팔꿈치뿐이었다. 사람들이 동시에 각자의 생각을 말하고 있었다. 무슨 일이 일어난 것이 분명했다.

“미친 사람 같지는 않은데.” 농부처럼 보이는 사람이 말했다. 깨끗이 면도한 그의 붉은 얼굴이 피터의 눈에 들어왔다.

“제 생각엔 경찰 재판소에 가야 할 일 같은데요.” 검은 가방을 멘 젊은이가 말했다.

“그건 아니지. 차라리 병원이….”

그때 역장의 목소리가 들렸다. 단호하고 딱딱한 목소리였다.

“자, 이제 저쪽으로 이동해주십시오. 여러분만 괜찮으시다면 제가 이 일을 처리하겠습니다.”

하지만 사람들은 움직일 줄을 몰랐다. 그때 아이들을 완전히 흥분시키는 목소리가 들렸다. 외국어였다. 게다가 아이들이 한 번도 들어본 적 없는 언어였다. 아이들은 프랑스어와 독일어는 들어본 적이 있었다. 엠마 아주머니가 독일어를 할 줄 알아서 ‘베도유텐’ ‘차이텐’ ‘빈’ ‘신’*이라는 가사가 나오는 노래를 흥얼거리곤 했다. 그 말은 라틴어도 아니었다. 피터는 네 학기 동안 라틴어를 배운 적이 있었다.

아이들만 모르는 것이 아니라 거기 모인 사람 중 누구도 그 외

---

* 하인리히 하이네의 시를 바탕으로 한 독일의 민요 〈로렐라이(The Lorelei)〉에 나오는 단어

국어를 아는 사람이 없는 것 같아서 그나마 위안이 되었다.

"저 사람이 뭐라고 하는 거지?" 농부가 심각한 목소리로 물었다.

"프랑스어처럼 들리는군요." 역장이 말했다. 그는 하루 동안 볼로뉴에 갔다 온 적이 있었다.

"프랑스어는 아니에요!" 피터가 말했다.

"그럼 어느 나라말이야?" 사람들이 웅성거렸다. 누가 한 말인지 보기 위해 사람들이 몸을 뒤로 약간 빼자 피터가 그 틈을 뚫고 앞으로 나갔다. 사람들이 다시 빈틈없이 모였을 때 피터는 이미 맨 앞줄에 서 있었다.

"어느 나라말인지는 모르겠어요." 피터가 말했다. "하지만 프랑스어는 아니에요. 그건 알아요." 그때 피터는 사람들이 둘러싼 공간의 한가운데 누가 있는지 보았다. 남자였다. 낯선 언어로 말한 사람은 그 남자임이 틀림없었다. 남자는 머리가 길고 눈빛이 사나웠으며, 허름한 옷을 걸치고 있었다. 피터가 처음 보는 양식의 옷이었다. 남자는 손과 입술을 떨고 있었다. 그는 피터를 보더니 다시 말했다.

"아니에요, 프랑스어는 아니에요." 피터가 말했다.

"그렇게 프랑스어를 잘 안다면 프랑스어로 말을 걸어봐." 농부가 말했다.

"팔레이 부 프롱세이(당신은 프랑스 말 하쎄요)?" 피터가 서툰 프랑스어로 용감하게 물었다. 다음 순간 벽에 기대어 있던 눈빛 사나운 남자가 갑자기 튀어나와 피터의 손을 잡았다. 사람들은 다시 뒷걸음질 쳤다. 남자는 한 마디도 알아들을 수 없는 말을 홍수처럼 쏟아내기 시작했다. 피터는 그 말을 알고 있었다.

"맞아요!" 피터가 사람들을 향해 승리의 눈빛을 던지며 말했다. 손은 낯설고 초라한 사람에게 여전히 잡혀 있었다. "이거요. 이게 프랑스어예요."

"뭐라고 말하는 거니?"

"모르겠어요." 피터는 솔직히 인정할 수밖에 없었다.

"자, 여러분." 역장이 다시 한번 말했다. "이제 가던 길을 가십시오. 제가 이 일을 처리하겠습니다."

소심한 편이거나 캐묻기를 별로 좋아하지 않는 승객들은 마지못해 천천히 자리를 떴다. 필리스와 바비는 피터에게 갔다. 셋은 모두 학교에서 프랑스어를 배운 적이 있었다. 하지만 이 순간 아이들은 프랑스어를 실제로 할 줄 알면 얼마나 좋을까, 생각했다. 피터는 낯선 이에게 고개를 가로저으며, 잡은 손을 최대한 따뜻하게 흔들고 다정하게 눈을 맞췄다. 수많은 사람들 가운데 주저하던 한 사람이 갑자기 "노 콤프레니(못 알겠어요)!" 하고 서툰 프랑스어 한마디를 외치고는 북새통을 이룬 사람들 사이를 얼굴을 붉힌 채 빠져나갔다.

"역장님 방으로 데리고 가세요." 바비가 역장에게 속삭였다. "엄마가 프랑스어를 하실 줄 알거든요. 메이드브리지에 가셨는데 다음 열차로 돌아오실 거예요."

역장은 낯선 남자의 팔을 잡았다. 갑작스러웠지만 무례하지는 않았다. 하지만 남자는 자신의 팔을 비틀어 뺐다. 그는 기침을 하고 몸을 떨었다. 그리고 몸을 웅크리면서 역장을 밀어내려고 애썼다.

"어, 그러지 마세요!" 바비가 말했다. "저 아저씨가 얼마나 겁먹었는지 안 보이세요? 역장님이 자기를 가두려 한다고 생각하고 있어요. 전 알아요. 저 아저씨의 눈을 보세요!"

"덫에 걸린 여우의 눈처럼 보이는걸." 농부가 말했다.

"제가 해볼게요!" 바비가 말했다. "저도 프랑스어 한두 마디쯤은 알고 있어요. 기억이 나면 좋으련만."

가끔 뭔가 꼭 필요한 상황에서 우리는 평소에 꿈도 못 꿨던 대단한 일을 할 수 있다. 바비는 프랑스어 과목에서 한 번도 우수한 적이 없었지만 자기도 모르게 익힌 것이 있는 게 분명했다. 바비는 남자의 사납지만 두려움에 사로잡힌 눈을 바라보면서 거짓말처럼 프랑스어 몇 마디를 기억해냈고 말까지 할 수 있었다. 바비가 말했다.

"부 저땅드르(당신은 기다린다). 마 메흐 파흘레 프랑세(내 엄마 프랑스어 합니다). 누(우리)… '친절하다'가 프랑스어로 뭐지?"

아는 사람이 없었다.

"'좋다'는 봉인데." 필리스가 말했다.

"누 제트르 봉 뿌흐 부(우리는 당신에게 좋다)."

남자가 바비의 말을 알아들었는지는 모르겠다. 하지만 남자는 자기에게 내민 손길과 자신의 허름한 소매를 어루만지는 다른 손에 담긴 바비의 선한 마음은 알 수 있었다.

바비는 가장 안쪽에 있는 역장의 성역으로 남자를 조심스럽게 잡아끌었다. 피터와 필리스도 뒤를 따랐다. 역장은 사람들이 보는 앞에서 문을 닫았다. 사람들은 잠깐 매표소 안에서 서성였다. 그들은 꼭 닫힌 노란색 문을 바라보며 이야기하다가 하나둘씩 툴툴거리며 원래 가던 길로 돌아갔다.

바비는 역장실 안에서도 낯선 남자의 손을 잡은 채 소매를 어루

만지고 있었다.

"문제는 이거야." 역장이 말했다. "표도 없고, 어디로 가고 싶어 하는지도 모르겠어. 이제는 경찰을 부르는 수밖에 없어."

"앗, 안돼요!" 아이들이 동시에 애원하며 외쳤다. 갑자기 바비가 낯선 남자와 다른 사람들 사이를 가로막았다. 남자가 울고 있는 것을 보았기 때문이다.

아주 드문 일이지만 다행스럽게도 바비의 주머니에는 손수건이 있었다. 더더욱 드문 일이지만 그 손수건은 나름 깨끗하기까지 했다. 다른 사람들이 눈치채지 못하도록 바비는 낯선 남자의 바로 앞에 서서 손수건을 꺼낸 뒤 그에게 건넸다.

"엄마가 올 때까지 기다려요." 필리스가 말하고 있었다. "엄마는 프랑스어를 아주 잘하시거든요. 듣고 있으면 정말 멋있어요."

"감옥에 갈 만한 일을 한 것 같지는 않은데요." 피터가 말했다.

"나도 딱히 방법이 없구나." 역장이 말했다. "뭐, 너희 엄마가 올 때까지는 일단 저 사람을 믿어보자. 그가 도대체 어느 나라 사람인지 알아야겠다. 반드시."

그때 피터에게 좋은 생각이 떠올랐다. 그는 주머니에서 봉투를 하나 꺼내더니 그 안에 외국 우표가 반쯤 들어 있는 것을 보여줬다.

"이걸 보세요." 그가 말했다. "저 아저씨에게 이 우표들을 보여주면서…"

바비는 낯선 남자에게 눈을 돌려 자신의 손수건으로 눈물을 모두 닦은 것을 확인했다. 바비가 말했다. "좋아."

그들은 남자에게 이탈리아 우표를 보여주며 그를 손가락으로 가리킨 후, 우표를 가리키고 나서 또다시 그를 가리켰다. 그러고는 눈썹으로 질문하는 표정을 만들어 보였다. 남자는 고개를 가로저었다. 그다음 그들은 노르웨이 우표를 보여줬다. 흔한 파란색의 우표였다. 남자는 다시 아니라는 몸짓을 했다. 그다음에는 스페인 우표를 보여줬다. 그러자 그는 아예 피터가 들고 있던 봉투를 가져가더니 떨리는 손으로 우표를 뒤적였다. 드디어 질문에 대한 답을 찾은 듯 손을 뻗어 우표를 집었다. 그의 손에 들린 우표는 러시아 우표였다.

"러시아 사람이에요!" 피터가 외쳤다. "키플링의 책 《존재했던 남자The Man Who Was》 같은 사람인가 봐요."

메이드브리지에서 떠난 열차가 도착한다는 신호가 울렸다.

"제가 함께 있을 테니 엄마를 모셔와 주세요." 바비가 말했다.

"꼬마 아가씨, 무섭지 않니?" 역장이 물었다.

"어, 아니요." 바비가 말했다. 그러면서 성질이 어떤지 모르는 낯선 개를 볼 때처럼 낯선 남자를 쳐다봤다. "저를 해치지 않을 거죠, 그렇죠?"

바비는 남자에게 미소를 지어 보였고 남자도 미소로 답했다. 이상하게 일그러진 미소였다. 그러고는 다시 기침을 했다. 열차가 무겁게 덜컹거리며 들어오는 소리가 휙 지나갔다. 역장과 피터, 필리스는 엄마를 맞으러 나갔다. 바비는 그들이 엄마와 함께 돌아왔을 때도 여전히 낯선 남자의 손을 꼭 잡고 있었다.

러시아인은 일어나서 정성을 다해 격식을 갖추어 허리를 굽혀 인사했다.

엄마가 프랑스어로 그에게 말을 걸었다. 그는 처음에는 더듬거렸지만 점점 긴 문장으로 답했다.

아이들은 그의 얼굴과 엄마의 얼굴을 번갈아 보았다. 그의 이야기가 엄마에게 노여움과 동정심과 유감과 분노를 한꺼번에 불러일으키고 있었다.

"흠, 부인. 어떤 대화를 나누고 계신 겁니까?" 역장은 더 이상 호기심을 억누를 수 없었다.

"아, 큰일은 아니에요." 엄마가 말했다. "이분은 러시아 사람이고 표를 잃어버렸대요. 아무래도 몸이 많이 안 좋은 것 같아요. 괜찮다면 제가 이분을 우리 집으로 데려가겠습니다. 아주 지쳐 있네요. 제가 내일 내려와서 모든 것을 말씀드릴게요."

"얼어붙은 독사를 집으로 데리고 가시는 건 아니었으면 좋겠군요." 의심을 거두지 못한 역장이 말했다.

"오, 아니에요." 엄마가 밝은 목소리로 말하며 미소 지었다. "그런 건 아니라고 확신해요. 이분은 자기 나라에서 아주 훌륭한 분이에요. 글 쓰시는 분인데 아름다운 책들을 쓰셨어요. 저도 몇 권을 읽어보았고요. 하지만 그것에 대해서는 모두 내일 말씀드리죠."

엄마는 다시 프랑스어로 러시아인과 이야기했다. 모두가 남자의 두 눈에 비친 놀라움과 기쁨과 감사함을 읽을 수 있었다. 그가 일어나더니 역장에게 고개 숙여 공손히 인사했다. 그리고 엄마에게 정중히 예를 갖추며 팔을 내밀었다. 엄마는 그 팔을 잡았다. 하지만 그가 엄마를 부축하는 것이 아니라 엄마가 그를 부축하고 있다는 것은 누구나 알 수 있었다.

"바비와 필리스는 집에 빨리 가서 거실에 불을 피워라." 엄마가 말했다. "그리고 피터는 의사 선생님을 불러와 주면 좋겠구나."

하지만 의사 선생님을 모시러 간 사람은 바비였다.

"선생님께는 죄송하지만," 의사를 발견한 바비가 그의 소매를 붙잡고 숨을 헐떡거리며 말했다. "엄마가 행색이 아주 초라한 러시아인을 데리고 오셨어요. 그분도 틀림없이 선생님 클럽에 들어가야 할 것 같아요. 아마 돈이 하나도 없을 거예요. 우리가 그분을 역에서 발견했어요."

"발견했다고? 그렇다면 그가 길을 잃었다는 말이냐?" 코트에 손을 뻗으며 의사가 물었다.

"네." 바비의 답변은 예상치 못한 것이었다. "바로 그거예요. 그분이 엄마한테 프랑스어로 자기 인생에 대해 슬프고도 사랑스러운 이야기를 해주셨어요. 엄마는 선생님이 집에 계시다면 바로 와주셨으면 좋겠다고 말씀하셨고요. 기침이 무서울 정도로 심해요. 그리고 막 울었어요."

의사는 미소를 지었다.

"오, 웃지 마세요." 바비가 말했다. "제발 그러지는 마세요. 그분을 보시면 그러시지 못할 거예요. 저는 남자가 우는 걸 처음 봤어요. 그게 어떤 건지 선생님은 모르실 거예요."

의사 포레스트 선생은 미소를 괜히 지었다고 생각했다.

바비와 의사가 세 굴뚝집에 도착했을 때, 러시아인은 아빠 것이었던 안락의자에 앉아서 활활 타는 장작불 옆에 발을 뻗은 채 엄마가 만든 차를 조금씩 마시고 있었다.

"몸과 마음이 모두 지쳐 보이네요." 의사의 말이었다. "기침이

심하긴 하지만 괜찮을 겁니다. 하지만 당장 잠을 재워야 해요. 그리고 밤에는 방에 불을 피워주세요.”

“제 방에 불을 피워놓을게요. 그곳에만 벽난로가 있거든요.” 엄마가 말했다. 엄마가 불을 지피자 의사가 낯선 남자를 잠자리까지 부축해왔다.

엄마 방에는 커다란 여행용 가방이 있었다. 아이들 중 누구도 그것이 열린 걸 본 적이 없었다. 하지만 지금 막 엄마는 불을 밝히더니 가방을 열어 옷을 꺼냈다. 남자 옷이었다. 엄마는 벽난로 옆에다 옷을 놓고 따뜻한 공기를 쐬었다. 바비는 장작 땔 것을 더 가지고 들어오다가 잠옷에 새겨진 표시를 보았다. 열린 트렁크에 눈길이 갔다. 바비의 눈에 들어온 것은 모두 남자 옷이었다. 잠옷에 새겨진 이름은 아빠 이름이었다. 아빠가 자기 옷을 가져가지 않았다는 뜻이었다. 그리고 그 잠옷은 아빠의 새 잠옷이었다. 바비는 그것이 만들어진 날을 기억했다. 피터의 생일 직전이었다. 아빠는 왜 자기 옷을 가져가지 않았을까? 바비는 슬며시 방에서 빠져나왔다. 등 뒤에서 여행용 가방에 자물쇠를 채우는 소리가 들렸다. 바비의 심장은 무섭게 뛰었다. 아빠는 왜 옷을 가져가시지 않았을까? 엄마가 방에서 나오자 바비는 엄마에게 뛰어가 두 팔로 엄마의 허리를 감아 꼭 껴안고 속삭였다.

“엄마, 아빠가… 돌아가신 건 아니죠? 그런 건가요?”

“얘야, 아니야! 왜 그런 끔찍한 생각을 하니?”

“모… 모르겠어요.” 바비가 말했다. 자신에게 화가 났지만 엄마가 들키고 싶어 하지 않는 것은 모른 척하겠다는 결심을 지켰다.

엄마는 바비를 황급히 안았다. "아빠는 아주, 아주 잘 지내신단다. 내가 아빠한테서 마지막으로 들은 바로는 그래." 엄마가 말했다. "그리고 언젠가는 우리에게 돌아오실 거야. 그런 끔찍한 일은 상상도 하지 말아라, 아가!"

낯선 러시아인에게 편한 잠자리를 만들어주고 나서 엄마가 딸들 방에 들어왔다. 엄마는 필리스의 침대에서 자고, 필리스는 바닥에 매트리스를 깔고 자기로 했다. 필리스에게는 매우 즐거운 모험이었다. 엄마가 들어오자마자 흰색의 형체 둘이 튀어나오더니 간절한 목소리로 애원했다.

"엄마, 이제 저 러시아 신사에 대해서 말해주세요."

흰색 형체 하나가 방으로 후다닥 들어왔다. 피터였다. 흰 공작새의 꼬리처럼 뒤에 이불을 질질 끌고 들어오고 있었다.

"그동안 참았잖아요." 피터가 말했다. "혀를 깨물면서 잠을 쫓아냈단 말이에요. 거의 잠들 뻔했을 때 너무 세게 깨물어서 아직 아파요. 제발 말해주세요. 길고 재미있는 이야기를 들려주세요."

"오늘 밤에는 긴 이야기를 해줄 수 없단다." 엄마가 말했다. "너무 피곤하거든."

바비는 엄마의 목소리에 울음이 배어있다고 생각했다. 하지만 다른 아이들은 눈치채지 못했다.

"그럼 엄마가 하실 수 있는 만큼만 얘기해주세요." 필이 말했다. 바비는 엄마 허리에 팔을 두르고 꼭 안아드렸다.

"글쎄, 책 한 권을 써도 될 만큼 긴 이야기란다. 저분은 작가야. 훌륭한 책들을 쓰셨어. '차르' 시대의 러시아에서는 부자가 옳지 않은 행동을 해도 아무도 그것에 대해 감히 말할 수 없었어. 가난한 이들이 더 잘 살고 행복해질 수 있도록 만들기 위해 해야 하는 일들에 대해서 입도 뻥긋할 수 없었지. 입을 열면 감옥에 보내졌어."

"하지만 그래서는 안 되잖아요." 피터가 말했다. "사람들은 잘못한 일이 있을 때만 감옥에 가는 거잖아요."

"아니면 판사가 그들이 잘못했다고 생각하거나." 엄마가 말했다. "그래, 영국에서는 네 말대로야. 하지만 러시아에서는 다르단다. 그런데 저분은 가난한 이들에 대해서, 또 그들을 어떻게 도울 것인지에 대해서 훌륭한 책을 쓰셨어. 나도 읽어봤단다. 그 책에 담긴 것은 선함과 친절함뿐이야. 그런데 그들이 그 책을 핑계로 저분을 감옥에 보낸 거야. 3년 동안 끔찍한 지하 감옥에 갇혀 있었다. 빛이 거의 들어오지 않는 축축하고 무시무시한 곳이었다는구나. 3년을 혼자 감옥에서 보낸 거야."

엄마의 목소리가 약간 떨리더니 갑자기 멈췄다.

"그런데, 엄마." 피터가 말했다. "그런 일이 지금 실제로 일어날 리는 없어요. 역사책에서나 나오는 일처럼 들려요. 종교 재판 같은 거요."

"끔찍한 일이지만 모두 과거에 있었던 사실이야." 엄마가 말했다. "아무튼 감옥에서 나와서는 시베리아로 보내졌대. 죄수와 죄수가 쇠사슬로 묶여 있었다더구나. 죄수 중에는 온갖 종류의 범죄를 저지른 사악한 사람들도 있었고. 기다란 사슬처럼 줄줄이 엮인 죄수들은 걷고 걷고 또 걷기를 며칠씩, 몇 주씩이나 계속됐대. 걷는 게 절대로 끝나지 않을 거라고 생각할 정도였다는구나. 감독관은 그들

뒤에 가면서 죄수들이 피곤해하면 채찍을 휘둘렀대. 그래, 채찍 말이야. 절뚝이는 사람도 있고 넘어지는 사람도 있었는데, 일어나서 계속 걸을 수 없으면 감독관들이 마구 때린 다음 그냥 죽게 내버려 두고 떠났다. 모두 너무 끔찍한 일이야! 마침내 아저씨는 탄광에 도착했고 죽을 때까지 거기에서 살아야 한다는 형을 선고받았대. 좋은, 고귀한, 훌륭한 책을 썼다는 이유만으로. 죽을 때까지."

"어떻게 도망쳐 나왔대요?"

"전쟁이 일어났을 때 러시아인 죄수 중 일부는 군인으로 자원해도 된다고 했대. 그래서 아저씨도 자원했다는구나. 하지만 기회가 왔을 때 바로 탈영했대. 그리고…."

"그렇지만 그건 아주 비겁한 일이잖아요, 안 그래요?" 피터가 말했다. "탈영을 하다니요? 게다가 전쟁 때인데."

"아저씨가 자신에게 그런 짓을 한 나라에 하나라도 빚진 게 있을까? 빚을 졌다면 그의 아내와 아이들에게 더 졌을 거야. 아저씨는 가족들이 어떻게 됐는지도 모르고 있어."

"저런!" 바비가 탄식했다. "감옥에 있던 시간 내내 가족 생각이 났겠네요. 정말 괴로웠을 것 같아요."

"그래, 감옥에 있던 시간 내내 가족을 생각하고 괴로워했단다. 어떤 꼬투리라도 잡혀서 가족들도 감옥에 보내졌을지 모른다는 생각을 했대. 러시아에서는 그런 짓을 했으니까. 하지만 아저씨가 탄광에 있을 때 몇몇 친구가 용케 소식을 전해준 거야. 아내와 아이들이 탈출해서 영국에 갔다고. 그래서 탈영한 후 가족을 찾으러 여기로 온 거야."

"가족의 주소를 가지고 있나요?" 피터가 제법 쓸 만한 질문을 던졌다.

"아니, 그냥 영국에 있다는 것만 안대. 아저씨는 런던으로 가고 있었어. 우리 역에서 열차를 갈아타야 한다고 생각했는데 표와 지갑을 잃어버린 걸 알게 된 거야."

"아저씨가 과연 찾을 수 있을까요? 제 말은, 표와 물건들 말고, 아내와 아이들 말이에요."

"그러기를 바란단다. 아저씨가 아내와 아이들을 다시 찾기를 바라고 기도한단다."

이제는 필리스조차 엄마의 목소리가 매우 떨리고 있다는 것을 알아차렸다.

"엄마, 왜 그래요?" 필리스가 말했다. "아저씨가 너무 불쌍해서 그런 거예요?"

잠깐 아무 말도 없던 엄마가 말했다. "그래." 엄마는 생각에 잠긴 것처럼 보였다. 아이들도 조용히 기다렸다.

곧 엄마가 말했다. "얘들아, 하느님께 모든 죄수와 포로를 불쌍히 여겨달라고 기도했으면 좋겠구나."

"하느님," 바비가 천천히 따라 했다. "모든 죄수와 포로를 불쌍히 여기소서. 엄마, 이렇게 하면 돼요?"

"그래." 엄마가 말했다. "모든 죄수와 포로를 불쌍히 여기시길. 모든 죄수와 포로를."

6장
기차를 구한 아이들

러시아 신사는 다음 날 건강이 좋아졌고, 그다음 날은 전날보다 더 좋아졌으며, 셋째 날은 정원에 나갈 수 있을 정도로 건강해졌다. 그는 자기에게 너무 큰 아이들 아빠의 옷을 입고, 버들가지를 엮어 만든 의자에 앉았다. 그를 위해 밖에 갖다 놓은 의자였다. 나중에 엄마가 소매와 바지의 끝단을 접어주었더니 옷도 나름 잘 맞았다. 그의 얼굴에서는 이제 온화함이 느껴졌고 더 이상 피곤하거나 겁먹은 기색을 볼 수 없었다. 그는 아이들을 볼 때마다 미소를 지었다. 아이들은 그가 영어를 할 수 있으면 얼마나 좋을까, 하고 생각했다. 엄마는 영국에서 러시아 신사의 아내와 가족이 있을 만한 곳을 알 수도 있는 사람들에게 편지를 여러 통 보냈다. 세 굴뚝집에서 살기 전에 알던 사람들에게 쓴 것은 아니었다. 엄마는 그들 중 누구에게도 편지를 쓴 적이 없었다. 엄마가 편지를 보낸 사람들은 의회 의원, 신문사 편집장, 협회 간사처럼 잘 모르는 사람들이었다.

엄마는 글도 별로 쓰지 않았다. 러시아인 옆에 앉아서 햇볕을

쬐며 원고를 교정하고, 때때로 그와 얘기하는 것이 전부였다.

아이들은 단지 가난한 이들에 관한 아름다운 책을 썼다는 이유로 감옥과 시베리아에 보내진 이 남자를 자기들이 얼마나 각별히 생각하고 있는지 그에게 몹시 보여주고 싶어 했다. 물론 아이들은 그를 향해 미소를 지을 수 있었다. 그럴 수 있었고 실제로 그렇게 했다. 하지만 너무 자주 미소를 짓다 보면 마치 하이에나의 미소처럼 굳어지기 쉽다. 그렇게 되면 더 이상 미소는 다정해 보이지 않는다. 그냥 바보 같아 보일 뿐이다. 아이들은 다른 방법을 시도하기로 했다. 그가 앉았던 자리가 클로버와 장미와 초롱꽃으로 둘러싸일 때까지 그에게 꽃을 가져다주는 것이었다.

필리스에게 좋은 생각이 떠올랐다. 필리스는 언니와 오빠를 은밀히 부르더니 마당으로 끌고 나갔다. 펌프와 빗물통 사이, 가려져서 잘 안 보이는 곳에서 필리스가 말했다.

"퍼크스 아저씨가 자기 정원에서 제일 처음 딴 딸기를 나한테 주기로 약속한 것 기억나?" 독자들도 기억하겠지만 퍼크스는 짐꾼을 말한다. "내 생각엔 딸기가 이제 다 익었을 것 같아. 내려가서 살펴보자."

엄마는 역장에게 러시아 죄수에 대해 얘기해주기로 한 약속을 지키기 위해 역에 이미 내려가 있었다. 기찻길이 아무리 매력적이라 해도 아이들을 신기한 이방인에게서 떼어놓을 수는 없었다. 그들은 3일 동안이나 역에 가지 않았다.

아이들은 그제야 역에 갔다.

그런데 아이들은 놀라고 속이 상했다. 퍼크스가 그들을 아주

차갑게 대했기 때문이다.

"영광스럽기 그지없구나." 아이들이 짐꾼 휴게실 문을 빼꼼히 열고 들여다보자 퍼크스가 말했다. 그러고는 다시 신문을 읽기 시작했다.

불편한 침묵이 흘렀다.

"오, 이런." 바비가 한숨을 쉬며 말했다. "아저씨 화나셨군요."

"뭐라고? 내가? 아니야!" 퍼크스가 도도하게 말했다. "나랑은 아무 상관없다."

"뭐가 아무 상관없다요?" 피터가 말했다. 너무 걱정스럽고 놀란 나머지 그의 말을 그대로 따라 해버렸다.

"없다면 없는 거지. 여기서 일어난 일이든 어디서 일어난 일이든." 퍼크스가 말했다. "너희가 너희만의 비밀을 갖고 싶다면 그렇게 해. 그래도 좋아. 내 말은 그거야."

이어진 침묵의 순간, 아이들은 각자 마음속에 있는 비밀의 방을 재빨리 살펴봤다. 셋은 동시에 고개를 가로저었다.

"우린 아저씨한테 아무런 비밀이 없어요." 바비가 말했다.

"있을 수도 있고 없을 수도 있지." 퍼크스가 말했다. "나하고는 상관없는 일이야. 아무튼 너희 모두 오후 잘 보내렴." 그는 신문을 들어 아이들을 가리고는 읽기 시작했다.

"어, 그러지 마세요!" 마음이 상한 필리스가 말했다. "이러시면 너무 끔찍해요! 무슨 일인지 모르겠지만 저희에게 말해주세요."

"그게 뭔지는 모르겠지만 그러려고 한 건 아니에요."

답이 없었다. 퍼크스는 신문을 다시 접고 다른 기사를 읽기 시작했다.

"저기요," 피터가 갑자기 말했다. "이건 불공평해요. 범죄를 저지른 사람도 무엇 때문에 처벌받는지도 모르고 처벌받지는 않아요. 러시아에서는 한때 그랬지만요."

"난 러시아에 관해선 아무것도 모른다."

"어, 아시잖아요. 엄마가 일부러 내려와서 아저씨와 길스 아저씨에게 우리 러시아인에 대해 모두 말해줬잖아요."

"너희는 모르겠니?" 퍼크스가 언성을 높이며 말했다. "길스 씨가 나한테 ·자기 방으로 들어와 편히 앉으라고 한 다음, 귀부인께서 하시는 말씀을 잘 들어보라고 할 것 같으냐?"

"그럼 못 들으셨다는 말이에요?"

"숨소리도 못 들었다. 묻고 싶은 게 있어서 가긴 갔지. 그랬는데 입도 뻥끗 못 하게 하더군. '나랏일이네, 퍼크스'라고 하면서. 그래도 난 너희 중 하나가 내려와서 나한테 말해줄 거라고 생각했다. 너희들은 이 늙은 퍼크스한테서 뭔가 알아내고 싶을 때는 여기 쪼르르 내려오잖아." 필리스는 딸기 생각만 한 자신이 부끄러워 보라색이 될 정도로 얼굴을 붉혔다. "기차나 신호, 그런 것들이 알고 싶을 때 말이다." 퍼크스가 말했다.

"아저씨가 모르시는 줄 몰랐어요."

"우리는 엄마가 아저씨에게 말씀하셨다고 생각했어요."

"아저씨에게말하고싶었지만지나간일같아서말하지않았을뿐이에요."

아이들이 한꺼번에 외쳤다.

퍼크스는 다 괜찮다고 말하면서도 여전히 신문으로 얼굴을 가리고 있었다. 그때 필리스가 갑자기 신문을 낚아채 버리고 퍼크스의 목을 두 팔로 감싸 안았다.

"우리 입 맞추고 화해해요." 필리스가 말했다. "먼저 죄송하다고 말씀드려야겠어요. 하지만 우리는 아저씨가 모르시는 줄 정말 몰랐어요."

"죄송해요." 바비와 피터가 말했다.

마침내 퍼크스는 아이들의 사과를 받아들였다.

아이들은 퍼크스를 데리고 나와 기찻길 옆 풀로 덮인 양지바른 둑에 앉았다. 풀이 너무 뜨거워 손을 댈 수도 없었다. 그곳에서 어떤 때는 한 사람씩, 어떤 때는 모두 함께 짐꾼에게 러시아 죄수에 관한 얘기를 해주었다.

"글쎄, 내 생각엔 말이다…." 퍼크스가 말했다. 하지만 자기 생각이 무엇인지는 말하지 않았다.

"맞아요. 정말 무시무시해요, 그렇죠?" 피터가 말했다. "아저씨가 그 러시아인을 궁금해하신 것도 이상한 일은 아니죠."

"난 궁금하지 않았는데. 관심도 없었다." 짐꾼이 말했다.

"길스 아저씨가 그 일에 관해 말씀해주셨어도 됐을 텐데. 너무하셨네요."

"역장님께 화가 난 건 아니야, 아가씨." 짐꾼이 말했다. "왜냐고? 왜 그러셨는지 이유를 알거든. 역장님은 그런 일로 자기편을 저버리고 싶지 않을걸. 그건 인간의 본성이 아니야. 사람은 무슨 일을 당해도 자기편을 감싸야 하는 법이야. 그게 정당 정치라는 거지. 그 머리

긴 친구가 일본인이었다면 나도 똑같이 했을 거다."

"하지만 일본인들은 그렇게 잔인하고 사악한 짓은 하지 않았잖아요." 바비가 말했다.

"아마도 안 그랬을 거야." 퍼크스가 조심스레 말했다. "그래도 확신할 순 없지. 내 생각에 외국인들은 모두 똑같은 결점을 가졌어."

"그러면 아저씨는 왜 일본인 편이에요?" 피터가 물었다.

"글쎄. 사람은 이쪽 편이든 저쪽 편이든 선택을 해야 해. '자유당'과 '보수당'도 마찬가지야. 중요한 것은 네 편을 선택하고 무슨 일이 있어도 바꾸지 않는 거야."

신호가 울렸다.

"3시 14분 상행 열차군." 퍼크스가 말했다. "기차가 완전히 지나갈 때까지 엎드려 있어라. 그런 다음 우리 집에 올라가서 전에 말했던 딸기가 익었는지 살펴보자."

"익은 게 있어서 아저씨가 저한테 정말 주시면요," 필리스가 말했다. "제가 그걸 불쌍한 러시아인 아저씨에게 줘도 괜찮을까요, 아저씨?"

퍼크스가 눈을 가늘게 뜨더니 눈썹을 치켜세웠다.

"그러니까 너희가 오늘 오후에 내려온 건 그 딸기 때문이로구나, 응?" 그가 말했다.

필리스에게 난처한 순간이었다. '네'라고 하자니 무례하고 욕심 많은 사람처럼 보일 것이고, 퍼크스에게 몰인정한 일이 될 터였다. 하지만 '아니요'라고 한다면 그렇게 말한 자신 때문에 괴로워할 게 뻔했다. 필리스의 답은 이랬다.

"네, 그것 때문이었어요."

"잘했다!" 짐꾼이 말했다. "두려워하지 말고 진실을 말해야…."

"하지만 아저씨가 그 얘길 못 들었다는 걸 알았다면 우린 바로 다음 날 내려왔을 거예요." 필리스가 황급히 덧붙였다.

"꼬마 아가씨, 너를 믿는다." 퍼크스가 말했다. 그러더니 달려오는 열차의 2미터쯤 앞에서 기찻길을 훌쩍 뛰어넘었다.

바비와 필리스는 퍼크스의 그런 행동을 몹시 싫어했지만 피터는 좋아했다. 너무 재미있어 보였다.

러시아 신사가 딸기를 받고 어찌나 기뻐했는지 아이들은 그를 깜짝 놀라게 해줄 다른 방법이 없을지 머리를 짜내야 했다. 그나마 아이들이 생각해낸 가장 참신한 방법은 야생 버찌였다. 이 생각이 아이들에게 떠오른 것은 다음 날 아침이었다. 봄이라서 나무에는 꽃이 피고 있었다. 이것을 본 아이들은 버찌의 계절이 왔다는 것을 알았다. 야생 버찌를 찾으려면 어디를 살펴봐야 하는지도 잘 알고 있었다. 나무는 터널이 입을 벌리고 있는 절벽의 면을 따라서 높이 자라고 있었다. 거기에는 자작나무, 너도밤나무, 참나무, 개암나무 등 온갖 종류의 나무가 있었다. 그중에서도 벚꽃은 눈이나 은처럼 눈에 띄게 빛나고 있었다.

터널 입구는 세 굴뚝집에서 조금 떨어져 있어서 엄마는 아이들이 바구니에 점심을 담아 가도록 했다. 바구니가 있으면 버찌를 땄을 때 담아올 수도 있다. 엄마는 아이들이 저녁 시간에 늦지 않도록 자신의 은시계를 빌려주었다. 피터의 워터베리 시계는 피터가 빗물통에 빠뜨린 후 더 이상 작동하지 않았다. 아이들은 길을 나섰다. 그들은 언덕을 깎아 만든 좁은 길의 가장 높은 곳까지 올라가서 울타리에 몸을 기대고 기찻길을 내려다봤다. 기찻길은 필리스의 표현대로 '협곡'의 기슭에 나 있었다.

"저 아래에 기찻길이 없다면 사람의 발길이 한 번도 닿지 않은 곳 같을 거야, 안 그래?"

좁은 언덕길의 양쪽엔 대충 깎은 회색 돌이 있었다. 그도 그럴 것이 길의 가장 윗부분은 작은 협곡이었는데 터널 입구의 높이에 맞게 깎아내려 간 것이었다. 바위 사이사이에는 풀과 꽃이 자라 있었다. 새가 떨어뜨린 씨앗들이 바위 틈새에 들어가 뿌리를 내리고 덤불과 나무로 자라서, 언덕을 깎아 만든 좁은 길에 불쑥 튀어나와 있었다. 터널 근처에는 기찻길까지 이어진 계단이 있었다. 나무판자를 땅에 아무렇게나 박아 만든 계단은 가파르고 좁아서 마치 사다리 같았다.

"이제 내려가는 게 좋겠어." 피터가 말했다. "계단 옆에서 버찌를 따면 아주 쉬울 거야. 저번에도 거기에서 토끼 무덤에 올려놓을 벚꽃을 꺾었잖아."

아이들은 울타리를 따라 계단 꼭대기에 있는 작은 문까지 갔다. 문에 거의 도착했을 때 바비가 말했다.

"쉿, 멈춰! 저것은 뭐지?"

'저것'은 아주 이상하고 부드러운 소리였다. 나뭇가지를 흔드는 바람 소리와 전선이 윙윙대는 소리 가운데서도 매우 선명하게 들렸다. 바스락거리는 소리 같기도 하고 소곤거리는 소리 같기도 했다. 아이들이 귀를 기울이자 소리가 멈췄다. 그러더니 다시 소리가 나기 시작했다.

이번에는 소리가 멈추지 않았고, 바스락거리고 웅얼대는 소리가 점점 더 커졌다.

"저기 좀 봐." 피터가 갑자기 외쳤다. "저 위에 있는 나무!"

피터는 거친 회색빛 잎사귀와 흰 꽃이 핀 산딸기나무를 가리켰다. 산딸기는 나무에서 열릴 때는 밝은 다홍색이지만 열매를 따면 집에 가기도 전에 검게 변해 있어서 실망하게 된다. 피터가 손으로 가리켰을 때 그 나무는 움직이고 있었다. 나무 사이로 부는 바람 때문에 흔들리는 모습이 아니라, 나무 전체가 굴착면을 따라 걸어 내려가는 것 같았다.

"움직이고 있어!" 바비가 외쳤다. "와, 저것 봐! 다른 나무들도 그래. 꼭 《맥베스》에 나오는 숲 같아."

"마법이야." 필리스가 숨도 쉬지 못한 채 말했다. "난 이 기찻길이 마법에 걸렸다는 걸 진작 알고 있었어."

정말로 꽤 마법 같아 보였다. 반대쪽 둑의 약 20미터에 걸쳐 있는 나무들이 모두 기찻길을 향해서 천천히 걸어 내려가는 것처럼 보였다. 맨 뒤를 맡은 잿빛 잎사귀를 가진 나무는 마치 녹색 양 떼를 몰고 가는 나이 많은 양치기 같았다.

"저게 뭐지? 어, 저게 뭘까?" 필리스가 말했다. "마법이라 하기엔 너무 지나치네. 난 저게 마음에 들지 않아. 집에 가자."

하지만 바비와 피터는 눈앞에서 벌어지는 일을 난간에 꼭 붙어서 숨을 죽이고 바라보았다. 필리스도 혼자 집에 가려고 하지는 않았다.

나무들은 계속해서 움직였다. 돌멩이와 흙 부스러기가 저 아래 있는 기찻길 위로 떨어지면서 소리를 냈다.

"전부 밀려 내려가고 있어." 피터가 말을 꺼내려고 했지만 목소리를 잘 낼 수 없었다. 겨우 말을 한 순간, 걸어가는 나무들 밑에 있던 거대한 바위가 천천히 앞으로 기울었다. 나무들은 걸음을 멈추고 가만히 서서 전율하듯 떨고 있었다. 나무들은 바위와 함께 기울다가 잠시 주저하는 듯했다. 그런 다음 우르르 소리가 나면서 바위와 풀과 덤불이 굴착면에서 미끄러져 나와 기찻길로 쏟아져 내렸다. 1킬로미터 떨어진 곳에서도 족히 들릴 만한 굉음이었다. 먼지구름이 피어올랐다.

"와!" 피터가 경이로워하며 말했다. "꼭 석탄이 실려 올 때 같지 않아? 지하 저장고에 지붕이 없어서 내려다볼 수 있다면 이런 모습일 거야."

"엄청난 흙더미가 만들어진 것 좀 봐!" 바비가 말했다.

"맞아." 피터가 천천히 말했다. 그는 여전히 울타리에 기대 있었다. "맞아." 다시 한번 말했다. 더 천천히.

그러더니 똑바로 일어섰다.

"11시 29분 하행선 열차가 아직 지나가지 않았어. 우리가 역에 알려줘야 해. 그러지 않으면 아주 끔찍한 사고가 날 거야."

"뛰자!" 바비가 말하며 뛰기 시작했다.

그 때 피터가 소리쳤다. "돌아와!" 그리고 엄마가 준 시계를 보았다. 피터는 필요한 일을 능숙하고 재빠르게 할 줄 아는 아이였다. 피터의 얼굴은 그 어느 때보다도 더 창백해 보였다.

"시간이 없어." 피터가 말했다. "역은 3킬로미터나 떨어져 있는데 벌써 11시가 넘었어."

"그럼 우리가," 필리스가 숨을 헐떡이며 제안했다. "우리가 전봇대에 올라가서 전선에다 뭔가 해봐야 하지 않을까?"

"어떻게 하는지 모르잖아." 피터가 말했다.

"전쟁에서는 그렇게 하잖아." 필리스가 말했다. "분명히 그렇게 한다고 들었어."

"이 바보야, 영화에서는 그냥 그걸 잘라버리는 거야." 피터가 말했다. "그리고 그렇게 해도 아무 도움이 안 돼. 또 우리는 저기까지 올라갈 수도 없고, 만약 올라간다 해도 선을 자를 수는 없을 거야. 우리한테 빨간색으로 된 뭔가가 있으면 기찻길에 내려가서 그걸 흔들면 될 텐데."

"하지만 기차는 코너를 돌 때까지 우리를 보지 못할 거고, 그러면 우리를 보는 것과 동시에 흙더미를 발견하게 될 거야." 필리스가 말했다. "흙더미가 더 잘 보일걸. 그게 우리보다 훨씬 더 거대하니까."

"빨간 것만 있으면," 피터가 다시 말했다. "코너를 돌아가서 기차를 향해 흔들 텐데."

"아무거나 흔들자."

"그러면 그냥 평소의 우리라고만 생각할 거야. 우리가 그동안 손을 많이 흔들었잖아. 아무튼 일단 내려가자."

그들은 가파른 계단을 내려갔다. 바비는 창백한 얼굴로 떨고 있었고 피터의 얼굴은 평소보다 더 핼쑥해 보였다. 필리스는 얼굴이 붉게 상기된 채 불안감에 젖어 있었다.

"너무 덥다!" 필리스가 말했다. "추울 줄 알았는데. 괜히 입었나 봐. 그…," 필리스가 말을 갑자기 멈췄다. 그리고 전혀 다른 목소리로 말을 이었다. "그 플란넬 속치마 말이야."

계단 맨 아래에 있던 바비가 뒤를 돌아봤다.

"오, 맞아!" 바비가 외쳤다. "그게 빨간색이지! 속치마를 벗자."

바비와 필리스는 속치마를 벗어 둘둘 만 것을 겨드랑이에 끼고 기찻길을 따라 달렸다. 돌멩이, 바위, 흙과 휘어지고 부서지고 비틀어진 나무가 떨어져서 새로 만들어진 흙더미의 가장자리로 둘러 갔다. 그들은 최대한 힘껏 달렸다. 피터가 맨 앞이었지만 바비와 필리스도 크게 뒤처지지 않았다. 그들은 코너에 다다랐다. 기차가 코너를 돌기 전 1킬로미터 정도는 커브나 코너가 없는 직선이기 때문에 흙더미는 코너에 가려 보이지 않았다.

"이제…." 피터가 둘 중 더 큰 속치마를 손에 쥐고 말했다.

"설마…," 필리스가 더듬거리며 말했다. "그걸… 찢으려는 건 아니지?"

"조용히 해." 피터가 짧고 단호하게 말했다.

"좋아." 바비가 말했다. "그걸 찢어서 작은 조각으로 만들어. 필, 모르겠어? 우리가 기차를 멈춰 세우지 않으면 진짜 큰 사고가 나게 될 거야. 사람들이 죽는다고. 얼마나 끔찍하겠니! 여기, 피터, 허리띠 쪽으로 찢지 마!"

바비는 피터에게서 빨간색 플란넬 속치마를 빼앗더니 허리띠에서 2센티미터쯤 아래쪽을 찢었다. 그리고 다른 속치마도 그런 식으로 찢었다.

"그거야!" 이번에는 피터가 찢으며 말했다. 그는 속치마를 각각 세 조각으로 나눴다. "이제 우리한테 깃발이 여섯 개 생겼어." 다시 시계를 보았다. "7분 남았어. 깃대가 있어야 해."

남자아이들에게 주는 칼은 무슨 철로 만들었는지 칼날이 날카롭게 유지되는 법이 거의 없다. 아이들은 어린나무를 부러뜨려야 했다. 두 그루는 뿌리까지 딸려 나왔다. 나뭇잎들은 모두 떼어냈다.

"깃발에 구멍을 뚫어야 해. 그리고 나뭇가지를 구멍에 끼우는 거야." 피터가 말하고는 깃발에 구멍을 냈다. 칼은 플란넬을 뚫을 만큼은 날카로웠다. 아이들은 하행선 선로의 침목 사이에 있는 허술하게 쌓인 돌무더기에 깃발 두 개를 꽂았다. 그리고 필리스와 로버타는 깃발을 한 개씩 들고 열차가 눈에 보이면 바로 흔들 준비를 했다.

"나머지 두 개는 내가 들게." 피터가 말했다. "빨간색 뭔가를 흔들자고 한 건 나였으니까."

"하지만 그건 우리 속치마잖아." 필리스가 말싸움을 시작하려 했으나 바비가 가로막았다.

"왜들 그래. 열차를 구할 수만 있다면 누가 뭘 흔들든 뭐가 중요해?"

아마 11시 29분 기차가 역에서 그들이 있는 곳까지 오는 데에 걸리는 시간을 피터가 잘못 계산했거나 기차가 늦는 것 같았다. 하여간 기다리는 시간이 아주 길게 느껴졌다.

필리스가 점점 조바심을 냈다. "시계가 안 맞거나 열차가 이미 지나간 걸 거야." 그녀가 말했다.

깃발 두 개를 흔들겠다던 피터의 영웅적 태도도 힘이 풀렸다. 바비는 긴장감 때문에 토할 것 같았다.

바비는 누구의 눈에도 띄지 않을 작고 우스운 빨간 깃발을 들고 몇 시간 동안이나 거기에 서서 기다린 것처럼 느껴졌다. 기차는 못 볼 것이다. 그들 옆을 빠른 속도로 지나 코너를 돌아서 저 끔찍한 흙더미에 처박히고야 말 것이다. 그리고 모두 죽을 것이다. 손이 점점 차가워지고 떨려서 깃발을 제대로 잡을 수 없었다. 그때 먼 곳에서 덜컹거리는 금속성의 소리가 들렸다. 선로가 뻗어 있는 저 멀리에서 증기가 뿜어져 나오고 있었다.

"단단히 서 있어." 피터가 말했다. "그리고 미친 듯이 깃발을 흔들어! 기차가 저 커다란 가시금작화 덤불에 가까이 오면 뒤로 물러서. 하지만 흔드는 건 계속해야 해. 누나, 기찻길 위에 서 있지 마!"

기차가 덜컹거리며 아주아주 빠른 속도로 다가오고 있었다.

"우리가 안 보이나 봐! 우리가 안 보이나 봐! 다 소용없어!" 바비가 울부짖었다.

기찻길 위에 있던 작은 깃발 두 개가 휘청였다. 기차가 다가오면서 깃발을 받쳐주던 돌무더기를 흔들어 무너뜨렸기 때문이다. 깃발 하나가 기울어지더니 기찻길 위에 쓰러졌다. 바비가 뛰어나가 쓰러진 깃발을 집어 들고 흔들었다. 이제는 손이 떨리지 않았다.

기차의 속도가 어느 때보다도 빨랐다. 이제는 정말로 아이들 코앞에 와 있었다.

"이 바보 멍청이들, 기찻길에서 떨어지라니까!" 피터가 사납게 말했다.

"소용없어." 바비가 다시 말했다.

"뒤로 물러나!" 갑자기 피터가 외쳤다. 그리고 필리스의 팔을 잡고 뒤로 끌어당겼다.

하지만 바비는 외쳤다. "아직은 아니야, 아직은 아니야!" 그러면서 선로 바로 옆에서 양손에 깃발을 쥐고 흔들었다. 기관차의 앞모습은 검고 거대했다. 기관차의 목소리는 크고 거칠었다.

"제발 멈춰, 멈춰, 멈춰!" 바비가 목이 터져라 울부짖었다. 아무도 그 소리를 듣지 못했다. 적어도 피터와 필리스는 그랬다. 돌진해 오는 기차의 엄청난 굉음에 바비의 목소리가 파묻혔기 때문이다. 하지만 나중에 바비는 기관차가 자신의 목소리를 정말 들은 것은 아닌지 궁금해하게 됐다. 기관차는 마치 바비가 외치는 소리를 들은 것처럼 행동했다. 즉시 속력을 늦추더니 바비가 깃발 두 개를 흔들던 장소에서 20미터도 채 안 되는 곳에서 멈춰 선 것이다. 바비는 검은색의 거대한 기관차가 완전히 멈추는 것을 보았지만 어찌 된 일인지 깃발 흔드는 것을 멈출 수가 없었다. 기관사와 화부가 기관차에서 내렸다. 피터와 필리스는 달려가서 그들을 만나자마자 코너를 돌면 무시무시한 흙더미가 있을 거라는 얘기를 쏟아냈다. 그때까지도 바비는 여전히 깃발을 흔들고 있었다. 점점 더 약하고 불규칙하게.

다른 이들이 바비를 보았을 때 그녀는 기찻길에 가로누워 있었다. 두 팔은 아무렇게나 내팽개쳐져 있었고 손에는 작은 빨간색 플란넬 깃발이 달린 깃대를 여전히 꼭 쥐고 있었다.

기관사는 바비를 들어서 기차로 데려가 일등칸의 쿠션 위에 내려놓았다.

"완전히 기절해버렸구나." 기관사가 말했다. "아이고 가엾어라. 그럴 만도 하지. 가서 너희가 말한 흙더미를 살펴보고 역까지 태워 주마. 바비도 의사에게 보이고."

그렇게 창백한 얼굴로 아무 말 없이 누워 있는 바비를 보니 무서웠다. 새파래진 입술은 벌어져 있었다.

"사람이 죽으면 저럴 것 같아." 필리스가 작은 소리로 말했다.

"그런 말 하지 마!" 피터가 날카롭게 쏘아붙였다.

아이들은 푸른색 쿠션 위에 누워 있는 바비 옆에 앉았고, 기차는 떠났던 역으로 되돌아갔다. 역에 도착하기 전에 바비가 한숨을 쉬며 눈을 떴다. 그리고 몸을 굴려 엎드리더니 울기 시작했다. 다른 아이들은 이 모습을 보고 기뻐하며 소리 질렀다. 그들은 바비가 우는 것을 본 적은 있지만 기절하는 것은 본 적이 없었다. 기절한 적이 없는 건 다른 아이들도 마찬가지였다. 아이들은 바비가 기절했을 때 어떻게 해줘야 할지 몰랐다. 하지만 이제는 우는 것뿐이므로 동생들은 항상 그랬던 것처럼 바비의 등을 토닥이며 울지 말라고 달래줄 수 있었다. 바비가 곧 울음을 멈췄다. 그러자 아이들은 겁쟁이같이 기절해버렸다고 바비를 보고 웃었다.

역에 도착했을 때 아이들은 플랫폼에 모여든 흥분한 군중에게 영웅이 되어 있었다.

그들의 '신속한 행동', 그들의 '상식', 그들의 '기발함'에 대한 칭송은 누구의 머리라도 어지럽게 할 정도였다. 필리스는 그 순간을 만끽했다. 필리스는 한 번도 진짜 영웅이 되어 본 적이 없었다. 영웅이 되니 아주 달콤한 기분이 들었다. 피터는 귀까지 빨개졌다. 하지만 그 역시 그런 기분을 즐겼다. 하지만 바비만은 사람들이 그러지 않기를 바랐다. 바비는 그 자리에서 빠져나가고 싶었다.

"이 일에 대해 회사에서 너희한테 연락이 갈 것 같구나." 역장이 말했다.

바비는 이 일에 대해 다시는 아무 말도 듣고 싶지 않았다. 바비는 피터의 옷을 잡아당겼다.

"이제 가자, 가자! 난 집에 가고 싶어." 바비가 말했다.

그리하여 아이들은 집으로 돌아갔다. 그들이 갈 때 역장과 짐꾼과 차장과 기관사와 화부와 승객들은 환호성을 보냈다.

"오, 들어봐." 필리스가 소리쳤다. "우리를 위한 거야!"

"맞아." 피터가 말했다. "내가 빨간색으로 된 뭔가를 흔들 생각을 하다니 기쁘군."

"우리가 빨간색 플란넬 속치마를 입어서 얼마나 다행이람!" 필리스가 말했다.

바비는 아무 말이 없었다. 그녀는 무서운 흙더미와 그것을 향해 돌진하던 믿음직스러운 기차에 대해 생각하고 있었다.

"그리고 사람들을 구한 건 우리였지." 피터가 말했다.

"사람들이 모두 죽었다면 정말 끔찍했을 거야!" 필리스가 말했다. "바비 언니, 그렇지 않아?"

"결국 버찌는 하나도 못 땄네." 바비가 말했다.

피터와 필리스는 바비가 너무 매정하다고 생각했다.

7장
용기를 위하여

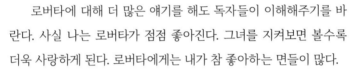

로버타에 대해 더 많은 얘기를 해도 독자들이 이해해주기를 바란다. 사실 나는 로버타가 점점 좋아진다. 그녀를 지켜보면 볼수록 더욱 사랑하게 된다. 로버타에게는 내가 참 좋아하는 면들이 많다.

예를 들어 로버타는 특이할 정도로 간절하게 다른 사람들을 행복하게 해주고 싶어 한다. 그리고 보기 드물게 비밀을 지킬 줄 아는 교양을 갖췄다. 또 바비에게는 조용히 공감하는 능력이 있다. 따분하게 들리겠지만 생각만큼 그렇지 않다. 그것은 누군가 불행하다는 것을 느낄 수 있는 능력이고, 그렇기 때문에 그 사람을 더욱 사랑할 수 있다는 뜻이다. 이런 능력을 가진 사람은 정말 안됐다고 끊임없이 말하면서 성가시게 굴지도 않는다. 바비가 꼭 그런 아이다. 그녀는 엄마가 슬퍼하는 것을 알고 있었다. 엄마는 그 이유를 말해준 적도 없지만 바비는 그저 엄마를 더욱더 사랑해주었다. 어린 딸은 엄마가 왜 슬퍼하는지 얼마나 궁금했을까? 하지만 바비는 엄마가 그것을 눈치채게 할 만한 말은 한마디도 하지 않았다. 이것은 연습이 필요한 일이다. 생각만큼 쉽지 않다.

　어떤 일이 생기든, 그것이 소풍, 놀이, 차 마시는 시간의 번빵처럼 좋은 일이든 즐거운 일이든 평범한 일이든, 바비는 마음 한구석에 이런 생각을 항상 가지고 있었다. '엄마가 슬퍼하셔. 왜일까? 모르겠어. 엄마는 내가 알기를 원하지 않으셔. 알아내려고 애쓰지 않을 거야. 하지만 엄마가 슬픈 건 확실해. 왜일까? 모르겠어. 엄마는⋯.' 이렇게 어디에서 끝내야 할지 모르는 돌림 노래처럼 같은 생각이 머릿속을 계속 맴돌았다.

　러시아 신사는 여전히 사람들의 머릿속에서 큰 부분을 차지하고 있었다. 편집장들과 협회 간사들, 의회 의원들이 엄마가 보낸 편지에 최대한 정중하게 답해왔지만 슈팬스키 씨의 아내와 아이들이 있을 법한 곳을 알려주지는 않았다. (내가 그 러시아인의 러시아인다운 이름을 독자들에게 말해줬던가?)

　바비에게는 또 다른 자질이 있었는데 사람마다 그걸 다르게 표현한다. 다른 사람 일에 간섭한다고 하는 사람도 있고, 어려운 처지에 있는 사람을 구해주는 것이라고 말하는 사람도 있다. 또 자애심이라고 말하는 사람도 있다. 남을 도와주려고 애쓴다는 뜻이다.

　바비는 러시아 신사의 아내와 아이들을 찾는 것을 도울 방법을 생각해내려고 머리를 쥐어짰다. 이제 러시아인도 영어를 몇 마디 배웠다. '좋은 아침이군요'나 '잘 자요' '부탁합니다' '고맙습니다' 정도는 말할 수 있게 됐다. 아이들이 꽃을 꺾어다 주면 '예쁘다', 잘 잤냐고 물을 때는 '아츄 좋아요'라고 답했다.

　바비는 그가 '자기식으로 영어를 할 때' 미소 짓는 모습이 '무엇이라도 해줄 수 있을 만큼 너무 사랑스럽다'고 느꼈다. 바비는 러시아 신사의 얼굴을 떠올리곤 했다. 그를 돕는 데 도움이 된다고 생각했기 때문이다. 하지만 도움이 되지는 않았다. 바비는 그가 세 굴뚝집에 함께 있는 게 힘이 됐다. 엄마가 더 행복해 보였기 때문이다.

'엄마는 우리 말고도 친절하게 대할 사람이 있는 걸 좋아하시는구나.' 바비는 생각했다. '엄마도 아저씨에게 아빠 옷을 입히는 걸 속상해하셔. 하지만 그건 '착한 아픔'일 거야. 그렇지 않다면 엄마가 그러실 리 없어.'

아이들이 빨간 플란넬 속치마를 흔들어 기차 사고를 막은 날부터 오랫동안 바비는 밤마다 비명을 지르고 온몸을 떨며 깨곤 했다. 무시무시한 흙더미와 그것을 향해 돌진하는 믿음직한 기관차가 다시 보였다. 기관차는 단지 임무를 신속하게 수행할 뿐이며 모든 게 명확하고 안전하다고 생각하면서 달리고 있었다. 그다음에는 자신과 피터와 필리스와 빨간색 플란넬 속치마가 모든 사람을 구하는 모습이 떠오르면서 기쁨의 전율이 온몸에 따뜻하게 퍼지곤 했다.

어느 날 아침, 편지가 도착했다. 겉봉에는 피터와 바비와 필리스의 이름이 적혀 있었다. 편지를 받는 일이 드물었던 아이들은 호기심에 들떠 편지를 열었다.

편지의 내용은 이랬다.

친애하는 신사 숙녀분들께,
○○일에 운행된 기차에 경고를 보내 끔찍한 사고를 막은 여러분의 신속하고 용기 있는 행동을 기리기 위해 작은 시상식이 개최될

예정입니다. 장소와 시간이 여러분에게 괜찮다면 시상식은 30일 3시에 ○○역에서 열도록 하겠습니다.

감사드리며,
그레이트 노던 앤 서던 철도 회사 사장
자베즈 잉글우드

세 아이의 인생에서 그보다 더 자랑스러웠던 순간은 없었다. 그들은 편지를 들고 엄마에게 쏜살같이 달려갔다. 엄마도 아이들이 자랑스러웠다. 엄마가 칭찬해주자 아이들은 어느 때보다도 행복했다.

"그런데 만일 상으로 돈을 준다면 너희들은 '감사하지만 사양하겠습니다'라고 말해야 해." 엄마가 말했다. '인도산 모슬린으로 만든 옷을 빨아야겠구나." 엄마가 덧붙였다. "이런 행사에서는 단정해 보여야 한다."

"필과 제가 빨래할게요." 바비가 말했다. "엄마는 다림질만 해주세요."

빨래는 꽤 재미있다. 독자들도 해본 적이 있는가? 아이들은 창문 밑에 돌로 된 커다란 개수대가 있고 돌바닥이 깔린 뒷부엌에서 이 특별한 빨래를 했다.

"대야를 개수대 위에 놓자." 필리스가 말했다. "그리고 엄마가 프랑스에서 봤던 야외 세탁부처럼 빨래를 하는 거야."

"하지만 그 사람들은 차가운 강물에서 빨래하고 있었잖아." 피터가 주머니에 손을 넣은 채 말했다. "더운물로 한 게 아니라고."

"그렇다면 이건 뜨거운 강이야." 필리스가 말했다. "대야 옮기는 것 좀 도와줘. 마이 디어*."

"나도 사슴이 어떻게 도와주는지 보고 싶군." 이렇게 말하면서도 피터는 동생을 도와주었다.

"자 이제 북북 문지르는 거야, 북북." 필리스가 즐겁게 이리저리 껑충껑충 뛰며 말했다. 그동안 바비는 부엌 난로에서 무거운 주전자를 조심스럽게 가지고 왔다.

"오, 안 돼!" 바비가 깜짝 놀라며 말했다. "모슬린은 문질러서 빠는 게 아니야. 우선 뜨거운 물에 비누를 넣어 비누 거품을 잔뜩 내. 그다음에 모슬린을 흔들어 빨고 아주아주 부드럽게 짜는 거야. 그러면 더러운 것들이 모두 빠져나오게 돼. 식탁보나 침대보 같은 천이나 비벼서 빠는 거야."

창밖에는 라일락과 장미꽃이 부드러운 산들바람에 흔들리고 있었다.

"빨래 말리기 좋은 날이다. 정말 좋은걸." 자신이 꽤 어른스럽다고 느끼며 바비가 말했다. "우리가 그 인도산 모슬린 원피스를 입을 때 얼마나 근사한 느낌이 들지 궁금해!"

"맞아, 나도 그래." 필리스가 모슬린을 꽤 능숙하게 흔들고 짜며 말했다.

"이제 비눗물을 짜내자. 아니야. 비틀면 안 돼. 그러고 나서 헹구는 거야. 내가 들고 있을 테니 너랑 피터가 대야를 비우고 깨끗한

---

* my dear. '내 사랑'이라는 뜻. 같은 발음의 deer(디어)는 사슴을 뜻한다.

물을 받아와.”

“시상식이라니! 그건 상이 있다는 말인데.” 피터가 말했다. 바비와 필리스는 빨래집게와 빨랫줄을 적당히 닦은 다음 원피스를 널었다. “도대체 뭘까?”

“뭐든 될 수 있지.” 필리스가 말했다. “나는 늘 아기 코끼리가 갖고 싶었는데. 하지만 상을 주는 사람들은 그 사실을 모르겠지.”

“금으로 된 기관차 모형은 어때?” 바비가 말했다.

“아니면 우리가 막은 사고 장면을 본뜬 커다란 모형이라든가.” 피터가 제안했다. “거기에 모형 기차도 있고 우리와 기관사와 화부와 승객 차림을 한 인형들이 있는 거지.”

“그게 좋아?” 바비가 식기실 문 뒤의 수건걸이에 걸린 거친 수건에 손을 닦으며 꺼림칙하다는 듯 말했다. “우리가 기차를 구했다고 상을 받는 게 좋아?”

“응, 난 좋아.” 피터가 솔직하게 답했다. “누나는 싫다고 말하려는 거지? 누나도 좋아하고 있다는 거 알아.”

“그래.” 바비가 확신이 없는 목소리로 말했다. “나도 좋아. 하지만 그냥 그 일을 한 것으로 만족해야 하는 것 아닐까? 더 이상 바라지 말고?”

“바보야, 누가 뭘 더 바랐는데?” 피터가 물었다. “빅토리아 십자 훈장을 받은 군인들도 그걸 바란 게 아니잖아. 그래도 훈장을 받으면 기뻐하지. 아마 우리가 받는 건 메달일 거야. 내가 나이가 아주 많이 들면 손주들에게 보여주며 말할 거야. ‘우리는 해야 할 일을 했을 뿐이다’라고. 그러면 손주들은 나를 엄청나게 자랑스러워할걸.”

"결혼을 해야겠네." 필리스가 알려줬다. "결혼을 안 하면 손주가 없을 텐데."

"언젠가는 결혼을 해야겠지." 피터가 말했다. "하지만 누군가 항상 옆에 있으면 너무 귀찮지 않을까? 나는 최면에 빠진 여자와 결혼할 거야. 1년에 한두 번만 깨어나는 거지."

"네가 그녀의 삶의 빛이라고 말하고 나서 다시 잠드는 건가. 그래. 나쁘지 않겠네." 바비가 말했다.

"내가 결혼을 한다면," 필리스가 말했다. "내가 맨날 깨어 있기를 바라는 남편과 하는 게 좋겠어. 남편이 내가 정말 멋있다고 하는 걸 듣고 싶거든."

"이런 것도 좋을 것 같아." 바비가 말했다. "아주 가난한 사람과 결혼을 하는 거야. 내가 모든 일을 다 하고 남편은 나를 지극히 사랑하는 거지. 그리고 매일 밤 그가 돌아올 때 나무가 벽난로에서 타면서 나는 푸른 연기가 숲 한가운데에서 하늘하늘 피어오르는 걸 보게 돼. 참, 그런데 우리 그 편지에 답장을 써야 하잖아. 그 시간과 장소가 괜찮다고 알려줘야지. 피터, 거기 비누 있어. 필리스와 나는 더 이상 깨끗할 수 없을 정도로 깨끗하거든. 필, 네 생일날 받은 분홍색 상자에 편지지가 있었지?"

무슨 말을 써야 할지 정리하는 데에도 시간이 꽤 걸렸다. 엄마는 다시 자기 글을 쓰러 갔다. 아이들은 가장자리에 금박 물결을 두르고 모서리에 녹색 네 잎 클로버가 있는 분홍색 편지지를 몇 장이나 망친 다음에야 무슨 말을 쓸지 정할 수 있었다. 그러고 나서 그들은 글을 깨끗하게 옮겨 적고 각자 서명했다.

아이들이 쓴 편지는 다음과 같았다.

친애하는 자베즈 잉글우드 씨께,
대단히 감사합니다. 우리는 보상을 받으려 한 게 아니라 단지 기차를 구하려 했을 뿐입니다. 하지만 좋게 생각해주시니 기쁘고 또 감사합니다. 말씀하신 시간과 장소 모두 괜찮습니다. 대단히 감사합니다.

애정을 담아,
당신의 작은 친구로부터

그다음에 이름이 나왔고 아래와 같이 썼다.

추신: 대단히 감사합니다.

"빨래가 다림질보다 훨씬 쉽네." 바비가 깨끗하게 마른 원피스를 빨랫줄에서 걷으며 말했다. "나는 무언가가 깨끗해지는 걸 보는 게 좋더라. 그 사람들이 무슨 상을 줄지 알게 될 때까지 어떻게 기다리지!"
　그 후로 아주 오랜 시간이 지난 것처럼 느껴졌다. 드디어 그날이 왔다. 아이들은 시간에 맞춰 기차역으로 내려갔다. 모든 게 너무 신기해서 마치 꿈을 꾸는 것 같았다. 역장이 아이들을 맞으러 나왔다. 피터는 역장이 좋은 옷을 입고 왔다는 것을 바로 눈치챘다. 역장은 전에 광고 놀이를 했던 대합실로 아이들을 안내했다. 대합실은 평소와 매우 달라 보였다. 바닥에는 카펫이 깔렸고, 장미가 담긴 항아리가 벽난로 위와 창문 선반에 놓여 있었으며, 호랑가시나무와 월계수 같은 초록색 가지들이 '쿡의 투어'와 '데번의 절경' '파리 리옹 철도'의 광고 포스터가 든 액자 위에 크리스마스날처럼 장식되어 있었다. 거기에는 짐꾼 말고도 상당히 많은 사람들이 있었다. 세련된 원피스를 입은 부인 두세 명, 높은 모자를 쓰고 프록코트를 입은 신사들이 꽤 많이 모여 있었다. 물론 역에 관련된 사람들은 모두 나와 있었다. 아이들은 빨간 플란넬 속치마의 날에 기차를 타고 있었던 몇몇 사람을 알아보았다. 가장 반가웠던 사람은 아이들의 노신사였다. 그의 코트와 모자와 옷깃은 다른 사람들의 것과는 달라 보였다. 노신사가 아이들과 악수를 하고 나자 사람들은 모두 자리에 앉았다. 그리고 안경을 쓴 어떤 신사가 아주 긴 연설을 시작했다. 나무랄 데 없는 연설이었다. 아이들은 그가 그 지역의 총경이라는 것을 나중에 알았다. 이 책에 그 연설을 담을 생각은 없다. 첫째, 독자들이 지루해할 것이고, 둘째, 아이들이 귀까지 빨개질 정도로 얼굴을 붉히며 부끄러워해서 이 부분에 대해서는 빨리 넘어가고 싶은 마음이며, 셋째, 그 신사가 말을 너무 많이 해서 여기에 다 쓸 시간이 없기 때문이다. 그는 아이들의 용기와 침착성을 표현할 수 있는 좋은 말은 모두 늘어놓았고, 거기에 있는 모든 사람이 손뼉 치며 "옳소, 옳소" 하고 맞장구쳤다.

노신사도 일어나 몇 마디 말을 했다. 정말 시상식 같았다. 그다음에는 아이들 이름을 차례로 불러 멋진 금시계와 시곗줄을 주었다.

시계 안쪽에는 새 주인의 이름과 함께 다음과 같은 문장이 새겨져 있었다.

1905년 ○○월 ○○일에 사고를 막은 용기 있고 신속한 행동에 감사하는 마음을 담아 표창합니다.

노던 앤 서던 철도 회사의 이사들로부터

그 시계는 상상할 수 없을 정도로 멋진 시계였다. 시계를 안 쓸 때 넣어 두는 파란색 가죽으로 된 시계집도 있었다.

"이제 모든 사람의 친절에 감사하는 연설을 해야 해." 역장이 피터의 귀에 대고 속삭이며 그를 앞으로 밀었다. "'신사 숙녀 여러분'으로 시작해라." 역장이 덧붙였다.

이미 아이들이 한 사람씩 "감사합니다"라고 아주 정중하게 인사한 후였다.

"오, 이런." 피터가 당황한 채 말했다. 하지만 역장이 밀 때 저항하지는 않았다.

"신사 숙녀 여러분," 피터가 약간 쉰 목소리로 말했다. 그러고 나서 말을 잠시 멈췄다. 목에서 심장 울리는 소리가 들렸다. "신사 숙녀 여러분," 피터는 서둘러 말을 이었다. "여러분의 친절에 정말 얼마나 감사한지 모릅니다. 이 시계는 평생 보물처럼 소중히 여기겠습니다. 저희는 이것을 받을 자격이 없습니다. 저희가 한 일은 별것 아니거든요. 정말로요. 적어도, 그러니까 제 말은 그게⋯ 아주 흥분되는 일이

긴 했어요. 그리고 제가 하려는 말은요, 여러분 모두에게 대단히, 대단히 감사하다는 겁니다."

사람들의 박수 소리가 총경의 연설 때보다 더 컸다. 참석한 사람들 모두가 아이들과 악수했다. 예의상 그 자리에 머물러야 할 시간이 끝나자마자 아이들은 그곳을 빠져나와 자기 시계를 손에 들고 언덕 위 세 굴뚝집으로 내달렸다.

멋진 날이었다. 보통 사람에게는 아주 드문, 대부분의 사람에게는 오지 않는 그런 날이었다.

"난 그 노신사 할아버지랑 다른 이야기를 하고 싶었는데." 바비가 말했다. "사람이 너무 많았어. 마치 교회에 있는 것처럼."

"무슨 얘기를 하고 싶었어?" 필리스가 물었다.

"조금 더 생각해보고 말해줄게." 바비가 말했다.

바비는 조금 더 생각해보고 나서 편지를 썼다.

가장 친애하는 노신사 할아버지께,
할아버지께 정말 꼭 여쭤보고 싶은 것이 있어요. 혹시 내렸다가 다음 기차를 타도 괜찮으시다면 그렇게 해주세요. 뭔가 받기를 원하는 것이 아닙니다. 엄마가 그러면 안 된다고 하셨어요. 그리고 엄마의 말과 상관없이 우리는 어떤 것도 원하지 않습니다. 단지 '죄수와 포로'에 관해 말씀드리고 싶어요.

당신을 사랑하는 작은 친구
바비

바비는 역장에게 편지를 들고 가서 노신사에게 전해달라고 부탁했다. 그리고 다음 날, 동생들에게 노신사를 태운 기차가 시내에서 오는 시간에 맞춰 역에 함께 가자고 말했다.

바비는 자기 생각을 동생들에게 말했다. 동생들도 전적으로 찬성했다.

아이들은 모두 손과 얼굴을 닦고 머리를 빗으며 최대한 깔끔해 보이려고 애썼다. 하지만 항상 운이 따르지 않는 필리스는 원피스 앞쪽에 레모네이드가 담긴 병을 엎어버렸다. 옷을 갈아입을 시간이 없었다. 그런데 우연히도 바람이 석탄장 쪽에서 불어와 찐득찐득한 레모네이드가 묻은 원피스에 잿빛 가루까지 잔뜩 달라붙었다. 필리스는 피터의 표현대로 마치 '작은 부랑아'처럼 보였다.

필리스는 되도록 언니, 오빠 뒤에 서기로 했다.

"아마 노신사 할아버지는 눈치채지 못하실 거야." 바비가 말했다. "나이 드신 분들은 보통 시력이 안 좋잖아."

하지만 노신사의 경우 시력도, 다른 부분도 안 좋은 기색은 없었다. 그는 기차에서 내려 플랫폼을 이리저리 훑어봤다.

노신사를 만날 때가 되자 아이들은 갑자기 밀려오는 부끄러움을 느꼈다. 귀가 새빨갛게 달아오르고 손은 열이 나서 축축해지고, 코끝은 발그레 물이 든 채 번들거렸다.

"이런." 필리스가 말했다. "심장이 증기 기관차처럼 쿵쿵 뛰고 있어. 내 허리띠 바로 밑에서도."

"웃기지 마." 피터가 말했다. "인간의 심장은 허리띠 밑에 있지 않다고."

"상관없어. 내 건 그래." 필리스가 말했다.

"네가 시라도 쓰려나 본데," 피터가 말했다. "그렇다면 내 심장은 내 입안에 있어."

"피터 네가 그렇게 말한다면, 내 심장은 내 부츠 안에 있겠네." 로버타가 말했다. "정신 차리자. 노신사 할아버지가 우릴 멍청이라고 생각할 거야."

"뭐 꼭 틀린 말은 아니지." 피터가 침울하게 말했다. 아이들은 노신사를 맞으러 갔다.

"안녕하십니까." 노신사가 인사하며 아이들과 차례로 악수했다. "이거 정말 대단한 영광이구나."

"기차에서 내려주셔서 감사합니다." 바비가 땀을 흘리며 정중하게 말했다.

노신사는 바비의 팔을 잡아 대합실로 이끌었다. 러시아인이 발견된 날 아이들이 광고 놀이를 했던 곳이다. 필리스와 피터가 뒤를 따랐다. "자, 무슨 일이니?" 노신사가 물었다. 바비가 팔을 빼기 전에 노신사가 그녀의 팔을 다정하게 살짝 흔들었다.

"제발 부탁드려요!" 바비가 말했다.

"응?" 노신사가 말했다.

"제가 드리고 싶은 말은 그러니까…." 바비가 말했다.

"뭐지?" 노신사가 말했다.

"할아버지는 정말 훌륭하고 친절하신 분이잖아요." 바비가 말했다.

"그런데?" 노신사가 말했다.

"말씀드릴 게 있는데요…." 바비가 말했다.

"말하렴." 노신사가 말했다.

"그럼 말씀드릴게요." 바비가 말했다. 가난한 이들에 대한 아름다운 책을 쓰고, 그것 때문에 감옥과 시베리아로 보내진 러시아인 이야기를 들려드렸다.

"그래서 우리가 무엇보다 하고 싶은 일은 그 아저씨에게 아내와 아이들을 찾아드리는 거예요." 바비가 말했다.

"그런데 우리는 방법을 모르겠어요. 하지만 할아버지는 엄청나게 똑똑하신 분이잖아요. 그렇지 않다면 철도 회사 사장도 되지 않았을 거고요. 그리고 할아버지가 그 방법을 아신다면, 물론 아시겠지만, 저희에게 꼭 알려주셨으면 좋겠어요. 시계 같은 건 없어도 돼요. 시계를 판 돈으로 러시아인 아저씨의 아내를 찾을 수만 있다면요."

피터와 필리스도 그렇다고 이야기했다. 바비만큼의 열정을 보이지는 않았지만.

"흠." 노신사가 커다란 금장 단추가 달린 흰색 조끼를 잡아당기며 말했다. "이름이 뭐라고 했지? 프라이팬스키?"

"아뇨, 아뇨." 바비가 진지하게 말했다. "제가 적어드릴게요. 발음만 듣고서는 제대로 쓰기 어려운 이름이에요. 연필과 글씨 쓸 만한 봉투 있으세요?" 바비가 물었다.

노신사는 금색 필통과 좋은 냄새가 나는 러시아 가죽으로 만든 멋진 초록색 공책을 꺼내어 빈 페이지를 펼쳤다.

"여기 있다." 그가 말했다. "여기에 적어다오."

바비는 'Szezcpansky'라고 쓰고 나서 말했다.

"이름은 이렇게 쓰고요, '슈팬스키'라고 불러요."

노신사는 금테 안경을 꺼내 코 위에 잘 걸쳤다. 이름을 읽고 나서 노신사의 표정이 확 달라졌다.

"그 사람인가? 이럴 수가!" 노신사가 말했다. "나도 그의 책을 읽은 적이 있어! 유럽의 모든 언어로 번역되었지. 좋은 책, 숭고한 책이다. 그래, 너희 어머니가 너희 집에 그분을 모셨단 말이지? 마치 착한 사마리아인처럼. 이런, 이런. 얘들아. 너희 어머니는 아주 좋은 분인 게 틀림없구나."

"물론이죠." 필리스가 깜짝 놀라며 말했다.

"할아버지도 아주 좋은 분이에요." 바비가 수줍어하면서도 예의 바르게 말했다.

"네가 나를 우쭐하게 만드는구나." 노신사가 과장된 몸짓으로 모자를 벗으며 말했다. "이제 내가 너희를 어떻게 생각하는지 말해줄까?"

"오, 아니요. 그러지 마세요." 바비가 허둥대며 말했다.

"왜?" 노신사가 물었다.

"글쎄요." 바비가 말했다. "만일 그게 나쁜 말이라면 말씀하시지 않았으면 좋겠고요, 좋은 말이라도 말씀하시지 않는 편이 나을 것 같아요."

노신사는 웃었다.

"글쎄, 그렇다면," 그가 말했다. "이렇게만 말해두마. 너희가 이 일로 내게 와줘서 아주 기쁘구나. 정말 기뻐. 그리고 곧 뭔가 알아낼 수 있을 거야. 나는 런던에 사는 러시아인을 아주 많이 알고 있거든. 모두가 그의 이름을 알지. 이제 내게 너희들 이야기를 해다오."

노신사는 다른 아이들에게 눈을 돌렸지만 거기에는 한 명밖에 없었다. 피터였다. 필리스는 사라지고 없었다.

"너에 대해 말해주렴." 노신사가 다시 말했다. 그리고 피터는 당연히 말문이 막혔다.

"좋아, 그럼 시험을 쳐볼까." 노신사가 말했다. "너희 둘은 탁자에 앉아라. 나는 벤치에 앉아서 질문을 해보마."

노신사는 아이들에게 질문을 했고 이름과 나이를 알게 되었다. 아이들 아빠의 이름과 직업, 세 굴뚝집에 얼마나 오래 살았는지, 그리고 더 많은 것들에 관해서 물었다.

우스개 질문이 나오기 시작할 무렵, 누군가가 대합실 문을 발로 차서 열었다. 한쪽 발이 안으로 들어오자 풀어지기 직전인 구두끈이 보였다. 필리스가 아주 천천히 그리고 조심스럽게 들어왔다.

필리스의 한쪽 손에는 커다란 캔이, 다른 쪽 손에는 두툼한 빵과 버터가 들려 있었다.

"오후 차 마시는 시간입니다." 필리스가 자랑스레 말했다. 그리고 캔과 빵과 버터를 노신사에게 내밀었다. 노신사는 그것을 받아 들고 말했다.

"내가 복이 많구나!"

"네." 필리스가 말했다.

"아주 사려 깊은 아이로구나." 노신사가 말했다. "아주."

"찻잔이 있을 텐데." 바비가 말했다 "그리고 접시도."

"퍼크스 아저씨는 항상 캔에다 마시잖아." 필리스가 얼굴을 붉히며 말했다. "잔과 접시는 모르겠고, 이거라도 주신 게 어디야. 아저씨는 친절한 분이야." 필리스가 덧붙였다.

"나도 그렇게 생각한단다." 노신사가 말했다. 그러고는 차를 마시고 빵과 버터도 먹었다.

다음 열차가 올 시간이 됐다. 노신사는 아이들과 작별 인사와 따뜻한 말을 나누며 기차에 탔다.

"뭐랄까," 피터가 말했다. 아이들은 플랫폼에 남아 기차의 꼬리등이 코너를 돌며 사라지는 것을 보고 있었다. "내 생각에는 오늘 우리가 초에 불을 붙인 것 같아. 순교한 종교 개혁자 라티머 알지? 그 사람이 화형당했을 때처럼. 그리고 머지않아 우리 러시아인 아저씨를 위한 불꽃놀이가 벌어질 것 같아."

피터의 생각이 맞았다.

대합실에서 노신사와 만난 후 열흘도 채 안 된 어느 날이었다. 아이들은 집 아래 벌판에서 가장 큰 바위 꼭대기에 앉아 5시 15분 증기 기관차가 역에서 출발해 골짜기를 따라 움직이는 것을 보고 있었다. 역에서 나온 몇몇 사람들이 마을을 향한 길에서 뿔뿔이 흩어지는 모습도 보였다. 그런데 한 사람이 그 길로 가지 않고 세 굴뚝집으로 향하는 들판을 가로지르는 모습이 눈에 들어왔다. 그 방향에는 세 굴뚝집뿐, 다른 집은 없었다.

"도대체 누굴까!" 피터가 말하며 재빨리 바위에서 내려왔다.

"가서 보자." 필리스가 말했다.

그 사람이 누군지 알아볼 수 있을 만큼 가까이 갔을 때 아이들은 그가 노신사라는 것을 알았다. 그의 금장 단추가 오후의 햇살에 깜박였고 흰색 조끼는 녹색 초원과 대비를 이뤄 어느 때보다도 더 하얘 보였다.

"안녕하세요!" 아이들이 손을 흔들며 소리쳤다.

"안녕!" 노신사가 모자를 흔들며 소리쳤다.

아이들은 뛰기 시작했다. 노신사한테 갔을 때는 숨이 너무 차서 말을 거의 할 수 없었다.

"안녕하세요?"

"좋은 소식이다." 노신사가 말했다. "너희 러시아 친구의 아내와 아이들을 찾았단다. 내가 그에게 직접 말해주고 싶은 유혹을 참을 수가 없더구나."

하지만 노신사는 바비의 얼굴을 보자 그 유혹을 참을 수 있을 것 같다는 생각이 들었다.

"자, 네가 뛰어가서 그에게 말하렴." 노신사가 바비에게 말했다. "두 사람은 내게 길을 안내해다오."

바비는 달렸다. 그녀는 조용한 정원에 앉아 있던 러시아인과 엄마에게 숨을 헐떡이며 그 소식을 전했다. 엄마의 얼굴이 아주 환해졌다. 엄마는 그 망명가에게 몇 마디 프랑스어를 재빨리 건넸다. 순간 바비는 소식을 전하지 말걸, 하고 후회했다. 왜냐하면 러시아인이 펄쩍 뛰어오르며 고함을 지르는 바람에 바비의 심장이 갑자기 크게 뛰고 떨렸기 때문이다. 바비는 그런 소리를 들어본 적이 없었다. 사랑과 그리움이 섞인 외침이었다. 그러고 나서 러시아인은 엄마의 손에 가볍고 정중하게 입을 맞췄다. 그다음 의자에 주저앉아 손에 얼굴을 파묻고 흐느껴 울었다. 바비는 슬며시 자리를 비켰다. 그 순간 만큼은 다른 사람들을 보고 싶지 않았다.

끝없이 이어지던 프랑스어 대화가 끝나고 피터가 마을로 뛰어 내려가 빵과 케이크를 사 오고, 바비와 필리스가 차를 준비해서 정원으로 가져왔을 때는 바비도 다른 사람들처럼 즐거워졌다.

노신사는 어느 때보다도 즐거워하고 기뻐했다. 그는 프랑스어와 영어를 거의 동시에 말할 수 있는 것처럼 보였다. 엄마도 거의 마찬가지였다. 정말 즐거운 시간이었다. 엄마는 노신사 때문에 지나치게 흥분한 것처럼 보였다. 노신사가 자신의 꼬마 친구들에게 '주전부리' 를 선물해도 괜찮겠냐고 물었다. 엄마는 괜찮다고 답했다.

아이들은 처음 들어보는 단어였다. 아이들은 노신사가 사탕을 말한 거라고 추측했다. 하지만 노신사가 가방에서 꺼낸 것은 분홍색 과 초록색의 커다란 상자 세 개였고, 그 안에는 처음 보는 근사한 초 콜릿이 층층이 담겨 있었다.

러시아인은 얼마 안 되는 자기 물건들을 챙겼다. 모두 역까지 그를 배웅했다.

그러고 나서 엄마는 노신사에게 말했다.

"선생님께서 해주신 모든 일에 얼마나 감사한지 모릅니다. 만나 뵙게 되어 정말로 즐거웠습니다. 그런데 우리는 아주 조용히 살고 있 어요. 우리를 보러 다시 와주십사 말씀드릴 수가 없어서 정말 죄송 합니다."

아이들은 엄마가 너무하다고 생각했다. 드디어 친구, 그것도 대 단한 친구가 생겼으니, 아이들은 그가 또 와주길 간절히 바랐을 것이다.

아이들은 노신사가 무슨 생각을 하는지 알 수 없었다. 노신사는 다만 이렇게 말했을 뿐이다.

"부인, 당신 댁에서 환대받을 수 있어서 운이 아주 좋았다고 생각합니다."

"아, 제가 무례하고 감사할 줄 모르는 사람처럼 보일 거예요. 하지만…" 엄마가 말했다.

"멋지고 품위 있는 부인으로밖에는 보이지 않습니다." 노신사가 다시 한번 인사하며 말했다.

언덕을 올라가면서 바비는 엄마의 얼굴을 보았다.

"엄마, 아주 피곤해 보여요." 바비가 말했다. "저한테 기대세요."

"엄마한테 팔을 내드리는 건 내 일이야." 피터가 말했다. "아빠가 안 계실 때는 내가 가장이니까."

엄마는 바비와 피터의 팔을 모두 잡았다.

"정말 멋지다!" 필리스가 즐겁게 팔짝팔짝 뛰면서 말했다. "그 착한 러시아 아저씨가 오랫동안 보지 못한 아내를 안는 모습을 상상해봐. 아기도 아저씨가 마지막으로 봤을 때보다 훌쩍 컸겠지?"

"그래." 엄마가 말했다.

"아빠도 내가 컸을 거라 생각하고 계실까." 필리스가 말을 이으며 더 신나게 깡충거렸다. "나 좀 컸죠, 엄마. 그렇죠?"

"그래. 오, 그렇고말고." 엄마가 말했다. 바비와 피터는 엄마가 팔을 더 세게 잡는 것을 느꼈다.

"가엾은 우리 엄마, 정말 피곤하시군요." 피터가 말했다.

바비가 말했다. "자, 필. 문까지 달리기 시합하는 거야."

그렇게 바비는 경주를 시작했다. 좋아서 한 것은 아니었다. 독자들은 바비가 왜 그랬는지 알 것이다. 엄마는 그저 바비가 천천히 걷는 데에 싫증이 난 거라고 생각했다. 자식을 세상에서 가장 사랑하는 엄마들도 자녀를 언제나 이해하는 것은 아니다.

8장
아마추어 소방관

"꼬마 아가씨가 작고 귀여운 브로치를 달았네." 짐꾼 퍼크스가 말했다. "그렇게 미나리아재비처럼 생긴 건 처음 본다. 진짜 미나리아재비 말고는."

"네." 바비가 짐꾼의 칭찬에 기뻐하며 얼굴을 붉혔다. "저는 이게 진짜 미나리아재비보다 더 미나리아재비처럼 보인다고 늘 생각했어요. 이게 제 것이 되리라고는 생각해본 적이 없었어요. 제가 갖게 되리라고는요. 그런데 엄마가 생일 선물로 주셨어요."

"오, 생일이었니?" 퍼크스가 말했다. 매우 놀란 듯했다. 마치 생일이 특혜받은 소수의 사람에게만 허락된 것이라는 듯이.

"네." 바비가 말했다. "아저씨 생일은 언제예요?" 아이들은 짐꾼 휴게실에서 램프와 철도 시간표에 둘러싸여 퍼크스와 함께 차를 마시고 있었다. 그들은 잼을 넣은 파이와 자신의 찻잔을 각자 가지고 왔다. 퍼크스는 평소처럼 맥주 캔에 차를 만들었다. 모두 아주 행복했다. 그들만의 비밀 모임 같다고 느꼈다.

"내 생일?" 퍼크스가 캔을 기울여 진한 갈색 차를 피터의 찻잔에 더 따라주며 말했다. "생일을 챙기는 건 너희가 태어나기도 전에 이미 그만뒀다."

"하지만 태어난 날이 있잖아요." 필리스가 생각에 잠기며 말했다. "20년 전이라든가 30년, 아니면 60년, 그것도 아니면 70년 전이라든가."

"그렇게까지 오래전은 아니네요, 아가씨." 퍼크스가 싱긋 웃으며 대답했다. "정말로 알고 싶다면 말해주지. 32년 전이란다. 이번 달 15일이야."

"그런데 생일을 왜 안 챙기세요?" 필리스가 말했다.

"생일 말고도 챙겨야 할 게 있으니까." 퍼크스의 답은 간단했다.

"오! 뭔데요?" 필리스가 진지하게 물었다. "비밀이에요?"

"아니," 퍼크스가 말했다. "아이들과 아내 말이다."

이 대화 이후 아이들은 생각에 잠겼고 곧 의논을 하기 시작했다. 퍼크스는 아이들에게 가장 소중한 친구가 된 사람이었다. 역장처럼 위엄 있는 사람은 아니지만 언제든 다가갈 수 있고, 노신사처럼 영향력 있는 사람은 아니지만 속내를 털어놓을 수 있었다.

"생일을 챙겨주는 사람이 하나도 없다니 너무하다." 바비가 말했다. "우리가 할 수 있는 일이 없을까?"

"운하 다리에 올라가서 의논해보자." 피터가 말했다. "오늘 아침에 우체부 아저씨가 새 낚싯줄을 주셨어. 애인에게 드리라고 장미 한 다발을 드렸더니 주신 거야. 그분이 아프시대."

"장미를 그냥 드릴 수도 있었잖아." 바비가 못마땅한 듯 말했다.

"네, 네!" 피터가 불쾌한 기색을 보이며 손을 주머니에 찔러 넣었다.

"물론 오빠는 그러려고 했어." 필리스가 서둘러 설명했다. "우리는 우체부 아저씨의 애인이 아프다는 말을 듣자마자 장미를 준비해서 대문 옆에서 기다렸어. 언니가 아침 식사로 토스트를 만들고 있을 때였어. 그런데 아저씨가 장미를 받고 '고맙다'고 수도 없이 말씀하시더니 낚싯줄을 꺼내 피터 오빠에게 주신 거야. 교환이 아니었어. 감사하는 마음의 표시였어."

"피터, 그랬구나. 용서해줘." 바비가 말했다. "내가 잘못했어."

"뭐 그런 걸로." 피터가 거만하게 대꾸했다. "누나가 미안해할 줄 알았어."

아이들은 다 함께 운하 다리로 갔다. 원래는 다리에서 낚시를 할 생각이었지만 그러기에는 낚싯줄이 조금 짧았다.

"괜찮아." 바비가 말했다. "그냥 여기서 주변 구경하자. 모든 게 너무 아름답잖아."

실제로 그랬다. 태양은 잿빛과 보랏빛이 섞인 언덕 위에서 붉은 광채를 띠고 있었고, 운하는 그늘 밑에서 부드럽게 반짝이고 있었다. 표면이 물결로 흐트러지지도 않았다. 마치 양쪽 둑의 탁한 초록색 실크 같은 초원 사이에 회색 새틴 리본이 깔려 있는 것 같았다.

"괜찮네." 피터가 말했다. "그런데 난 항상 뭔가 할 게 있을 때 예쁜 게 더 잘 보이더라. 예선로*에 내려가서 고기를 잡자."

* 배 끄는 길

필리스와 바비는 운하용 짐배에 타고 있던 소년들이 석탄을 던졌던 기억이 났고, 그것을 피터에게 말했다.

"그만 좀 해." 피터가 말했다. "지금은 남자애들이 없잖아. 만약 있으면 내가 싸울게."

착한 바비와 필리스는 지난번에 소년들이 석탄을 던졌을 때 피터가 아무것도 안 했다는 사실을 그에게 다시 상기시키지 않았다. 대신 이렇게 말했다. "그렇다면 좋아." 그러고는 가파른 둑을 조심조심 타고 내려가 예선로로 갔다. 미끼를 줄에 신중히 끼우고 30분 동안 끈기 있게 낚시를 했으나 허사였다. 아이들이 희망을 계속 갖게 할 만한 입질이 한 번도 없었다.

느릿느릿 흘러가며 피라미 한 마리도 보이지 않는 물을 아이들은 뚫어져라 쳐다보고 있었다. 그때 크고 거친 고함이 들렸다. 아이들은 모두 깜짝 놀랐다.

"야!" 고함을 질렀던 목소리였다. 말투도 무례했다. "좀 비켜라."

예선로를 따라 걷던 늙은 백마가 아이들로부터 5미터도 안 되는 곳에 와 있었다. 그들은 벌떡 일어나 허둥대며 둑 위로 올라갔다.

"저 사람들이 지나가면 다시 내려가자." 바비가 말했다.

하지만 바지선은 늘 그렇듯 다리 밑에서 멈췄다.

"닻을 내릴 건가 봐." 피터가 말했다. "우리가 운이 없네!"

바지선은 닻을 내리지 않았다. 운하용 짐배에는 닻이 없기 때문이다. 대신 바지선의 앞부분과 뒷부분이 밧줄로 고정되었다. 밧줄은 땅에 박힌 말뚝과 쇠지레에 단단히 매였다.

"뭘 쳐다보는 거냐?" 바지선 사공이 화가 난 듯 으르렁거리며 말했다.

"쳐다보는 거 아니에요." 바비가 말했다. "우린 그렇게 무례하지 않아요."

"무례 같은 소리 하고 있네." 남자가 말했다. "저리 꺼져!"

"아저씨야말로 꺼지세요." 피터가 말했다. 피터는 방금 남자애들과 싸울 거라고 말했던 것을 기억하고 있었다. 게다가 둑에 반쯤 올라와 있어 안전하다고 느꼈다. "우리한테도 다른 사람만큼 여기에 있을 권리가 있어요."

"뭐, 권리가 있다고? 그래!" 남자가 말했다. "정말 그런지 한번 보자." 그러고는 갑판을 가로지르더니 바지선 옆쪽에서 내려오려고 했다.

"오, 도망쳐, 피터! 도망쳐!" 바비와 필리스가 애태우며 한목소리로 말했다.

"난 안 도망쳐." 피터가 말했다. "하지만 누나와 필리스는 도망치는 게 낫겠다."

바비와 필리스는 둑 꼭대기까지 올라가 피터가 위험에 빠지면 곧장 집으로 부리나케 달려갈 준비를 하고 있었다. 집으로 가는 길은 계속 내리막길이었고 둘은 달리기에 자신이 있었다. 바지선 사공은 잘 달릴 것 같지 않았다. 얼굴은 붉었고 몸은 무겁고 뚱뚱해 보였다.

그러나 사공의 발이 예선로에 닿자마자 아이들은 그를 잘못 판단했다는 것을 깨달았다.

남자는 둑을 단숨에 뛰어올라 피터의 다리를 붙잡고는 질질 끌어 내렸다. 그는 단번에 피터를 일으켜 세운 다음 피터의 귀를 붙잡고 엄하게 말했다.

"자, 이제 말해봐라. 그게 무슨 뜻이냐? 넌 이 운하가 보호구역이라는 걸 모르는 거냐? 여기선 고기를 잡을 권리가 없어. 무례하게 말할 권리는 더더욱 없고."

나중에 피터는 격분한 남자의 손가락이 귀를 세게 꼬집고, 시뻘건 얼굴이 자신의 얼굴 가까이 닿고, 뜨거운 입김이 목에 느껴지는데도 용기를 내어 진실을 말했던 자신을 자랑스러워했다.

"저는 고기를 잡지 않았어요." 피터가 말했다.

"너는 잘못한 게 없다는 거지?" 남자가 피터의 귀를 비틀며 말했다. 세게 하지는 않았지만 비틀기는 했다.

피터는 자기가 잘못했다고는 말할 수가 없었다. 바비와 필리스는 둑 위에서 난간을 꼭 붙잡은 채 걱정이 되어 발을 동동 구르고 있었다. 그때 바비가 갑자기 난간 사이로 빠져나와 피터를 향해 쏜살같이 둑을 내려갔다. 어찌나 빠르게 내려갔던지 조심스럽게 따라 내려가던 필리스는 언니가 틀림없이 운하에 빠질 거라고 생각했다. 사공이 피터의 귀에서 손을 떼고 바비를 안지 않았더라면 아마 그렇게 됐을 것이다.

"누구를 밀어 떨어뜨리려고?" 남자가 바비를 일으켜 세우며 말했다.

"오, 전 누구를 밀어 떨어뜨리려는 게 아니에요." 바비가 헐떡이며 말했다. "적어도 일부러 그런 건 아니에요. 제발 피터에게 화내지 마세요. 이게 아저씨 운하라면, 저희가 죄송해요. 다시는 안 그럴게요. 하지만 우린 운하가 아저씨 건 줄 몰랐어요.”

“녀석들, 이제 꺼지거라.” 남자가 말했다.

“네, 그럴게요. 정말 갈게요.” 바비가 진심으로 말했다. “하지만 아저씨에게 용서를 구하고 싶어요. 그리고 정말 물고기는 한 마리도 안 잡았어요. 잡았다면 솔직하게 말씀드렸을 거예요. 정말 맹세해요.”

바비는 손을 보여주었고, 필리스는 작은 호주머니를 빼 뒤집으며 물고기를 감추지 않았다는 것을 증명했다.

“그래.” 남자는 조금 누그러진 말투로 말했다. “그럼 됐다. 그리고 다시는 낚시하면 안 된다. 그게 다야.”

아이들은 서둘러 둑을 올라갔다.

“마리아, 코트 좀 던져줘.” 남자가 소리쳤다. 녹색 체크무늬 숄을 걸친 빨간 머리 여자가 아이를 팔에 안은 채 선실에서 나오더니 그에게 코트를 던졌다. 남자는 코트를 입고 둑을 올라서 헐렁한 걸음걸이로 건넛마을을 향해 갔다.

“‘장미와 왕관’에 있을게. 아이를 재우면 그리로 와.” 그가 다리에서 여자에게 소리쳤다.

남자가 시야에서 사라지자 아이들은 천천히 돌아왔다. 굳이 그러자고 한 사람은 피터였다.

“운하는 그 사람 것인지 모르지.” 그가 말했다. “나는 그렇다고 믿지 않지만 말이야. 하지만 다리는 모든 사람의 것이야. 포레스트 선생님은 다리가 공공 재산이라고 하셨어. 그 사공도, 어느 누구도 나를 여기서 쫓아내진 못해."

피터는 여전히 귀가 쓰라렸고 기분도 마찬가지였다.

바비와 필리스는 마치 헛된 희망에 찬 지도자를 따르는 용감한 병사처럼 피터의 뒤를 따랐다.

"안 갔으면 좋겠는데." 바비와 필리스가 말했다.

"무서우면 집에 가." 피터가 말했다. "나는 그냥 내버려 두고. 나는 두렵지 않아."

남자의 발소리가 조용한 도로를 따라 차츰 사라졌다. 휘파람새의 지저귐이나 바지선 여자가 아기에게 불러주는 자장가 소리도 저녁의 평화를 깨지는 않았다. 여자의 자장가는 구슬펐다. 빌 베일리인가 하는 사람에 대한 내용이었는데, 그가 집으로 돌아와 주길 간절히 바라는 노래였다.

아이들은 다리 난간에 팔을 괴고 서 있었다. 셋의 심장 모두 빠르게 고동치고 있었기 때문에 잠깐 조용히 있고 싶었다.

"어떤 늙은 사공도 나를 몰아내지 못할 거야, 절대로." 피터가 웅얼거렸다.

"당연하지." 필리스가 달래듯 말했다. "오빠는 그 사람한테 항복한 게 아니야! 그러니까 이제 집에 가도 되지 않을까?"

"안 돼." 피터가 말했다.

그러고는 더 이상 말을 하지 않았다. 여자가 바지선에서 내리더니 둑을 올라 다리를 건넜다.

여자는 세 아이의 뒷모습을 보다가 머뭇거리면서 헛기침을 했다. "크흠."

피터는 그대로 있었지만 바비와 필리스는 뒤를 돌아봤다.

"내 남편 빌을 무시하지 마라." 여자가 말했다. "말은 그렇게 해도 나쁜 사람은 아니야. 저기 팔리 지역의 애들 몇몇은 어찌나 못되게 굴던지. 말로 다리 밑에서 강아지 파이를 먹은 게 누구냐고 소리쳐서 그의 화를 돋우더라니까."

"누가 먹었는데요?" 필리스가 물었다.

"난 몰라." 여자가 말했다. "누가 알겠니! 왜, 무슨 이유로, 무엇때문에 그랬는지는 모르겠지만 그런 말은 바지선 주인에겐 독약이나 다름없어. 너희들도 조심해라. 그 사람은 두 시간 동안 돌아오지 않을 거야. 그때까지는 낚시를 해도 돼. 오늘 볕도 좋네." 여자가 덧붙였다.

"고맙습니다." 바비가 말했다. "굉장히 친절하시네요. 아기는 어디에 있어요?"

"선실에서 자고 있어." 여자가 말했다. "괜찮을 거야. 12시 전에는 절대 깨지 않거든. 교회 시계만큼 시간을 잘 지키지."

"그렇군요." 바비가 말했다. "아기를 가까이에서 보고 싶었거든요."

"그렇게 예쁜 아기는 본 적이 없을 거야, 아가씨. 엄마인 내 말이기는 하지만." 이렇게 말하는 여자의 얼굴이 환히 빛났다.

"아기를 두고 가도 걱정 안 되세요?" 피터가 말했다.

"오, 전혀!" 여자가 말했다. "그렇게 작은 아이를 누가 해치겠니? 게다가 우리 개 스폿이 함께 있는걸. 그럼 안녕!"

여자는 가버렸다.

"집에 갈까?" 필리스가 말했다.

"너는 가. 난 고기 잡을래." 피터가 짧게 답했다.

"퍼크스 아저씨의 생일에 대해 얘기하려고 여기 온 줄 알았는데." 필리스가 말했다.

"퍼크스 아저씨 생일 챙겨줘야지."

아이들은 예선로에 다시 내려갔고 피터는 낚시를 했다. 하지만 아무것도 잡지는 못했다.

날이 어둑어둑해지고 여자아이들은 피곤해졌다. 바비의 말대로 잠자리에 들 시간이 벌써 지나버렸다. 바로 그때 필리스가 외쳤다. "저게 뭐지?"

필리스가 운하용 짐배를 가리켰다. 선실 굴뚝에서 연기가 피어오르고 있었다. 사실 그 연기는 저녁 내내 부드러운 공기 속으로 구불구불 퍼지고 있었다. 하지만 지금은 그것과는 다른, 고리 모양의 연기도 올라오고 있었다. 선실 문 쪽에서 나는 연기였다.

"불이 났네. 그게 뭐 큰일이라고." 피터가 침착하게 말했다. "꼴좋다."

"어떻게 그렇게 말할 수가 있어?" 필리스가 소리쳤다. "불쌍한 개를 생각해봐."

"아기!" 바비가 비명을 질렀다.

세 사람은 즉시 바지선을 향해 뛰었다.

정박용 밧줄은 느슨해져 있었고, 바람은 거의 느껴지지 않을 만큼 약했지만 바지선의 뒷부분을 둑 쪽으로 밀어놓을 정도는 됐다. 바비가 제일 먼저 도착했다. 피터는 그 뒤를 따라가다가 그만 미끄러져서 떨어지고 말았다. 그는 목까지 운하에 빠졌고 발은 바닥에 닿지 않는 것 같았다. 다행히 팔이 바지선의 가장자리에 걸쳐졌다. 필리스는 오빠의 머리채를 움켜잡았다. 아프긴 했지만 피터는 그 덕분에 물에서 올라올 수 있었다. 피터는 바지선 위로 바로 뛰어올랐다. 필리스도 피터를 따라서 바지선으로 올라갔다.

"누난 안돼!" 피터가 바비에게 소리쳤다. "내가 할게. 내가 젖어 있으니까."

피터는 선실 문 앞에 있던 바비에게 뛰어가더니 그녀를 옆으로 거칠게 밀었다. 만약 놀면서 이렇게 세게 밀쳤다면 바비는 화가 나고 아파서 눈물을 흘렸을 것이다. 하지만 지금은 피터가 자기를 난간 끝까지 밀쳐서 무릎과 팔꿈치가 까지고 멍이 들었어도 그저 이렇게 소리쳤을 뿐이다.

"안돼, 피터! 안돼! 내가 할게!" 그러고는 다시 일어나려고 버둥거렸다. 하지만 이미 때는 늦었다.

피터는 벌써 선실 계단을 두 칸 내려가 연기가 자욱한 곳으로 들어서고 있었다. 그는 잠시 멈춰서서 화재에 대해 들었던 것을 모두 기억해보려 애썼다. 피터는 가슴 주머니에서 젖은 손수건을 꺼내 입을 가리고 뒤로 묶었다. 그리고 손수건을 입에서 조금 들어 올리더니 말했다.

"괜찮아. 불은 거의 없어."

피터가 이렇게 거짓말을 한 것은 바비가 자기를 따라 위험 속으로 뛰어들지 못하게 하려는 배려였다. 하지만 상황은 피터의 선량한 의도대로 돌아가지 않았다.

선실은 시뻘겋게 타고 있었다. 등유 램프가 오렌지색 연기 속에서 차분히 빛을 내고 있었다.

"아가야." 피터가 손수건을 입에서 잠시 들어 올리면서 말했다. "안녕, 아가야! 어디에 있니?" 피터는 숨이 막혔다.

"내가 가게 해줘." 바비가 바로 뒤에서 외쳤다. 피터는 누나를 전보다 더 세게 밖으로 밀치고 안으로 계속 들어갔다.

그때 아기가 울지 않았다면 무슨 일이 생겼을지 나도 모르겠다. 하지만 다행히 바로 그 순간, 아기 울음소리가 들렸다. 피터는 시커 먼 연기 속에서 길을 더듬어 작고 보드랍고 따뜻하고 살아 있는 존 재를 찾았고 아기를 들어 올렸다. 피터는 그곳을 빠져나오면서 바로 뒤에 있던 바비에게 걸려 넘어질 뻔했다. 개 한 마리가 피터의 다리 를 물었다. 개가 짖으려 했지만 숨이 막혀 그럴 수 없었다.

"아이를 구했어." 피터가 손수건을 벗으며 말했다. 그는 휘청거 리며 갑판 위로 올라갔다.

바비는 개 짖는 소리가 들리는 곳으로 갔다. 그녀의 손이 부드 럽고 통통한 개의 등에 닿았다. 개는 뒤를 돌아 바비의 손을 물었다. 아주 살짝. 개는 마치 이렇게 말하는 듯했다.

"주인님의 선실에 낯선 사람이 들어오면 짖고 물어야 해요. 하 지만 당신이 선한 마음으로 들어왔다는 것을 아니까 진짜로 물지는 않을게요."

바비가 개를 내려주었다.

"괜찮아. 착하지." 바비가 말했다. "피터, 아기를 나한테 줘. 그 렇게 젖은 상태로 안고 있으면 아기까지 감기 걸리겠다."

피터는 자신의 팔 안에서 꼬물대며 낑낑거리는 작고 낯선 덩어리를 건네는 것이 기쁘기만 했다.

"이제," 바비가 빠르게 말했다. "피터는 곧장 '장미와 왕관'으로 가서 빌 아저씨와 아주머니에게 상황을 알려. 필과 나는 이 소중한 아기와 함께 여기 있을게. 아가야, 울지 마. 괜찮아. 아이 귀여워라. 피터, 당장 가! 뛰어!"

"이렇게 젖은 상태로는 뛸 수가 없어." 피터가 진지하게 말했다. "납덩이처럼 무겁다고. 그냥 걸어갈게."

"그러면 내가 갈게." 바비가 말했다. "필, 둑 위로 올라가. 내가 아기를 건네줄게."

필리스는 아기를 조심스럽게 받아들었다. 그리고 둑 위에 앉아서 아기를 달래려고 애썼다. 피터는 소매와 반바지에서 물을 힘껏 짜냈다. 바비는 희뿌옇고 조용한 황혼 속에서 다리를 건너 '장미와 왕관'을 향한 먼 길을 바람처럼 달렸다.

'장미와 왕관'에는 멋지게 꾸며진 복고풍 방이 있다. 바지선 사공들과 그들의 아내들은 그 방에서 맥주를 마시며 빨갛게 달아오른 석탄에 저녁 식사용 치즈를 굽는다. 커다란 덮개가 있는 굴뚝 아래 잔뜩 쌓인 석탄이 방까지 이어져 있다. 내가 봤던 벽난로 중에서 가장 따뜻하고 예쁘고 안락한 벽난로다.

바지선 사람들이 벽난로 주위에서 즐거운 파티를 벌이고 있었다. 독자들은 그게 즐거울 거라고 생각하지 못할 수도 있다. 하지만 그들은 즐거워했다. 모두가 서로 친구이거나 아는 사이였고, 서로 비슷한 것을 좋아했으며 비슷한 주제를 이야기했기 때문이다. 이것이 즐거운 사회가 갖추고 있는 비밀스런 덕목이다. 아이들이 그토록 불쾌하게 여겼던 사공 빌은 동료에게는 아주 좋은 친구였다. 그는 자기의 재미있는 실수담을 이야기해주고 있었다. 그의 바지선 얘기였다.

"그 사람이 '배 안팎을 모두 페인트칠하라'고 했어. 어떤 색으로 하라는 말은 없었지. 무슨 말인지 알겠지? 그래서 초록색 페인트를 왕창 가져다가 끝에서 끝까지 다 칠해버렸어. 배가 어때 보였냐고? 최고였지. 그때 그 사람이 오더니 그러는 거야. '왜 배를 다 한 가지 색으로 칠한 거요?' 그래서 내가 말했지. '그래야 최상급 배로 보일 것 같아서 그랬소.' 내가 또 말했어. '그렇게 보이지 않소?' 그랬더니 이렇게 말하지 뭐야. '그렇게 생각하시오? 그럼 그놈의 페인트 값은 당신이 다 내쇼.' 그래서 내가 값을 다 치러야 했다고." 여기저기서 안됐다고 말하는 소리가 들렸다. 바로 그때 바비가 큰 소리를 내며 방 안으로 갑자기 들어왔다.

바비는 문을 확 열어젖히고 숨을 헐떡이며 외쳤다.

"빌 아저씨! 바지선 사공 빌 아저씨를 찾고 있어요!"

잠시 멍한 침묵이 흘렀다. 갈증 나는 입으로 향하던 맥주잔들이 중간에 멈춰서 허공에 떠 있었다.

"오, 아주머니!" 바비가 바지선에 있던 여자를 발견하고는 그쪽으로 다가가며 말했다. "아주머니의 바지선 선실에 불이 났어요. 빨리 가보세요."

여자는 놀라서 벌떡 일어났다. 그리고 커다란 붉은 손을 왼쪽 허리에 갖다 댔다. 보통 깜짝 놀라거나 절망할 때는 심장이 그곳에 있는 것 같은 느낌이 든다.

"레지널드 호러스!" 여자가 두려움에 찬 목소리로 울부짖었다. "우리 레지널드 호러스!"

"괜찮아요." 바비가 말했다. "아기를 말씀하시는 거라면 우리가 안전하게 구했어요. 개도요." 바비는 숨이 차서 "얼른 가세요. 다 괜찮아요"라고만 겨우 말할 수 있었다.

바비는 선술집에 있는 긴 의자에 주저앉았다. 안도의 한숨을 쉬어보려 했다. 오래 뛰고 난 다음에는 오히려 정상 호흡이 돌아온다고 하지만 바비는 다시는 숨을 쉴 수 없을 것만 같았다.

바지선 사공 빌은 육중한 몸을 천천히 일으켰다. 그가 무슨 일이 일어났는지 파악하기도 전에 그의 아내는 이미 100미터는 앞에 가 있었다.

필리스는 운하 옆에서 덜덜 떨고 있었다. 사공의 아내가 난간 위로 몸을 던져 둑을 굴러 내려가 아기에게 달려들 때까지도 필리스는 빠르게 다가오는 발소리를 거의 듣지 못했다.

"그러지 마세요." 필리스가 나무라듯이 말했다. "방금 잠들었단 말이에요."

• • ◦

조금 후에 빌이 오더니 아이들이 전혀 들어본 적 없는 말로 이야기했다. 그는 바지선에 뛰어올라 들통으로 물을 퍼 올렸다. 피터가 그를 도와 불을 껐다. 필리스, 바지선 여자, 아기, 그리고 곧 도착한 바비는 둑 위에서 서로를 부둥켜안았다.

"주여, 제가 불씨가 될 만한 것을 남긴 거라면 저를 도우소서."
여자는 이 말을 몇 번이고 되풀이했다.

하지만 범인은 여자가 아니었다. 바지선 사공 빌이었다. 그가 파이프를 털 때 미처 꺼지지 않은 재가 난로 앞에 깔린 양탄자에 떨어졌고, 양탄자가 타면서 불길이 일어난 것이었다. 그는 엄하기는 하지만 공정한 사람이었다. 대부분의 사공이나 다른 남자들과는 달리 그는 자신이 잘못한 일로 아내를 탓하지는 않았다.

●　●　○

아이들이 세 굴뚝집에 돌아왔을 때 엄마는 걱정으로 정신이 반쯤 나가 있었다. 피터한테서 물이 묻어서인지 이때쯤 아이들은 모두 흠뻑 젖어 있었다. 엄마는 아이들의 앞뒤가 안 맞는 설명을 듣고도 무슨 일이 일어난 건지 모두 꿰맞췄다. 엄마는 아이들이 아주 옳은 일을 했고 그렇게밖에 할 수 없었겠다고 인정했다. 아이들이 사공과 헤어질 때 그의 진심 어린 초대를 승낙한 것에 대해서도 반대하지 않았다.

"내일 7시에 이리로 와라." 빌이 말했었다. "너희들을 태우고 팔리까지 갔다 와줄게. 한 푼도 받지 않겠다. 수문 열아홉 개를 지날 거야!"

그들은 수문이 뭔지 몰랐다. 하지만 7시에는 다리에 가 있었다. 바구니에 빵과 치즈, 소다 케이크 반 개, 양고기 다리 반의반쪽도 담아 갔다.

눈부시게 화창한 날이었다. 늙은 백마는 밧줄에 묶여 있었고 바지선은 잔잔한 물 위를 흔들림 없이 부드럽게 미끄러지며 나아갔다. 머리 위 하늘은 푸르렀다. 빌은 더할 나위 없이 친절했다. 그가 피터의 귀를 꼬집던 사람이라고는 아무도 생각할 수 없을 것이다. 빌의 아내는 바비의 말대로 변함없이 친절했고 아기 역시 순했다. 더 심하게 물 수도 있었지만 그러지 않았던 스폿도 아이들을 잘 따랐다.

"간단히 말해서 정말 대단했어요, 엄마." 피터가 말했다. 집에 돌아왔을 때 아이들은 아주 행복하고 아주 피곤하고 아주 더러웠다. "웅장한 수도교 바로 위에 있었거든요. 그리고 수문은 정말이지⋯. 엄마는 수문이 어떤 건지 모르실 거예요. 배가 밑으로 가라앉는데요, 끝도 없이 내려간다는 생각이 들 때쯤 거대한 검은색 문 두 개가 천천히, 아주 천천히 열리는 거예요⋯. 배가 밖으로 나오니까 조금 전까지 그랬던 것처럼 다시 운하에 떠 있더라고요."

"엄마도 안단다." 엄마가 말했다. "템스강에도 수문이 있거든. 너희 아빠와 나도 결혼하기 전에 말로에 있는 강에 가곤 했어."

"그 엄청 귀여운 아기는요," 바비가 말했다. "너무 귀여워서 언제까지라도 돌볼 수 있을 것 같았어요. 그리고 정말 재미있었어요. 엄마, 저도 데리고 놀 아이가 있었으면 좋겠어요."

"그리고 모든 사람이 우리한테 잘해줬어요." 필리스가 말했다. "우리가 만난 모든 사람이요. 우리가 원하면 언제든지 고기를 잡아도 된다고 했어요. 그리고 다음에 빌 아저씨가 이 구역에 오면 우리한테 낚시하는 법을 가르쳐주신댔어요. 우리는 방법을 잘 모르는 거라고 하시더라고요."

"네가 모른다는 거지." 피터가 말했다. "그리고 엄마, 빌 아저씨가 운하에서 배를 모는 바지선 사공 모두에게 우리가 참되고 바른 아이들이라고 말하겠대요. 우리를 좋은 친구처럼 대하라고도 하고요. 우리와 빌 아저씨가 좋은 친구인 것처럼요."

"그래서 제가 이렇게 말했어요." 필리스가 끼어들었다. "우리가 운하에 낚시하러 갈 때는 항상 빨간색 리본을 달겠다고요. 그래야 사공들이 우리가 그 참되고 바른 아이들이라는 걸 알아보고 우리에게 잘해줄 테니까요."

"그래. 너희들 또 많은 친구를 사귀었구나." 엄마가 말했다. "처음엔 기찻길에서, 이번엔 운하에서!"

"네." 바비가 말했다. "제가 그 사람과 친구가 되는 걸 싫어하지 않는다는 걸 알게 해주기만 하면, 세상 모든 사람과 친구가 될 수 있는 것 같아요."

"아마도 네 말이 맞는 것 같구나." 엄마가 말했다. 그러고는 한숨을 쉬었다. "자, 얘들아. 이제 잘 시간이야."

"네." 필리스가 말했다. "아, 참. 퍼크스 아저씨 생일에 뭘 할지 얘기하러 거기 간 거였는데. 우리 그 얘기는 한마디도 못했네!"

"그러게." 바비가 말했다. "하지만 피터가 레지널드 호러스의 생명을 구했으니까 하루 저녁에 그 정도면 충분한 것 같아."

"내가 누나를 쓰러뜨리지 않았다면 누나가 아기를 구했을 거야. 내가 두 번이나 쓰러뜨렸잖아." 피터가 진심으로 말했다.

"나도 구할 수 있었어." 필리스가 말했다. "어떻게 하는지만 알았어도."

166

"그래." 엄마가 말했다. "너희가 어린아이의 생명을 구했구나. 내 생각에도 하루 저녁에 그쯤이면 충분한 것 같다. 오, 사랑스러운 내 아이들. 너희가 모두 무사하다니 얼마나 감사한 일인지!"

9장
퍼크스의 자존심

아침 식사 시간이었다. 우유를 따르고 죽을 뜨는 엄마의 표정이 아주 밝았다.

"얘들아, 엄마가 이야기를 또 하나 팔았단다." 엄마가 말했다. "홍합의 왕에 대한 이야기 있지? 이야기를 팔았으니 차 마시는 시간에 번빵을 먹을 수 있어. 빵이 구워지는 시간에 맞춰 가서 사 오너라. 11시였던가. 맞니?"

피터, 필리스, 바비는 서로 눈짓을 주고받았다. 모두 합해 여섯 개의 눈짓이 오고 갔다. 바비가 말했다.

"엄마, 빵을 오늘 저녁에 먹지 않고 15일에 먹어도 될까요? 다음 주 목요일인데."

"나는 언제 먹든 상관없단다." 엄마가 말했다. "그런데 왜 그러니?"

"그날이 퍼크스 아저씨 생일이거든요." 바비가 말했다. "아저씨는 서른두 살인데 더 이상 생일을 챙기지 않는대요. 다른 것을 챙겨

168

야 해서요. 토끼나 비밀은 아니고요, 애들과 아줌마래요.”

“아내와 아이들 말이구나.” 엄마가 말했다.

“맞아요.” 필리스가 말했다. “같은 말 아닌가요?”

“그래서 우리가 아저씨를 위해 멋진 생일을 만들어주면 어떨까 생각했어요. 엄마도 아시겠지만 아저씨가 그동안 우리한테 정말 너무나 잘해주셨잖아요.” 피터가 말했다. “그래서 다음번 번빵 먹는 날을 우리가 정해도 되는지 엄마한테 물어보자고 우리끼리 먼저 얘기했어요.”

“그런데 15일이 되기 전에 번빵 먹을 일이 없을 수도 있었잖아.” 엄마가 말했다.

“아, 그러면 미리 대, 댕겨서 먹고, 원래 번빵 먹을 날에는 안 먹겠다고 하려고 했죠.”

“미리 당겨서 먹는다고?” 엄마가 말했다. “알겠다. 물론 괜찮아. 빵 위에 분홍색 설탕으로 아저씨 이름을 쓰면 좋겠구나. 어떠니?”

“퍼크스가 아저씨 이름이에요.” 피터가 말했다. “예쁜 이름은 아니죠.”

“다른 이름은 앨버트예요.” 필리스가 말했다. “전에 물어본 적 있어요.”

“‘A. P.’라고 쓰면 되겠네.” 엄마가 말했다. “아저씨 생일날이 되면 케이크에 글씨를 어떻게 쓰는지 가르쳐줄게.”

퍼크스의 생일을 위한 계획은 아무 문제 없이 잘 진행됐다. 하지만 분홍색으로 ‘A. P.’라고 쓴 반 페니짜리 번빵이 열네 개나 있다고 해도 그것만으로 생일을 성대하게 기념할 수는 없다.

"우리한텐 언제나 꽃이 있잖아." 건초 창고에서 열띤 대책 회의가 벌어졌을 때 바비가 말했다. 창고 안의 다락에는 고장 난 작두 기계가 있었고, 그 밑에 있는 여물통으로 건초를 떨어뜨릴 수 있도록 다락 바닥에 구멍이 줄지어 뚫려 있었다.

"아저씨네 집에도 꽃이 많잖아." 피터가 말했다.

"자기 집에 꽃이 아무리 많아도 다른 사람한테 꽃을 받으면 기분 좋잖아." 바비가 말했다. "생일날 꽃으로 번빵을 장식하면 되겠다. 번빵 말고 다른 건 장식할 게 없을까?"

"다들 조용히 생각해보자." 필리스가 말했다. "뭔가 생각날 때까지 아무도 말하지 않기야."

아이들이 모두 조용해졌다. 너무 조용하니 아무도 없다고 생각했는지 갈색 쥐가 대담하게 얼굴을 내밀었다. 하지만 바비가 재채기를 하자 쥐는 깜짝 놀라 잽싸게 사라졌다. 그렇게 큰 소리가 나는 건초 창고는 조용한 생활을 바라는 고매한 중년 쥐에게는 맞지 않는 곳이라고 여긴 듯했다.

"야호! 바로 그거야!" 피터가 갑자기 펄쩍 뛰어오르더니 헐겁게 쌓여 있는 건초더미를 발로 차며 외쳤다.

"뭔데?" 다른 아이들이 안달하며 물었다.

"생각해봐. 퍼크스 아저씨는 모든 사람에게 친절하잖아. 마을에 가면 아저씨 생일을 축하해주고 싶어 할 사람이 많을 게 분명해. 돌아다니면서 모두에게 물어보자."

"엄마가 사람들에게 뭔가를 달라고 부탁하지 말랬잖아." 바비가 망설이듯 말했다.

170

"바보야, 우리 자신을 위해서 그러면 안 된다는 거지 다른 사람을 위한 것도 안 된다고 하신 건 아니잖아. 노신사 할아버지께도 부탁할 거야. 내가 못 할 줄 알고?" 피터가 말했다.

"우선 엄마한테 여쭤보자." 바비가 말했다.

"누나, 뭐하러 이런 일로 엄마를 귀찮게 해?" 피터가 말했다. "엄마가 지금 얼마나 바쁜데. 자, 당장 마을로 내려가서 시작하자."

아이들은 재빨리 마을로 내려갔다. 우체국에서 일하는 노부인은 다른 사람 생일은 안 챙기는데 왜 퍼크스의 생일만 챙겨줘야 하는지 모르겠다고 툴툴거렸다.

"그런 게 아니에요." 바비가 말했다. "모든 사람의 생일을 챙길 수 있다면 좋겠죠. 하지만 우리는 아저씨 생일만 알거든요."

"내 생일은 내일이야." 노부인이 말했다. "사람들이 퍽이나 신경 쓰겠네. 이제 가봐라."

아이들은 우체국을 떠났다.

친절한 사람도 있었고 신경질적인 사람도 있었다. 도움을 주는 사람도 있었고 그렇지 않은 사람도 있었다. 아무리 다른 사람을 위한 일이라지만, 뭔가를 달라고 부탁하는 것은 꽤 어려운 일이다.

아이들은 집으로 돌아가 그동안 받은 선물과 앞으로 받기로 한 선물을 세어보았다. 첫째 날치고는 성과가 나쁘지 않은 것 같았다. 피터는 기관차 번호를 적던 조그만 수첩에 선물 목록을 적었다. 다음과 같았다.

받은 것

사탕 가게- 담배 파이프

식료품점- 차 반 파운드

식료품점 건너편 포목상- 약간 바랜 양모 스카프

의사 선생님- 박제된 다람쥐

받기로 한 것

푸줏간- 고기 한 덩이

통행료 징수소 옆 오두막집에 사는 아주머니- 신선한 달걀 여섯 개

구두 수선공- 벌집 조각과 신발 끈 여섯 개

대장간- 철삽

이튿날 아침 일찍 일어난 바비는 필리스를 깨웠다. 둘이서만 얘기했던 일이 있었다. 피터에게는 말하지 않았다. 어리석은 짓이라고 할 게 뻔했기 때문이다. 피터에게는 나중에 모든 일이 잘 끝났을 때 말해줬다.

바비와 필리스는 커다란 장미 한 다발을 바구니에 넣었다. 필리스가 바비 생일 선물로 만든 바늘 쌈지와 필리스의 예쁜 파란색 넥타이도 함께 넣었다. 그리고 종이에 이렇게 적었다. '랜섬 부인께, 우리의 사랑을 모두 담아서 드립니다. 아주머니의 생일이니까요.'

바비와 필리스는 종이를 바구니에 넣고 우체국으로 가져갔다. 그리고 바구니를 우체국 접수대 위에 올려놓고 노부인이 오기 전에 도망치듯 빠져나왔다.

여자아이들이 집에 돌아왔을 때 피터는 엄마가 아침 식사 준비하는 것을 돕고 있었다. 피터는 이미 엄마에게 자신들의 계획을 털어놓은 상태였다.

"해가 될 건 없겠구나." 엄마가 말했다. "하지만 그건 너희가 그 계획을 어떻게 실행하느냐에 달렸어. 아저씨가 기분이 상하거나 너희 계획을 자선으로 여기지 말아야 할 텐데 말이다. 가난한 사람들은 자존심이 아주 강하잖니."

"아저씨가 가난해서 이 일을 하는 건 아니에요." 필리스가 말했다. "아저씨를 좋아해서 하는 거예요."

"필리스가 커서 더 이상 안 맞는 옷들을 좀 찾아봐야겠다." 엄마가 말했다. "너희가 선물을 드려도 퍼크스 씨가 불쾌해하지 않으실 거라고 그렇게 확신한다면 나도 작은 선물을 준비하고 싶구나. 너희에게 아주 친절하게 대해주셨으니까. 우리도 가난하기 때문에 많은 걸 해줄 수는 없구나. 바비, 뭘 적고 있니?"

"별거 아니에요." 갑자기 무언가 끄적이기 시작하던 바비가 말했다. "엄마, 아저씨가 분명히 좋아하실 거예요."

15일 아침은 번빵을 사 오고, 엄마가 번빵 위에 분홍색 설탕으로 'A. P.'라고 쓰는 걸 구경하느라 매우 즐거웠다. 빵 위에 글씨를 어떻게 쓰는지 독자들도 물론 알고 있겠지. 달걀 흰자를 푼 데다 가루 설탕을 섞고 코치닐*을 몇 방울 떨어뜨린다. 그러고 나서 깨끗한 흰색 종이를 접어 커다란 깔때기를 만든 후, 뾰족한 끝을 오려서 작은

* 선홍색 색소

구멍을 낸다. 그리고 종이 깔때기 안에 분홍색 달걀 설탕을 넣는다. 달걀 설탕이 깔때기의 뾰족한 끝에서 천천히 흘러나오면, 마치 분홍색 설탕 잉크가 가득 든 굵은 펜으로 글씨를 쓰듯이 종이 깔때기를 잡고 글씨를 쓰면 된다.

빵마다 'A. P.'라고 쓰니 아주 예뻤다. 설탕이 고정되도록 빵을 차가운 오븐 속에 넣어놓고, 아이들은 꿀과 삽, 사람들이 주기로 한 다른 물건들을 받으러 마을에 갔다.

우체국에서 일하는 노부인이 우체국 입구에 서 있었다. 아이들은 지나가면서 "안녕하세요"라고 공손히 인사했다.

"잠깐 좀 서봐라." 부인이 말했다.

아이들은 걸음을 멈췄다.

"그 장미 말이다." 부인이 말했다.

"마음에 드셨어요?" 필리스가 물었다. "꺾자마자 가져다 둔 싱싱한 꽃이었어요. 바늘 쌈지는 제가 만든 거예요. 바비 언니한테 줬던 선물이었지만요." 필리스는 말하면서 즐겁게 방방 뛰었다.

"너희 바구니를 가져가거라." 우체국 노부인이 말했다. 노부인은 안으로 들어가더니 바구니를 가지고 나왔다. 거기에는 빨갛고 탐스럽게 익은 구스베리가 가득 들어 있었다.

"아마 퍼크스네 아이들도 좋아할 게다." 노부인이 말했다.

"할머니는 정말 좋은 분이에요." 필리스가 두 팔로 노부인의 허리를 꼭 껴안았다. "퍼크스 아저씨도 물론 좋아할 거예요."

"내가 너희가 준 바늘 쌈지 책이랑 타이랑 예쁜 꽃을 받고 기뻐한 거에 비하면 반도 안 될걸." 노부인이 필리스의 어깨를 토닥이며 말했다. "어린 게 착하기도 하지. 이리 와봐라. 뒤쪽에 있는 나무 창고에 유모차가 있어. 내 딸 에미가 첫째 낳았을 때 산 거였는데 아기가 6개월밖에 살지 못했지. 에미는 그 애 말고는 아이를 갖지 못했어. 퍼크스 부인이 가지면 좋겠구나. 그 집 아들은 덩치가 있으니 도움이 될 거야. 너희가 그 댁에 가져가 줄래?"

"와!" 아이들이 동시에 외쳤다.

랜섬 부인이 유모차를 꺼내와 정성스레 싸둔 종이를 벗겨내고 먼지를 꼼꼼히 털고는 말했다.

"자, 이제 됐다. 진작 줬으면 좋았을 텐데 그 부인이 받을지 잘 모르겠더라. 가서 내 딸의 아기가 타던 유모차였다고 전해주렴."

"오, 살아 있는 아기가 이 안에 다시 탈 거라고 생각하니 너무 좋지 않아요?"

"그래." 랜섬 부인이 한숨을 내쉬며 말했다. 그러고는 웃었다. "이거, 그 집 아이들에게 줄 박하사탕이다. 이제 우리 집 지붕이랑 내가 입은 옷까지 다 주기 전에 빨리 가거라."

아이들은 퍼크스에게 줄 모든 선물을 유모차에 실었다. 피터, 바비, 필리스는 유모차를 밀며 퍼크스가 사는 노란색 집으로 갔다.

퍼크스네 집은 매우 깔끔했다. 창턱에 둔 주전자에는 야생화, 데이지, 빨간 괭이밥, 깃털 같기도 하고 꽃 같기도 한 풀이 꽂혀 있었다.

세탁실에서 물 튀기는 소리가 들렸고 씻다 만 소년 하나가 문 사이로 머리를 내밀고 있었다.

"엄마는 옷을 갈아입고 계세요." 그가 말했다.

"좀 있다 내려갈게." 방금 박박 닦은 듯한 좁은 계단 위에서 목소리가 들렸다.

바비, 피터, 필리스는 기다렸다. 잠시 후 계단에서 삐걱거리는 소리가 나더니 퍼크스 부인이 웃옷의 단추를 채우며 내려왔다. 머리는 매끄럽고 단정하게 빗었고 얼굴은 비누로 방금 씻어 빛이 났다.

"옷을 갈아입느라 좀 늦었어, 꼬마 아가씨." 퍼크스 부인이 바비에게 말했다. "그동안 안 그러더니 남편이 자기 생일이라고 말해서 좀 더 신경 써서 청소를 했지 뭐니. 뭘 잘못 먹었나…. 그런 얘기를 하다니. 아이들 생일은 챙기지만 그이나 내 생일은…. 우리야 생일 챙길 나이는 지났잖아."

"오늘이 아저씨 생일이란 걸 저희도 알고 있었어요." 피터가 말했다. "그래서 밖에 있는 유모차에 아저씨께 드릴 선물을 좀 갖고 왔어요."

선물을 하나씩 푸는 동안 퍼크스 부인은 숨도 제대로 쉴 수 없었다. 선물이 모두 공개되자 그녀는 나무 의자에 갑자기 털썩 앉더니 울음을 터뜨렸다. 아이들은 놀라고 겁이 났다.

"오, 울지 마세요!" 아이들이 한목소리로 말했다. "오, 제발 울지 마세요!" 피터가 성급하게 덧붙였다. "뭔가 잘못됐나요? 마음에 안 드신다는 뜻은 아니죠?"

퍼크스 부인은 그저 울기만 했다. 빛이 날 정도로 깨끗해진 퍼크스의 아이들은 화장실 문가에 서서 불청객들을 쏘아보고 있었다. 침묵이 흘렀다. 어색한 침묵이었다.

"마음에 안 드세요?" 피터가 다시 물었다. 바비와 필리스는 퍼크스 부인의 등을 토닥여주고 있었다.

부인은 울기 시작했을 때처럼 갑자기 울음을 멈췄다.

"괜찮다, 내 걱정은 말아라. 나는 괜찮단다!" 부인이 말했다. "마음에 드냐고? 무슨 말이니, 남편은 태어나서 이런 생일을 보낸 적이 한 번도 없을걸. 잡곡상을 하던 사업가 삼촌과 함께 살던 어린 시절에도 이런 생일은 없었을 거야. 그 삼촌이 나중에는 망했다지. 마음에 드냐고? 당연하지." 그러고 나서 부인은 한참 동안 여러 가지 이야기를 했다. 피터와 바비와 필리스가 원하지 않을 것이므로 그 말을 여기에 다 쓰진 않겠다. 퍼크스 부인의 칭찬에 아이들의 귀는 달아오르고 얼굴은 점점 더 붉어졌다. 아이들은 이런 칭찬을 받기에는 자신들이 한 일이 보잘것없다고 생각했다.

마침내 피터가 말했다. "저기요, 아주머니께서 좋아하시니 저희도 기뻐요. 그런데 계속 그런 말씀을 하시면 집에 가야 할 것 같아요. 우리는 퍼크스 아저씨도 좋아하시는지 보고 싶어서 더 있고 싶거든요. 하지만 계속 그러시면 듣고 있기가 힘들어요."

"이제 한마디도 더 안 할게." 퍼크스 부인이 환하게 웃으며 말했다. "머릿속으로는 계속해도 괜찮은 거지? 만일 그것도….""

"번빵을 담을 접시 좀 주실래요?" 바비가 불쑥 끼어들었다. 그러자 퍼크스 부인이 서둘러 찻상을 차렸다. 번빵과 꿀, 구스베리가 접시에 보기 좋게 담겼다. 장미는 잼 병 두 개에 나눠 꽂았다. 찻상은 퍼크스 부인의 말대로 '왕자에게 어울리는' 상 같았다.

"생각해봐!" 부인이 말했다. "일찌감치 집 안을 치우고 애들한테 야생화와 다른 꽃들을 좀 꺾어오라고 했을 때는 그이에게 다른 선물이 있을 거라고 상상도 못 했거든. 지난 토요일에 그가 좋아하는 담배를 사둔 거 말고는. 어, 이럴 수가! 그이가 일찍 돌아왔어!"

퍼크스가 작은 현관문의 빗장을 여는 소리가 들렸다.

"이런." 바비가 작은 소리로 말했다. "우리는 뒷부엌에 숨자. 아저씨한테는 아주머니께서 말씀하세요. 하지만 담배부터 드리세요. 아주머니가 아저씨를 위해 준비하신 거잖아요. 다 말씀하시면 우리가 내려와서 '생일 축하드려요!'라고 외칠게요."

아주 훌륭한 계획이었다. 하지만 계획대로 되지는 않았다. 우선 시간이 너무 없었다. 피터와 바비와 필리스는 어안이 벙벙한 채 서 있는 퍼크스네 아이들을 밀치면서 세탁실로 간신히 들어갔다. 문 닫을 시간도 없어서 부엌에서 무슨 일이 벌어지는지 다 들을 수밖에 없었다. 세탁실에는 물 짜는 기계와 냄비같이 세탁실에 있기 마련인 기구들이 이미 많았는데, 거기에다 퍼크스네 아이들과 세 굴뚝집 아이들까지 들어가 있으려니 너무나 비좁았다.

"다녀왔어, 할망구!" 퍼크스의 목소리가 들렸다. "웬 요란한 상차림이래!"

"버트*, 당신 생일상이에요." 퍼크스 부인이 말했다. "그리고 여기, 당신이 특히 좋아하는 담배예요. 웬일로 당신이 생일을 기억하길래 지난 토요일에 사뒀어요."

"정말 고마워!" 퍼크스가 말했다. 그들이 입 맞추는 소리가 들렸다.

---

* 앨버트 퍼크스의 애칭

"그런데 유모차는 왜 여기에 있는 거야? 그리고 이 꾸러미들은 다 뭐고? 이 사탕들은 다 어디서 난 거고, 또….."

아이들은 퍼크스 부인이 뭐라고 답했는지 듣지 못했다. 왜냐하면 바로 그때 바비가 흠칫하더니 주머니에 손을 넣어보고는 놀라서 온몸이 굳었기 때문이다.

"이런!" 바비가 나지막이 다른 아이들에게 말했다. "어떡하지? 선물에 꼬리표를 붙이는 걸 잊어버렸어! 누가 무슨 선물을 주었는지 아저씨가 모르게 생겼어. 모두 우리가 준 거라고 생각하실 거야. 우리가 잘난 척하거나 동정하거나 재수 없는 일을 한다 생각하실걸."

"쉿!" 피터가 말했다.

그때 퍼크스의 목소리가 들렸다. 매우 화난 목소리였다.

"상관없어." 퍼크스가 말했다. "당신에게도 똑똑히 얘기하지만, 난 이런 거 참을 수 없어."

"하지만," 퍼크스 부인이 말했다. "당신이 늘 입에 침이 마르도록 칭찬하던 애들이에요. 세 굴뚝집에 사는 애들 말이에요."

"상관없어." 퍼크스가 단호하게 말했다. "하늘에서 내려온 천사라도 안돼. 우린 그동안 그럭저럭 잘 살아왔다고. 누구한테도 손 벌리지 않고. 내 눈에 흙이 들어오기 전에는 우리한테 이따위 자선 사업을 하게 내버려 두지 않을 거야. 그러니 넬, 당신도 이런 거 받을 생각하지 마."

"오, 쉿!" 가엾은 퍼크스 부인이 말했다. "버트, 제발 그 눈치 없는 입 좀 다물어요. 그 아이들이 세탁실에서 당신이 말하는 걸 다 듣겠어요."

"그렇다면 그 애들이 들어야 할 말을 해주겠어." 화가 머리끝까지 난 퍼크스가 말했다. "전에도 걔들한테 내 마음을 털어놓은 적이 있으니까 다시 한번 하지 뭐." 퍼크스가 덧붙였다. 그러고는 성큼성큼 두 걸음 만에 세탁실 앞까지 가서 문을 끝까지 홱 열어젖혔다. 문 뒤에는 아이들이 빽빽이 서 있었다.

"나와라." 퍼크스가 말했다. "나와서 너희들이 무슨 생각으로 이런 일을 꾸몄는지 말해봐. 내가 언제 너희한테 우리 집 형편이 안 좋다고 한 번이라도 푸념한 적 있더냐? 이런 자선 구호품을 내 앞에 늘어놓다니!"

"아!" 필리스가 말했다. "저는 아저씨가 기뻐하실 거라고 생각했어요. 이제는 절대로 아무한테도 친절하게 굴지 않을 거예요. 절대로, 절대로요!"

필리스는 울음을 터뜨렸다.

"나쁜 마음은 없었어요." 피터가 말했다.

"마음보다는 행동이 중요한 법이야." 퍼크스가 말했다.

"오, 그런 말씀 마세요!" 바비가 외쳤다. 바비는 필리스보다 용감하고, 피터보다 자세히 설명하려고 무진 애를 쓰고 있었다. "아저씨께서 좋아하실 거라고 생각했어요. 우리는 생일에 항상 선물을 받거든요."

"오, 그래." 퍼크스가 말했다. "그거야 너희 가족 얘기고, 이건 사정이 다르다."

"오, 아니에요." 바비가 대꾸했다. "우리 가족만 그런 건 아니에요. 집에서는 하인들도 우리한테 선물을 주고, 하인들 생일에는 우리가 선물을 줘요. 제 생일에는 엄마가 저한테 미나리아재비 모양의 브로치를 주셨고, 바이니 부인은 예쁜 유리병 두 개를 주셨어요. 바이니 부인이 우리한테 자선을 베푼다고 생각한 사람은 아무도 없었어요."

"여기 있는 게 유리병이었다면," 퍼크스가 말했다. "내가 그렇게까지 말하지 않았을 거다. 물건이 이렇게 산더미처럼 쌓여 있다니 난 참을 수 없어. 참을 수 없고, 참지도 않겠다."

"하지만 그 선물 전부를 우리가 드리는 건 아니에요." 피터가 말했다. "꼬리표를 붙이는 걸 깜박했어요. 마을 사람 여러 명한테 받은 거예요."

"누가 꾸민 일이야? 내가 좀 알아야겠다." 퍼크스가 말했다.

"왜요, 우리가 그랬어요." 필리스가 훌쩍이며 말했다.

퍼크스는 안락의자에 털썩 주저앉았다. 나중에 바비는 그가 아이들을 바라보던 모습을 '우울하고 절망스러워 시들어버린 눈빛'이라고 표현했다.

"그러니까 너희가 돌아다니면서 이웃들에게 우리 집안 형편이 안 좋다고 말했다는 거냐? 너희가 이웃들 앞에서 우리 집 망신을 제대로 시켰구나. 선물 보따리를 다시 가지고 가서 그걸 준 사람들에게 돌려주거라. 고맙긴 해. 너희가 좋은 의도로 그랬다는 건 의심하지 않아. 하지만 이제 너희와 더 이상 알고 지내고 싶지 않다." 그는 아이들한테 등을 돌리려고 일부러 의자를 돌렸다. 벽돌 바닥에 의자 다리 끌리는 소리가 침묵을 깼다.

바비가 갑자기 입을 열었다.

"이쪽을 좀 보세요." 그녀가 말했다. "이건 정말 너무해요."

"내 말이 그 말이야." 퍼크스가 돌아보지도 않고 말했다.

"이쪽을 좀 봐주세요." 바비가 절실한 마음으로 말했다. "아저씨가 원하신다면 갈게요. 그리고 우리와 친구로 지내시기 싫으면 그러셔도 돼요. 하지만⋯."

"우리는 언제나 아저씨의 친구일 거예요. 아저씨가 우리한테 아무리 고약하게 구셔도요." 필리스가 이렇게 말하며 미친 듯이 코를 훌쩍였다.

"좀 조용히 해봐." 피터가 험악하게 말했다.

"그런데 가기 전에요," 바비가 필사적으로 이야기를 이었다. "선물에 붙이려고 쓴 꼬리표를 아저씨에게 보여드리게 해주세요."

"꼬리표 따위는 보고 싶지 않아." 퍼크스가 말했다. "기차역에서 보는 짐가방에 붙은 진짜 꼬리표 말고는. 내가 버는 돈과 아내가 빨래해서 버는 돈으로 모자라서 빚을 꽤 졌을 거라고 생각한 거냐? 이런 걸 거저 받아서 이웃에게 웃음거리가 되라고?"

"웃는다고요?" 피터가 말했다. "아저씨 뭘 모르시는군요."

"아저씨는 성질이 굉장히 급하시네요." 필리스가 중얼거리듯 말했다. "아저씨도 기억하시겠지만 저번에도 우리가 러시아 사람에 관한 비밀을 안 알려줬다고 잘못 생각하셨잖아요. 바비 언니가 꼬리표에 대해서 말하게 좀 놔두세요!"

"좋다. 그럼 한번 해봐라!" 퍼크스가 마지못해 말했다.

"네." 바비가 꼬리표가 잔뜩 든 주머니를 열심히 뒤적이며 말했다. 아직 희망을 버리지는 않았다. "저희한테 선물을 준 모든 사람의 이름과 그분들이 한 말을 적어놨어요. 엄마는 조심해야 한다고 말씀하셨어요. 왜냐하면… 아무튼 엄마 말씀도 적었어요. 들어보세요."

하지만 바비는 목이 메서 꼬리표를 곧바로 읽을 수가 없었다. 침을 한두 번 삼키고 나서야 읽기 시작할 수 있었다.

퍼크스 부인은 남편이 세탁실 문을 열어젖힌 뒤부터 줄곧 울고 있었다. 그제야 부인은 숨을 고르더니 목멘 소리로 말했다.

"너무 속상해하지 말아라. 내 남편은 몰라도 나는 너희가 좋은 마음으로 그랬다는 걸 안단다."

"꼬리표를 읽어볼게요." 바비가 말했다. "엄마 것 먼저 읽을게요."

"'작은 옷가지들은 퍼크스 부인의 아이들을 위한 것입니다.' 엄마는 이렇게 말씀하셨어요. '필리스가 커서 이제 안 맞는 옷들을 좀 찾아봐야겠다. 너희가 선물을 드려도 퍼크스 씨가 불쾌해하시지 않을 거라고 그렇게 확신한다면 나도 작은 선물을 준비하고 싶구나. 너희에게 아주 친절히 대해주셨으니까. 우리도 가난하기 때문에 많은 것은 해줄 수는 없구나.'"

바비는 여기서 잠시 멈췄다.

"그래." 퍼크스가 말했다. "너희 어머니는 타고난 숙녀시니까. 넬, 아이 원피스는 받기로 하지."

"그리고 유모차와 구스베리와 사탕은요," 바비가 말했다. "랜섬 부인이 주신 거예요." 그분은 이렇게 말씀하셨어요. '아마 퍼크스네 아이들도 좋아할 게다. 내 딸 에미가 첫째를 낳았을 때 산 거였는데 아기가 6개월밖에 살지 못했지. 에미는 그 애 말고는 아이를 갖지 못했어. 퍼크스 부인이 가지면 좋겠구나. 그 집 착한 아들을 키울 때 도움이 될 거야. 진작 줬으면 좋았을 텐데 그 부인이 받을지 잘 모르 겠더라.' 아주머니는 아저씨에게 '내 딸의 아기가 타던 유모차였다' 고 전해달라고 하셨어요."

"버트, 나는 저 유모차를 돌려보낼 수 없어요." 퍼크스 부인이 단호하게 말했다. "돌려보내지 않을 거예요. 그러니 나한테…."

"내가 뭐, 뭐라 그랬나." 퍼크스가 퉁명스럽게 말했다.

"다음은 삽이에요." 바비가 말했다. "제임스 아저씨가 아저씨를 위해 직접 만든 거예요. 그리고 뭐라고 하셨냐면…. 어디에다 뒀더 라. 오, 바로 여기 있네요! 이렇게 말씀하셨어요. '퍼크스 씨에게 이 렇게 전해주렴. 작고 시시한 물건이지만 당신처럼 많은 이들의 존경 을 받는 분께 만들어드릴 수 있어서 영광이라고.' 그리고 이런 말씀 도 하셨어요. 말굽에 편자를 대는 것처럼 아저씨 아이들과 자기 아 이들에게 구두를 만들어주고 싶다고요. 제임스 아저씨는 구두 만드 는 가죽에 대해서도 잘 아신대요."

"제임스는 꽤 좋은 친구지." 퍼크스가 말했다.

"다음은 꿀이랑," 바비가 서둘러 말했다. "구두끈이에요. 그분 은 남에게 기대지 않고 살아가는 아저씨 같은 분을 존경한댔어요. 푸줏간 아저씨도 같은 말씀을 하셨고요. 그리고 통행료 징수소 옆 에 사는 아주머니는 아저씨가 젊었을 때 아주머니네 정원 일을 여러 번 도와주셨다고 하셨어요. 그러면서 뿌린 대로 거둔다든가 하는 말씀을 하셨어요. 그게 무슨 뜻인지는 모르겠지만요. 선물을 주신

분들은 모두 아저씨를 좋아한다고 하면서 우리가 아주 좋은 생각을 했다고 말씀하셨어요. 자선이라든가 그런 불쾌한 말을 한 사람은 아무도 없었어요. 그리고 노신사 할아버지는 아저씨께 드리라고 1파운드짜리 금화를 피터에게 주시면서 아저씨가 일을 잘하는 사람이라고 하셨어요. 저는 사람들이 아저씨를 얼마나 좋아하는지 아저씨가 아시면 좋아하실 거라고 생각했어요. 그런데 살면서 이렇게 슬픈 적은 없었어요. 안녕히 계세요. 언젠가는 저희를 용서해주셨으면 좋겠어요…"

바비는 더 이상 말을 잇지 못하고 집으로 가려고 몸을 돌렸다.

"잠깐." 퍼크스가 여전히 아이들에게 등을 돌린 채로 말했다. "내가 말했던 거 모두 취소하마. 넬, 주전자에 물 좀 끓여요."

"선물 때문에 기분이 나쁘신 거라면 우리가 다 가져갈게요." 피터가 말했다. "하지만 그러면 우리뿐만 아니라 다른 사람들도 무척 실망할 거예요."

"그것 때문에 기분이 나쁜 건 아니야." 퍼크스가 말했다. "잘 모르겠다." 그가 덧붙여 말하며 갑자기 의자를 휙 돌렸다. 그는 뭔가 혼란스러운 듯 이상한 표정을 짓고 있었다. "살면서 오늘만큼 기쁜 날은 처음이다. 선물들도 물론 최고지만, 선물 때문이라기보다 날 존중해주는 이웃들의 친절한 마음 때문이야. 그런 마음은 받을 가치가 있지. 넬, 그렇지 않소?"

"다 받을 가치가 있는 것 같아요." 퍼크스 부인이 말했다. "버트, 내 생각엔 당신이 별거 아닌 일에 말도 안 되는 소란을 피운 것 같아요."

"아니, 그렇지는 않아." 퍼크스가 단호하게 말했다. "누구든 자기 자신을 존중하지 않으면 아무도 그를 존중하지 않는 법이야."

"하지만 모든 사람이 아저씨를 존중하고 있어요." 바비가 말했다. "다들 그렇게 말씀하셨어요."

"진실을 알고 나면 아저씨도 좋아하실 줄 알았어요." 필리스가 환한 얼굴로 말했다.

"에헴! 얘들아, 차 마시고 갈 거지?" 퍼크스 부인이 물었다.

잠시 후 피터는 퍼크스의 건강을 위해 건배하자고 제안했다. 퍼크스도 술잔이 아닌 찻잔을 들어 건배를 제안했다. "우정의 화환이 영원히 푸르르길!" 그가 그렇게 시적인 표현을 쓸 줄은 아무도 예상하지 못했다.

· · ·

"걔들은 정말 착한 아이들이야." 퍼크스가 잠자리에 들면서 아내에게 말했다.

"그러게요. 아이들의 착한 마음을 축복해주시길!" 퍼크스의 아내가 말했다. "당신은 어른이면서 왜 그렇게 고약하게 군 거예요? 다시 말하지만 난 정말 창피했어요."

"여보, 뭐 그럴 것까지야. 난 그 선물이 자선 구호품이 아니라는 걸 알자마자 바로 내 잘못을 깨끗이 인정했잖아. 하지만 난 누가 우리를 동정하면 절대 참지 않았고, 앞으로도 그럴 거야."

• • •

　　퍼크스의 생일 파티는 많은 사람을 행복하게 만들었다. 퍼크스 부부와 그 집 아이들은 멋진 선물과 이웃의 따뜻한 마음에 행복했고, 세 굴뚝집 아이들은 조금 늦어졌지만 계획이 확실히 성공해서 행복했으며, 랜섬 부인은 퍼크스의 통통한 아기가 유모차에 탄 것을 볼 때마다 행복했다. 퍼크스 부인은 선물을 준 사람들을 일일이 찾아가 따뜻한 선물을 보내줘서 고맙다고 인사했다. 그녀는 이웃을 방문하고 돌아올 때마다 그들이 생각 이상으로 좋은 친구라는 것을 새삼 느꼈다.

　　"그래." 퍼크스가 생각에 잠긴 채 말했다. "중요한 것은 행동보다 마음이지. 내 생각은 그래. 하지만 말이야, 만약 그게 동정이었다면…."

　　"아, 그 자선 얘기 좀 그만해요." 퍼크스 부인이 말했다. "아무도 당신을 동정하는 사람 없어요, 버트. 당신이 아무리 그걸 원한다고 해도요. 그건 그냥 우정이었다니까요."

　　목사가 퍼크스 부인을 방문했을 때 부인은 그에게 모든 얘기를 해주었다. "그건 정말 우정이었어요. 목사님, 그렇지 않나요?" 부인이 물었다.

　　"아마도 그렇겠죠." 목사가 말했다. "때로는 '인정'이라고도 하는 것 같습니다."

　　여러분도 알다시피 모든 일이 잘 마무리되었다. 만일 이런 일을 하려는 사람이 있다면 올바른 방법으로 하기 위해 주의를 기울여야 할 것이다. 퍼크스가 곰곰이 생각한 다음에 한 말처럼, 중요한 것은 행동보다 마음이기 때문이다.

10장
끔찍한 비밀

굴뚝집에 처음 이사 왔을 때 아이들은 아빠에 대한 이야기도 많이 하고 질문도 많이 했다. 아빠가 무엇을 하는지, 어디에 있는지, 언제 집에 올 것인지 계속 물었다. 엄마는 아이들 질문에 항상 최선을 다해 답했다. 하지만 시간이 흐르면서 아이들은 아빠 이야기를 점점 하지 않게 되었다. 처음부터 바비는 어떤 이상하고 우울한 이유로 이런 질문이 엄마에게 상처가 되고 엄마를 슬프게 만든다고 느꼈다. 말로는 표현할 수 없었지만 피터와 필리스도 조금씩 비슷한 느낌을 받게 되었다.

하루는 엄마가 너무 바빠서 단 10분도 자리를 뜰 수가 없었다. 바비가 엄마에게 줄 차를 가지고 '엄마 작업실'이라고 부르는 크고 휑한 방으로 올라갔다. 방에는 가구가 거의 없었다. 책상과 의자, 그리고 바닥에 깔린 작은 양탄자뿐이었다. 하지만 창턱과 벽난로 선반 위에는 꽃이 담긴 커다란 꽃병이 언제나 놓여 있었다. 아이들이 늘 확인하고 꽃을 갈아두었기 때문이다. 커튼이 달리지 않은 세 개의 긴 창문 밖으로는 아름답게 펼쳐진 초원과 황야, 그리고 저 멀리 보랏빛 언덕과 시시각각 모양을 바꾸는 구름과 하늘이 보였다.

"엄마, 차를 가지고 왔어요." 바비가 말했다. "따뜻할 때 드세요."

엄마는 책상에 마구 흩어져 있는 종이 위에 펜을 내려놓았다. 종이마다 엄마 글씨가 빼곡했다. 엄마 글씨는 인쇄한 것처럼 깔끔하고 그보다 훨씬 예뻤다. 엄마가 손을 머리카락 사이에 집어넣고 쓸어내렸다. 그 모습이 마치 머리카락을 한 움큼 뽑으려는 것처럼 보였다.

"엄마 머리가 가엾어요." 바비가 말했다. "머리 아프세요?"

"아니… 응… 별로." 엄마가 말했다. "바비, 피터와 필이 아빠를 점점 잊어가는 것 같니?"

"아니요." 바비는 놀란 나머지 목소리가 높아졌다. "왜 그렇게 물으세요?"

"요새는 아무도 아빠 얘기를 안 하니까."

바비는 한 다리로 서 있다가 다른 다리로 바꾸어 서 있었다.

"우리끼리 있을 때는 아빠 얘기 자주 해요." 바비가 말했다.

"그런데 엄마한테는 안 하네." 엄마가 말했다. "왜지?"

바비는 왜 그런지 말하기가 쉽지 않았다.

"저는… 엄마가….'' 바비는 말을 하려다 이내 입을 다물었다. 그러고는 창가로 가서 밖을 내다보았다.

"바비, 이리로 오렴." 바비는 엄마 옆으로 갔다.

"이제 아가, 엄마한테 한번 말해보렴." 엄마가 바비를 한 팔로 감싸 안고는 자신의 헝클어진 머리를 바비의 어깨에 기댔다.

바비는 머뭇거렸다.

"그렇다면 말씀드릴게요." 바비가 말했다. "아빠가 안 계셔서 엄마가 너무 슬퍼하시는 것 같은데, 제가 아빠 얘기를 꺼내면 엄마가 더 슬플 거라고 생각했어요. 그래서 더 이상 말하지 않게 됐어요."

"동생들은?"

"피터와 필은 어떻게 생각하는지 모르겠어요." 바비가 말했다. "동생들한테는 아무 얘기 안 했거든요. 그런데 두 사람도 저와 비슷하게 느낄 것 같아요."

"우리 바비," 엄마가 바비에게 여전히 머리를 기댄 채 말했다. "너한텐 말해줄게. 아빠와 떨어져 사는 것 말고도 커다란 슬픔이 더 있어. 너는 상상할 수도 없을 만큼 끔찍한 일이야. 처음에는 모든 게 그대로인 양 너희가 아빠 얘기를 하는 게 힘들었어. 하지만 너희가 아빠를 잊는다면 훨씬 더 힘들 거야. 그건 무엇보다도 끔찍한 일이야."

"그 슬픔이라는 게…" 바비가 작은 목소리로 나지막이 말했다. "전 엄마한테 아무것도 묻지 않겠다고 약속했고, 실제로 한 번도 물은 적이 없어요. 그렇죠? 그런데 그 슬픈 일이 영원히 계속되진 않겠죠?"

"응," 엄마가 말했다. "아빠가 우리에게 돌아오시면 최악의 상황은 끝날 거야."

"엄마를 위로해드릴 수 있으면 좋을 텐데." 바비가 말했다.

"오, 우리 귀염둥이. 네가 엄마를 위로해주지 않는다고 생각하니? 너희 모두 그동안 얼마나 착하게 행동했는지 내가 모르는 것 같아? 예전만큼 싸우지도 않고, 너희가 나를 위해 해주는 소소한 것들, 그러니까 꽃도 갖다 주고 구두도 닦아놓고, 엄마 몰래 잠자리도 펴놨던 것을 내가 모르는 것 같니?"

바비는 엄마가 이런 것들을 알고 있는지 가끔 궁금했었다.

"그런 건 아무것도 아니에요." 바비가 말했다. "그에 비해서….."

"이제 다시 일하러 가야겠다." 엄마가 바비를 꽉 안아줬다. "동생들한테는 아무 말도 하지 말아라."

그날 저녁 잠자리에 들기 전 엄마는 아이들에게 책을 읽어주는 대신 아빠와 엄마가 어릴 적 서로 가까운 시골집에 살았을 때 함께 하던 놀이에 대해 이야기해줬다. 엄마의 형제들과 아빠가 어렸을 때 함께했던 모험 이야기도 해줬다. 이야기가 너무 재미있어서 아이들은 계속 웃으면서 들었다.

"에드워드 삼촌은 어렸을 때 돌아가셨죠?" 엄마가 침실에서 촛불을 켤 때 필리스가 물었다.

"그렇단다, 아가." 엄마가 말했다. "에드워드가 살아 있었다면 너희가 참 좋아했을 텐데. 대단히 용감하고 모험심도 강했지. 항상 장난을 치고 다녔는데도 모두와 친하게 지냈단다. 그리고 레지 삼촌은 실론*에 사셔. 맞아, 먼 곳이야. 아빠도 멀리 계시고. 아마 삼촌들도 우리가 자기들이 옛날에 하던 놀이에 대해 신나게 얘기했다는 걸 알면 좋아하실 거야. 너희도 그렇게 생각하지?"

"에드워드 삼촌은 아니겠죠." 필리스가 깜짝 놀라 말했다. "그

---

* 스리랑카의 옛 이름

192

분은 하늘나라에 계시잖아요."

"하느님이 삼촌을 데려가셨다고 해서 삼촌이 우리와 어린 시절을 다 잊어버렸을 거라고 생각해선 안 돼. 나도 잊지 않았는걸. 삼촌은 기억하실 거란다. 잠시 멀리 있는 것뿐이야. 언젠가는 만날 수 있을 거야."

"레지 삼촌은요? 아빠도요?" 피터가 물었다.

"그럼." 엄마가 말했다. "레지 삼촌이랑 아빠도 다시 만날 거야. 우리 귀염둥이들, 잘 자라."

"안녕히 주무세요." 아이들이 말했다. 바비는 엄마를 평소보다 더 꼭 안으며 귀에 속삭였다. "엄마, 정말 사랑해요. 사랑해요. 사랑해요."

바비는 생각에 잠길 때면 엄마가 말한 '커다란 슬픔'이 뭔지 궁금해하지 않으려고 애썼다. 하지만 가끔은 어쩔 수 없었다. 아빠는 불쌍한 에드워드 삼촌과는 달리 돌아가시지 않았다. 엄마가 그렇게 말한 적이 있다. 아빠는 편찮으신 것도 아니다. 그랬다면 엄마가 아빠를 돌보러 갔을 것이다. 가난한 것도 '슬픔'은 아니었다. 바비는 돈보다 마음과 관련된 일이라고 생각했다.

"그 일이 뭔지 알아내려고 해선 안 돼." 바비는 혼자 되뇌었다. "안 돼, 그래선 안 돼. 우리가 별로 싸우지 않는 걸 엄마가 눈치채셨다니 기쁘다. 계속 그래야지."

그러나 안타깝게도 바로 그날 오후, 피터의 표현에 따르면 '1등급 소동'이 바비와 피터 사이에 벌어졌다.

세 굴뚝집에 온 지 일주일도 안 돼서 아이들은 정원의 일부를 달라고 엄마에게 말했고 허락을 받았다. 엄마는 정원 남쪽 경계에 있는 복숭아나무들 아래의 땅을 삼등분해서 아이들이 각자 좋아하는 것을 심게 해줬다.

필리스는 목서초, 금련화, 버지니아스톡을 자기 정원에 심었다. 씨앗에서 싹이 올라왔다. 잡초 같아 보이긴 했지만 필리스는 그 싹들이 자라 언젠가 꽃을 피울 거라고 믿었다. 버지니아스톡은 곧 필리스의 믿음이 옳았음을 보여주었다. 필리스의 정원은 분홍색, 흰색, 빨간색, 연보라색의 작은 꽃들로 가득 차서 밝고 화사해졌다.

"꽃을 뽑을까 봐 무서워서 잡초를 못 뽑겠어." 필리스는 느긋하게 말하곤 했다. "그러니까 할 일이 훨씬 줄어드네."

피터는 자신의 정원에 당근, 양파, 순무 같은 채소 씨를 뿌렸다. 씨앗은 다리 건너편, 나무와 회반죽이 흑백으로 조화를 이룬 멋진 집에 사는 농부에게 받았다. 그는 칠면조와 뿔닭을 키우는 아주 친절한 남자였다. 피터의 채소가 잘 자랄 가능성은 별로 없었다. 피터는 정원에 장난감 병사들을 위한 운하를 파고 요새와 보루를 짓는 것을 좋아했다. 피터가 전쟁놀이를 하고 물길을 만드느라 흙을 계속 파헤치는 바람에 채소 씨앗은 흙 속에 가만히 묻혀 있을 수가 없었다.

바비는 자기 정원에 장미 나무를 심었다. 하지만 새로 난 작은 잎들은 시들고 말라 죽었다. 그 장미 나무는 정원의 다른 쪽에 있던 것을 5월에 옮겨 심은 것이었는데, 아마 그게 이유일 것이다. 5월은 장미를 옮겨 심기에 적당한 때가 아니니까. 그러나 바비는 장미가 죽었다는 것을 인정하지 않으려 했다. 퍼크스가 와서 정원을 보고 장미가 완전히 죽었다고 분명히 말할 때까지 바비는 희망을 버리지

194

않고 있었다.

"모닥불 피울 때나 쓸 수 있겠는데." 퍼크스가 바비에게 말했다. "이건 그냥 파내서 태워버려라. 내가 우리 정원에서 뿌리를 잘 내린 팬지, 스톡, 수염패랭이꽃, 물망초를 갖다 주마. 내일 갖다 줄 테니 심을 수 있게 준비해놔라."

다음 날 바비는 작업을 시작했다. 우연히도 그날은 엄마가 아이들을 싸우지 않는다고 칭찬한 날이었다. 바비는 죽은 장미 나무들을 정원 반대편으로 옮겼다. 거기에는 '가이 포크스의 날*'에 모닥불을 피우려고 쌓아놓은 잡동사니 더미가 있었다.

그때 피터는 요새와 보루를 다 무너뜨리고 땅을 고른 다음, 기차 터널, 언덕 위의 좁은 길, 둑, 운하, 수도교 등을 만들 생각을 하고 있었다.

바비가 가시에 찔리면서 죽은 장미 나무를 마지막 한 그루까지 모두 갖다 놓고 돌아왔을 때 피터는 갈퀴로 땅을 부지런히 고르고 있었다.

"그 갈퀴 내가 쓰던 건데." 바비가 말했다.

"몰라, 지금은 내가 쓰고 있어." 피터가 말했다.

"내가 먼저 쓰고 있었다고." 바비가 말했다.

"그럼 이젠 내 차례야." 피터가 말했다. 싸움은 이렇게 시작되었다.

* 국왕을 시해하려 한 화약 음모 사건의 주모자 중 한 사람인 가이 포크스의 체포를 기념하는 날

"누나는 맨날 아무것도 아닌 일에 까다롭게 굴더라." 격한 말다툼이 오고 간 후 피터가 말했다.

"갈퀴는 내가 먼저 쓰고 있었잖아." 얼굴이 상기된 바비가 갈퀴 손잡이를 잡은 채 반발했다.

"내가 갈퀴 쓸 거라고 오늘 아침에 말했잖아. 필, 내가 말한 거 들었지?"

필리스는 둘의 싸움에 끼어들고 싶지 않다고 말했다. 하지만 아니나 다를까 필리스도 곧 싸움에 휘말리게 됐다.

"기억나면 말해."

"필리스는 기억 안 난다잖아. 기억났으면 말했겠지."

"어린애처럼 징징대는 여자 형제 둘 말고 남자 형제가 있었으면 좋겠어." 피터가 말했다. 이 말은 보통 피터가 머리끝까지 화가 났을 때 쓰는 표현이었다.

바비는 피터가 그 말을 할 때마다 늘 같은 대답을 했다.

"남자애들은 도대체 왜 만들어졌을까." 바비는 이렇게 말하면서 하늘을 올려다보았다. 엄마 작업실의 긴 창문 세 개가 붉은 햇살에 반짝이는 모습이 눈에 들어왔다. 그때 엄마의 칭찬이 떠올랐다.

'예전만큼 싸우지도 않고.'

"아!" 바비가 소리쳤다. 머리를 한 대 얻어맞거나, 손가락이 문에 끼거나, 끔찍하게 날카로운 치통이 시작될 때처럼.

"왜 그래, 언니?" 필리스가 물었다.

바비가 원래 하고 싶었던 말은 이거였다. '우리 싸우지 말자. 엄마가 싫어하시잖아.' 하지만 아무리 애를 써봐도 그 말이 입 밖으로 나오지 않았다. 피터의 얼굴을 보기만 해도 불쾌하고 모욕감이 느껴졌다.

"자, 그 잘난 갈퀴 가져가." 바비가 겨우 말했다. 그러고는 잡고 있던 갈퀴 손잡이에서 손을 갑자기 뗐다. 피터가 손잡이를 너무 힘껏 당기고 있었기 때문에 반대쪽에서 당기던 힘이 갑자기 없어지자, 그만 중심을 잃고 뒤로 넘어져서 갈퀴발에 발을 찔렸다.

"쌤통이다." 바비가 자기도 모르게 말했다.

피터는 그 자리에 누워 꼼짝하지 않았다. 꽤 오랜 시간 그러고 있자 바비는 겁이 덜컥 났다. 순간 피터가 벌떡 일어나더니 비명을 한 번 질렀다. 바비는 겁이 더 났다. 얼굴이 창백해진 피터는 다시 누워서 희미하게나마 계속 비명을 질렀다. 마치 400미터 밖에서 돼지를 잡는 소리 같았다.

엄마가 창문으로 고개를 내밀었다. 30초도 안 돼서 그녀가 정원으로 내려와 피터 옆에 무릎을 꿇고 앉았다. 그동안에도 피터의 비명은 계속됐다.

"바비, 무슨 일이니?" 엄마가 물었다.

"갈퀴 때문이에요." 필리스가 말했다. "피터 오빠랑 바비 언니가 동시에 잡아당기고 있었는데요, 언니가 손을 놓는 바람에 오빠가 뒤로 넘어졌어요."

"피터, 소리 그만 질러라." 엄마가 말했다. "지금. 당장 멈춰."

피터는 남은 숨을 마지막 비명에 다 써버리고 나서 멈췄다.

"이제 말해봐." 엄마가 말했다. "다쳤니?"

"피터가 정말로 다쳤다면 이런 소동은 부리지 않겠죠." 바비가 말했다. 바비는 아직도 분해서 몸을 떨고 있었다. "피터는 겁쟁이가 아니니까요!"

"다리가 부러진 것 같아요. 그것뿐이에요." 피터는 씩씩대며 일어나 앉았다. 피터의 얼굴이 매우 창백해졌다. 엄마는 피터의 어깨를 팔로 감싸 안았다.

"정말로 다쳤구나." 엄마가 말했다. "기절했나 보다. 바비, 여기 앉아서 피터가 네 무릎에 머리를 좀 기대게 해라."

엄마는 피터의 부츠를 벗겼다. 오른쪽 부츠를 벗기자 그의 발에서 뭔가가 뚝뚝 떨어졌다. 붉은 피였다. 양말을 벗기자 피터 발목에 세 개의 붉은 상처가 보였다. 갈퀴발에 찔린 곳이었다. 피터의 발은 피로 온통 덮여 있었다.

"물 좀 받아와라. 대야에 한가득." 엄마가 말하자 필리스가 곧바로 뛰어갔다. 너무 서두르는 바람에 물이 거의 다 쏟아져서 필리스는 다시 한번 가서 주전자에 물을 받아와야 했다.

엄마가 발을 손수건으로 감아줄 때까지 피터는 눈을 뜨지 못했다. 엄마와 바비가 피터를 안아서 식당에 있는 긴 갈색 나무 의자에 눕혔다. 이때쯤 필리스는 이미 의사의 집까지 절반쯤 가 있었다.

엄마는 피터의 발을 씻기면서 말을 걸었다. 바비는 나가서 차를 준비하고 주전자에 물을 끓였다.

"내가 할 수 있는 일은 이게 다구나." 바비는 속으로 생각했다. "오, 피터가 죽거나, 평생 불구로 살거나, 목발을 짚고 다니거나, 통나무 같은 걸로 밑창을 댄 부츠를 신어야 하면 어떡하지!"

바비는 뒷문 옆에 서서 빗물통에 시선을 고정한 채 이런 우울한 상상을 하고 있었다.

"난 태어나지 않았으면 좋았을 텐데." 바비가 저도 모르게 큰 소리로 말했다.

"이런, 무슨 뚱딴지같은 소리를 하니? 무슨 일이야?"라고 묻는 소리가 들렸다. 퍼크스가 초록색 잎이 난 식물과 부드러운 흙이 가득 든 정원용 나무 바구니를 안고 바비 앞에 서 있었다.

"아, 아저씨. 오셨군요." 바비가 말했다. "피터가 갈퀴에 발을 다쳤어요. 군인들에게나 생겼을 법한 큰 상처가 세 개나 났어요. 그리고 그렇게 된 데에는 제 탓도 있어요."

"네 탓이 아니었을 거야. 내가 보증하지." 퍼크스가 말했다. "의사는 왔니?"

"필리스가 의사 선생님을 모시러 갔어요."

"피터는 괜찮을 거야. 두고 보렴." 퍼크스가 말했다. "우리 아버지의 6촌 형제는 건초용 갈퀴에 뱃속까지 깊이 찔렸는데 몇 주 만에 완전히 회복했단다. 그 후로 머리가 좀 이상해지긴 했지만. 그런데 사람들이 그건 갈퀴 때문이 아니라 목초장에서 일할 때 햇빛을 너무 오래 받아서 그런 거라고 하더군. 나도 그 아저씨를 기억해. 마음이 따뜻한 사람이었지. 근데 좀 이상하긴 했어."

바비는 이런 얘기를 해주는 퍼크스의 마음 씀씀이가 고마워 기운을 내보려 했다.

"아무래도 지금은 정원 일에 신경을 쓸 수가 없겠구나." 퍼크스가 말했다. "네 정원이 어디 있는지 가르쳐주면 내가 너 대신 이것들을 조금 심어놓고 가마. 그리고 시간이 되면 의사가 피터를 진찰하고 나서 뭐라고 하는지 듣고. 기운 내요, 꼬마 아가씨. 피터가 괜찮을 거라는 쪽에 1파운드를 걸지.”

하지만 피터는 괜찮지 않았다. 의사가 와서 피터의 발을 살펴본 후 붕대를 깔끔하게 감아주었고, 적어도 1주일 동안은 그 발을 쓰면 안 된다고 말했다.

“불구가 되진 않을까요? 목발을 짚어야 하거나 발에 혹이 생기는 건 아닌가요?” 문 앞에서 바비가 숨도 못 쉬고 낮은 목소리로 물었다.

“무슨 소리! 아니야!” 포레스트 박사가 말했다. “2주 안에 두 다리로 예전처럼 빠르게 뛸 수 있어. 걱정 말아요, 꼬마 아줌마.”

엄마는 마지막 주의 사항을 듣느라 문까지 의사를 배웅하러 나갔고, 필리스는 부엌에서 주전자에 물을 채우고 있었다. 피터와 바비는 둘만 남게 되었다.

“선생님이 네가 불구가 되거나 하는 일은 없을 거래.” 바비가 말했다.

“바보, 당연하지.” 말은 이렇게 했지만 피터도 무척 안심했다.

“피터, 정말 미안해.” 바비가 머뭇거리다가 말했다.

“괜찮아.” 피터가 무뚝뚝하게 말했다.

“모두 내 잘못이야.” 바비가 말하자 피터가 다시 대답했다. “바보 같은 소리!”

“우리가 싸우지 않았으면 이런 일도 일어나지 않았을 거야. 싸우는 게 잘못이라는 걸 알고 있었는데. 그렇다고 말하고 싶었는데 왠지 말 못 했어.” 바비가 말했다.

"계속 쓸데없는 소리 하지 마." 피터가 말했다. "누나가 그 말을 했다고 내가 싸움을 멈췄겠어? 그럴 리 없지. 게다가 우리가 싸운 건 내가 다친 것과 상관없어. 나는 괭이에 발이 찔렸을 수도 있고, 작두에 손가락이 잘리거나, 불꽃놀이를 하다가 코를 날려버렸을 수도 있다고. 우리가 싸우든 안 싸우든 똑같이 다쳤을 수 있어."

"하지만 난 싸우는 게 잘못이란 걸 알고 있었어." 바비가 눈물을 흘리며 말했다. "그래서 네가 지금 이렇게 됐잖아."

"누나, 나 좀 봐." 피터가 정색하며 말했다. "눈물 좀 닦아. 누나가 계속 그러면 착한 척하는 못된 주일 학교 선생이라고 부를 거야. 알았어?"

"착한 척하려는 건 아니야. 하지만 착해지려고 정말 애쓰고 있는데 착하게 굴지 말라는 건 너무 힘들어."

(착한 독자라면 아마 이런 어려움을 경험해봤을 것이다.)

"그런 소리 하지 마." 피터가 말했다. "다친 사람이 누나가 아닌 게 천만다행이야. 내가 다쳐서 난 기뻐. 봐봐! 만약 다친 사람이 누나였다면 고통받는 천사처럼 소파에 누워 걱정하는 가족들의 모든 관심을 독차지하고 있을 거야. 난 그런 건 못 봐줘."

"아니야, 안 그랬을 거야."

"맞아, 그랬을걸."

"아니라니까."

"맞다니까."

"오, 얘들아." 문가에서 엄마 목소리가 들렸다. "또 싸우는 거니? 벌써?"

"싸우는 거 아니에요. 정말이에요." 피터가 말했다. "우리의 의견이 다를 때마다 싸움이라고 생각하지는 말아주세요."

엄마가 다시 나갔을 때 바비가 입을 열었다. "피터, 널 다치게 해서 정말 미안해. 하지만 나보고 착한 척한다고 하다니 넌 정말 못됐어."

"글쎄." 의외의 답변이었다. "못된 게 맞는 것 같네. 누나는 그렇게 화났을 때도 내가 겁쟁이가 아니라고 말해줬어. 내가 말하고 싶은 건 착한 척하지 말라는 것뿐이야. 두 눈 똑바로 뜨고 있다가 착한 척하고 싶은 마음이 들려고 하면 바로 멈춰. 알겠어?"

"응," 바비가 말했다. "알았어."

"그럼 이제 화해하자." 피터가 너그러운 목소리로 말했다. "무기를 거두고 과거 속에 묻어버리자. 자, 악수! 바비 누나, 나 피곤해."

그 후로 피터는 여러 날 동안 힘들어했다. 병상에 베개와 쿠션, 몇 겹으로 접은 부드러운 깔개를 받쳤어도 딱딱하고 불편해 보였다. 무엇보다 밖에 나갈 수 없다는 사실이 힘들었다. 가족들은 피터가 굽이굽이 기슭을 따라 달리는 기차의 연기라도 볼 수 있게 병상을 창가로 옮겨주었다. 하지만 기차는 보이지 않았다.

처음에 바비는 자신이 원하는 만큼 피터한테 잘해주기가 무척 힘들었다. 피터가 또 착한 척한다고 할까 봐 겁이 났기 때문이다. 하지만 그런 걱정은 점점 사라졌다. 피터는 바비와 필리스가 좋은 누나, 동생이라고 느꼈다. 두 사람이 없을 때는 엄마가 피터 옆에 있어줬다. "피터는 겁쟁이가 아니니까요!"라는 바비의 말 때문에 피터는 발이 아무리 아파도 엄살을 피우지 말아야겠다고 결심했다. 그래도 밤에는 발이 더 심하게 아팠다.

이처럼 칭찬은 사람들에게 도움이 된다. 가끔은.

문병 온 사람들도 있었다. 퍼크스 부인이 와서 피터는 좀 어떤지 물었고, 역장과 마을 사람 몇몇도 와서 안부를 물었다. 하지만 시간은 천천히 흘렀다. 아주아주 천천히.

"읽을 게 좀 있었으면 좋겠어." 피터가 말했다. "우리 집에 있는 책은 다 50번도 넘게 읽었거든."

"의사 선생님 댁에 가볼게." 필리스가 말했어. "분명히 책이 있을 거야."

"왜 병이 나는가, 징그러운 인체의 내부, 뭐 그런 책이겠지." 피터가 말했다.

"퍼크스 아저씨한테 잡지가 산더미처럼 있어. 기차에서 사람들이 읽다가 두고 간 거." 바비가 말했다. "얼른 가서 빌려달라고 부탁해볼게."

바비는 기차역으로, 필리스는 의사의 집으로 향했다.

바비는 램프를 닦느라 바쁜 퍼크스를 발견했다.

"꼬마 신사는 좀 어떤가?" 퍼크스가 물었다.

"좀 나아졌어요. 감사합니다." 바비가 답했다. "그런데 너무 심심해해요. 아저씨한테 있는 잡지를 빌릴 수 있을지 여쭤보러 왔어요."

"아차, 그게 있었지." 퍼크스가 검은 기름이 묻어 있는 천으로 귀를 문지르며 반성하듯 말했다. "내가 왜 그 생각을 진작 못 했을까? 오늘 아침에서야 피터를 즐겁게 해줄 만한 게 없을까 생각했지 뭐니. 그런데 기니피그 정도밖에 생각나지 않더라고. 오늘 차 마시는 시간에 내가 아는 어린 친구가 피터에게 줄 기니피그 한 마리를 데려오기로 했어."

"우와 귀엽겠다! 살아 있는 진짜 기니피그라니요! 피터가 정말 좋아할 거예요. 그런데 잡지도 있으면 좋아할 거예요."

"그게 말이다," 퍼크스가 말했다. "지금 막 잡지들을 스닉선네 아들한테 보냈지 뭐냐. 폐렴에 걸렸다가 낫는 중이거든. 그렇지만 그림이 많은 신문은 아직 꽤 남아 있단다."

퍼크스는 신문을 쌓아둔 구석으로 가더니 15센티미터 두께의 신문 뭉치를 집어 들었다.

"자! 종이로 한 번 싼 다음 끈으로 묶어줄게." 퍼크스가 말했다.

퍼크스는 신문 더미에서 오래된 신문 한 장을 꺼내 탁자 위에 펼치더니 그것으로 신문 뭉치를 깔끔하게 포장했다.

"됐다." 그가 말했다. "그림이 많으니까 피터가 물감이나 색연필 같은 걸로 색칠하면서 놀겠다고 하면 그렇게 하라고 해. 나는 이제 필요 없거든."

"아저씨는 정말 좋은 분이에요." 바비가 말했다. 그녀는 신문 꾸러미를 들고 떠났다. 신문 꾸러미는 무거웠다. 바비는 철도 건널목에서 기차가 지나가기를 기다리는 동안 차단기 위에 꾸러미를 내려놓았다. 그때 별생각 없이 신문 뭉치를 바라보다 겉에 싼 신문지에 눈이 갔다.

바비는 갑자기 꾸러미를 꽉 움켜잡고 그 위로 머리를 숙였다. 끔찍한 악몽을 꾸는 것 같았다. 바비는 신문을 계속 읽어 내려갔다. 하지만 기사의 맨 끝부분이 찢겨 있어서 더는 읽을 수 없었다.

바비는 자기가 어떻게 집에 돌아왔는지 기억나지 않았다. 까치발을 하고 조용히 자기 방에 들어가 문을 잠갔다. 바비는 신문 꾸러미를 풀고 침대 가장자리에 앉아 인쇄된 기사를 다시 읽었다. 손과 발은 얼음장처럼 차가워졌고 얼굴은 뜨겁게 달아올랐다. 바비는 찢긴 부분을 뺀 나머지를 다 읽고 나서 길고 거친 한숨을 내쉬었다.

"나도 알아버렸어." 바비가 말했다.

바비가 읽은 기사의 제목은 '재판 끝. 판결. 선고'였다.

재판을 받은 사람은 다름 아닌 아빠였다. 판결은 '유죄'. '5년 징역형'이 선고되었다.

"세상에, 아빠!" 바비가 작은 소리로 외치며 신문을 마구 구겼다. "그럴 리가 없어. 난 안 믿어. 아빠는 그런 일을 하실 분이 아니야! 절대, 절대, 절대로!"

방문을 두드리는 소리가 들렸다.

"무슨 일이야?"

"나야." 필리스의 목소리였다. "차가 다 끓었어. 그리고 어떤 남자애가 피터 오빠한테 기니피그를 갖다 줬어. 얼른 내려와."

바비는 내려갈 수밖에 없었다.

11장
붉은 셔츠를 입은 사냥개

바비는 이제 비밀을 알아버렸다. 신문 뭉치를 싼 오래된 신문 한 장이 그녀에게 비밀을 알려주었다. 작은 우연일 뿐이었다. 바비는 아래층으로 내려가서 차를 마시는 동안 아무 일 없었다는 듯 행동해야 했다. 마음을 단단히 먹고 아무렇지 않은 척 해보았지만 그다지 성공적이지 않았다.

차를 마시던 가족들은 바비의 붉은 눈시울과 창백해진 얼굴에 생긴 눈물 자국을 발견했다.

"우리 아가!" 엄마가 깜짝 놀라 소리쳤다. "도대체 무슨 일이니?"

"머리가 좀 아파요." 바비가 말했다. 진짜 머리가 좀 아팠다.

"뭐가 잘못됐니?" 엄마가 물었다.

"저는 정말 괜찮아요." 바비가 말하며 부어오른 눈으로 엄마에게 애원하듯 짧은 메시지를 보냈다. '동생들 앞에서는 안 돼요.'

차 마시는 시간은 그다지 즐겁지 않았다. 피터는 바비에게 뭔가

끔찍한 일이 생긴 게 확실하다고 생각해서 너무 걱정한 나머지 차마시는 내내 "빵과 버터 좀 더 주세요"라는 말만 놀랍도록 짧은 간격으로 되풀이했다. 필리스는 언니를 달래려고 식탁 밑으로 언니 손을 토닥여주다가 언제나 그렇듯이 컵을 엎질렀다. 행주를 가져와 쏟아진 우유를 닦았더니 바비의 기분이 조금 나아졌다. 바비는 차 마시는 시간이 끝없이 길다고 느꼈다. 하지만 모든 것이 그렇듯 마침내차 마시는 시간도 끝났다. 엄마가 쟁반을 치우자 바비는 엄마를 따라갔다.

"엄마한테 털어놓으려고 갔나 봐." 필리스가 피터에게 말했다. "언니가 무슨 일을 한 건지 궁금하다."

"뭔가를 깨뜨렸나 보지." 피터가 말했다. "그렇다고 저렇게 바보같이 굴 필요는 없는데. 엄마는 우연히 일어난 일로는 절대 화내지 않잖아. 들어봐! 맞아. 위층으로 함께 올라가고 있어. 황새 그림이 있는 물병을 깨뜨렸나 본데. 누나가 엄마한테 그걸 보여주려나 봐."

아까 바비는 부엌에서 차 쟁반을 내려놓는 엄마의 손을 잡았다.

"왜 그러니?" 엄마가 물었다.

"엄마, 위층으로 가요. 아무도 우리 얘기를 못 듣는 곳으로요." 바비가 대답했다.

엄마와 단둘이 있게 되자 바비는 방문을 잠갔다. 그리고 아무 말 없이 가만히 서 있었다.

차 마시는 시간 내내 바비는 말을 어떻게 꺼내야 할지 고민했다. '다 알아요' 아니면 '모든 게 밝혀졌어요' 아니면 '그 끔찍한 비밀은 이제 더 이상 비밀이 아니에요' 정도면 적당할 거라고 생각했다. 이제 방 안에는 바비와 엄마와 그 끔찍한 기사가 실린 신문만 있었다. 하지만 입이 떨어지지 않았다.

바비는 엄마에게 다가가 그녀를 끌어안고는 다시 울기 시작했다. 바비는 할 말을 찾지 못한 채 "오, 엄마, 오, 엄마, 오, 엄마"라는 말만 되풀이했다.

엄마는 바비를 꼭 끌어안고 기다려줬다.

바비는 갑자기 엄마 품에서 빠져나와 침대로 갔다. 그리고 매트리스 밑에 숨겨둔 신문을 꺼내 엄마에게 내밀었다. 바비의 떨리는 손가락은 아빠 이름을 가리켰다.

"오, 바비!" 엄마가 소리쳤다. 그 기사가 무엇인지 엄마는 자세히 보지 않아도 아는 것 같았다. "그걸 믿는 건 아니겠지? 아빠가 그러셨다고 믿는 건 아니지?"

"안 믿어요!" 바비는 소리 지르다시피 답했다. 울음은 이미 그쳐 있었다.

"그럼 됐다." 엄마가 말했다. "그건 사실이 아니야. 사람들이 아빠를 감옥에 가뒀지만 아빠는 잘못한 게 없어. 아빠는 선하고 고귀하고 정직한 분이야. 우리 가족이고. 우리는 그걸 기억하고 아빠를 자랑스럽게 여기면서 기다려야 해."

바비는 엄마를 다시 끌어안았다. 바비에게 떠오른 말은 아까처럼 단 한 마디였다. 이번에 그 말은 '아빠'였다. 바비는 "오, 아빠, 오, 아빠, 오, 아빠"라는 말만 되풀이했다.

"저한테 왜 말씀 안 하셨어요?" 바비가 물었다.

"동생들한테 얘기할 거니?" 엄마가 물었다.

"아니요."

"왜?"

"왜냐하면…."

"바로 그래서야." 엄마가 말했다. "이제 내가 왜 말하지 않았는지 알겠지? 우리 둘은 서로가 용기를 잃지 않도록 도와야 해."

"네." 바비가 말했다. "엄마, 어떻게 된 일인지 저한테 전부 말씀해주시면 안 될까요? 엄마가 더 슬퍼지지만 않는다면요. 저도 알고 싶어요."

바비는 엄마 옆에 꼭 붙어 앉아서 무슨 일이 있었는지 '전부' 들었다. 장난감 기관차를 고치기로 했던 잊지 못할 그날 밤, 그 남자들은 아빠를 보러 온 것이 아니라 실은 체포하러 온 것이었다. 아빠는 국가 기밀을 러시아에 팔았다는 죄로 고발되었다. 간첩이며 반역자라는 것이었다. 바비는 재판과 증거에 관한 이야기도 들었다. 아빠 사무실 책상에서 편지들이 발견되었는데 배심원들이 그것을 증거로 아빠가 유죄라고 확신한 것이었다.

"세상에, 아빠를 보고도 그런 걸 믿다니!" 바비가 외쳤다. "아니, 누가 그런 나쁜 짓을 할 수 있겠어요?"

"누군가는 한 거지." 엄마가 말했다. "모든 증거가 아빠에게 불리하단다. 그 편지들은…."

"맞아요. 그 편지들은 어떻게 아빠 책상에 있었던 거죠?"

"누군가 거기에 갖다 놓은 거야. 그리고 그걸 갖다 놓은 자야말로 진짜 범인이지."

"그 사람은 잠시도 마음 편한 날이 없었을 거예요." 바비가 잠시 생각하는 듯하다가 말했다.

"그자에게 마음이란 게 있을까." 엄마가 분노하며 말했다. "마음이란 게 있다면 그런 나쁜 짓도 안 했겠지."

"자기가 발각될 것 같으니까 그 편지들을 숨기느라 아빠 책상 속에 아무렇게나 밀어 넣었나 봐요. 변호사 같은 사람들한테 진짜 범인은 틀림없이 그 사람이라고 말씀하시면 안 돼요? 아빠한테 일부러 해를 끼칠 사람은 아무도 없잖아요. 안 그래요?"

"모르겠다. 모르겠어. 아빠 밑에 있다가 그 말도 안 되는 일이 생긴 후에 아빠 자리를 차지한 사람이 있어. 그는 늘 너희 아빠를 질투했단다. 아빠가 너무 똑똑하고 모든 사람에게 인정받았으니까. 그런데 아빠는 그 사람을 완전히 신뢰하지는 않으셨어."

"이 모든 걸 누군가에게 설명하면 안 될까요?"

"아무도 들어주지 않을 거야." 엄마가 매우 침통한 표정으로 말했다. "단 한 명도. 엄마가 안 해본 게 있을 것 같니? 아니란다, 얘야. 이제 더 할 수 있는 건 없어. 우리가 유일하게 할 수 있는 건, 너랑 나랑 아빠 말이다. 용기를 내고, 어려워도 참고 견디고, 그리고…," 엄마의 목소리가 매우 가늘어졌다. "기도하는 거야, 바비."

"엄마, 너무 여위셨어요." 바비가 불쑥 다른 말을 꺼냈다.

"조금 그런 것 같구나."

"아, 그리고요," 바비가 말했다. "저는 엄마가 세상에서 제일 용감하고 제일 훌륭한 사람이라고 생각해요!"

"이제 이 이야기는 그만하자꾸나. 알겠지?" 엄마가 말했다. "우리는 이 상황을 잘 견디고 용감해져야 해. 그리고 우리 딸, 이 일에 대해서 생각하지 않으려고 노력해봐. 마음을 밝게 하고, 너와 동생들이 즐거운 시간을 보낼 수 있도록 노력하는 거야. 너희가 행복하고 즐겁게 산다면 엄마도 견디기 훨씬 쉬울 거야. 우리 딸, 가엾은 얼굴 좀 씻자. 그리고 정원에 같이 나가보자.”

동생들은 바비를 아주 다정하고 친절하게 대해주었다. 그들은 바비에게 무슨 일이 있었냐고 묻지 않았다. 피터가 그러자고 했다. 피터는 필리스를 단단히 연습시켜놓았다. 그렇지 않았다면 필리스는 언니랑 둘이 있을 때 질문을 퍼부어댔을 것이다.

1주일 후 바비는 혼자 있을 기회를 겨우 만들었다. 바비는 이번에도 편지를 썼다. 또 한 번 노신사에게 보내는 것이었다. 편지는 ‘제 친구 노신사 할아버지께’로 시작했다.

편지에 동봉한 신문을 읽어봐 주세요. 그 기사는 사실이 아니에요. 아빠는 절대 그런 짓을 하지 않으셨어요. 엄마는 누군가가 아빠 책상에 그 편지들을 넣어놓은 거라고 하세요. 그리고 아빠 밑에서 일하다가 나중에 아빠 자리로 간 사람이 있는데, 그 사람이 아빠를 질투했다고 해요. 아빠는 오랫동안 그 사람을 못 미더워하셨대요. 그런데 아무도 엄마 말을 들어주지 않아요. 할아버지는 인품도 훌륭하시고 유능하셔서 러시아 신사의 아내도 곧바로 찾아내신 적이 있잖아요. 누가 반역을 저질렀는지 할아버지께서 밝혀주실 수 없나요? 제 명예를 걸고 맹세하는데 아빠는 범인이 아니에요. 아빠는 영국 신사고 그런 짓을 하셨을 리 없어요. 할아버지가 범인을 찾아주신다면 아빠는 감옥에서 나오실 수 있을 거예

211

요. 너무나 끔찍한 일이에요. 엄마는 점점 야위어가시고요. 언젠가 엄마는 우리보고 모든 죄수와 포로를 위해 기도하라고 하셨어요. 이제는 왜 그러셨는지 알 것 같아요. 제발 저를 도와주세요. 이 일을 아는 사람은 엄마와 저뿐이에요. 하지만 우리가 할 수 있는 건 아무것도 없어요. 피터와 필은 아직 모르고 있어요. 진실을 밝히려는 노력이라도 해주신다면 제가 살아 있는 동안 할아버지를 위해서 하루에 두 번씩 기도드릴게요. 만일 할아버지의 아빠가 모함을 당했다면 어떤 느낌이 들지 생각해봐 주세요. 꼭, 꼭, 꼭, 도와주세요. 사랑을 담아서 보냅니다.

당신의 친애하는 꼬마 친구
로버타

추신: 제가 편지 쓰는 걸 엄마가 아셨다면 안부를 전하셨을 거예요. 하지만 할아버지가 해주실 수 있는 일이 없을지도 모르니까 엄마한테는 편지에 대해 말하지 않는 게 좋을 것 같아요. 하지만 전 할아버지가 뭐라도 해주실 거라고 믿어요. 큰 사랑을 담아서, 바비.

바비는 엄마의 커다란 재단 가위로 아빠의 재판에 관한 기사를 오려서 편지와 함께 봉투에 넣었다.

그러고 나서 바비는 편지를 가지고 기차역으로 갔다. 동생들이 같이 가겠다고 하지 않도록 그들의 눈에 띄지 않게 뒷길로 나가 도로를 빙 돌아갔다. 바비는 편지를 역장에게 주면서 다음 날 아침에 노신사에게 전해달라고 부탁했다.

"어디 갔었어?" 어딘가에서 피터가 외치는 게 들렸다. 피터와 필리스가 담장 위에 앉아 있었다.

"기차역이지 어디겠어." 바비가 말했다. "올라가게 좀 도와줘, 피터."

바비는 마당 문 자물쇠에 발을 걸쳤다. 피터가 손을 아래로 내밀었다.

"다들 꼴이 왜 그래?" 바비가 담장 위에 올라가서 진흙투성이인 필리스와 피터를 보고 물었다. 진흙 덩어리가 필리스와 피터 사이에 떨어져 있었고, 둘의 더러운 손에는 석판 조각이 들려 있었다. 피터의 뒤로는 사고가 나지 않도록 멀찍이 거리를 두고 이상하고 둥근 물체들이 놓여 있었다. 속이 비고 한쪽 끝이 막혀 있는 굵은 소시지처럼 보이는 물체였다.

"새 둥지야." 피터가 말했다. "제비 둥지. 오븐에 말려서 마차 차고의 처마 밑에 끈으로 매달아 놓을 거야."

"맞아." 필리스가 말했다. "털실이랑 머리카락을 있는 대로 모아 두었다가 봄이 되면 둥지 안에 두둑이 넣어주려고. 제비들이 정말 좋아할 거야!"

"종종 생각한 건데, 사람들은 말 못 하는 동물들에게 배려심이 없어." 피터가 착한 일을 했다는 티를 내며 말했다. "작고 불쌍한 제비들을 위해서 둥지를 만들어줘야겠다고 생각한 사람이 우리 말고도 분명히 있었을 텐데."

"글쎄." 바비가 모르겠다는 듯 답했다. "사람들이 모든 걸 이미 생각해놨다면 다른 사람이 생각할 거리가 안 남잖아."

"둥지 좀 봐. 예쁘지 않아?" 필리스가 말하면서 피터 너머로 손을 뻗어 둥지를 하나 집으려 했다.

"조심해, 필. 이 바보!" 피터가 소리쳤다. 하지만 이미 늦었다. 필리스의 작고 강한 손가락들이 둥지를 으스러뜨리고 만 것이다.

"그럴 줄 알았다니까." 피터가 말했다.

"뭐 어때." 바비가 말했다.

"저건 원래 내 거잖아." 필리스가 말했다. "그러니까 피터 오빠가 잔소리할 거 없어. 언니, 우리가 만든 둥지에 각자 이름의 첫 글자를 써놨거든. 제비들이 누구한테 고마워해야 하고 누구를 좋아해야 하는지 알 수 있게 말이야."

"바보, 제비는 글을 못 읽어." 피터가 말했다.

"바보는 오빠야." 필리스가 쏘아붙였다. "오빠가 어떻게 알아?"

"둥지를 만들자고 한 게 누구더라?" 피터가 소리쳤다.

"내가 그랬지!" 필리스가 악을 쓰듯 말했다.

"웃기네." 피터가 말을 받았다. "너는 건초로 둥지를 만들어서 참새가 사는 담쟁이덩굴 속에 넣자고 한 게 다잖아. 그렇게 했으면 참새가 알 낳을 시기가 되기 훨씬 전에 둥지가 다 젖어버렸을걸. 찰흙과 제비를 생각해낸 건 나야."

"오빠가 뭘 생각해냈는지는 관심 없어."

"얘들아." 바비가 말했다. "내가 둥지를 고쳐놨어. 너희 이름을 쓰게 나뭇가지 좀 줘봐. 그런데 어떻게 구별해? 너랑 피터 이름 첫 글자가 같잖아. 피터도 P고 필리스도 P고."

"난 필리스 첫 글자를 F라고 썼어." 그 이름을 가진 아이가 말했다. "발음은 그렇잖아. 제비들도 소리만 듣고는 필리스가 P로 시작하는지 모를 거야. 확신해. 그렇고말고."

"제비들은 글자를 모른다니까." 피터가 계속 주장했다.

"그럼 성탄 카드나 밸런타인데이 카드 보면 제비가 언제나 목에 편지를 걸고 있던데 그건 왜 그래? 제비가 글자를 읽을 수 없다면 어디로 가야 하는지 어떻게 알겠어?"

"그건 그냥 그림이니까 그렇지. 목에 편지를 걸고 있는 제비, 실제로 본 적 있어?"

"비둘기는 그럴걸. 아빠가 나한테 그렇게 말해줬다고. 그런데 목이 아니라 날개 밑에 편지를 감추고 있어. 하지만 똑같은 거라고 할 수 있어. 그리고…."

"아, 참." 바비가 불쑥 끼어들었다. "내일 토끼 사냥 놀이*를 한대."

"누가 하는 건데?" 피터가 물었다.

"중학생들이. 퍼크스 아저씨가 그러는데 처음에는 술래 토끼가 기찻길을 따라서 도망갈 거래. 우리는 언덕을 깎아서 만든 길에 가서 보면 될 것 같아. 거기서는 멀리까지 잘 보이잖아."

제비의 글 읽는 능력에 대해 옥신각신하는 것보다 토끼 사냥 놀

---

* 한 사람(토끼)이 종이쪽지들을 흘리고 도망가면 다른 사람들(사냥개)이 그걸 보고 추적하는 놀이

이에 대해 얘기하는 게 훨씬 재미있었다. 바비가 원하던 바였다.

다음 날 아침, 엄마는 아이들에게 점심을 싸주면서 토끼 사냥 놀이를 보고 와도 좋다고 했다.

"언덕을 깎아 만든 길에 가면," 피터가 말했다. "토끼 사냥 놀이를 놓치더라도 일하는 아저씨들은 볼 수 있을 거야."

전에 큰 산사태가 났을 때 바위와 흙과 나무가 너무 많이 밀려 내려왔기 때문에 선로를 치우는 데 아주 오랜 시간이 걸렸다. 아이들이 빨간 플란넬 속치마로 만든 작은 깃발 여섯 개를 흔들어서 기차 사고를 막았던 사건을 독자들도 기억할 것이다. 인부들이 일하는 모습을 지켜보는 건 언제나 재미있다. 특히 가래, 곡괭이, 삽, 널빤지, 수레같이 흥미로운 도구를 사용하고, 구멍이 숭숭 뚫린 화로 안에서 시뻘겋게 불길이 타오르거나, 야간작업을 위해 붉은 램프를 달아두었을 때는 더 그렇다. 물론 아이들은 밤에 보통 나가지 않는다. 하지만 딱 한 번 피터가 땅거미 질 때 침실에서 나와 별빛 비치는 지붕 위에 올라갔다가, 저 멀리 언덕을 깎아 만든 길 가장자리에서 붉은 램프가 빛나는 것을 본 적이 있다. 아이들은 작업하는 걸 구경하러 종종 내려갔다. 이날도 그들은 곡괭이, 가래, 수레가 널빤지 깔린 길을 따라 운반되는 모습을 너무 재미있게 구경하다가 토끼 사냥 놀이는 완전히 잊어버리고 있었다. 그래서 뒤에서 숨을 헐떡이며 말하는 목소리가 들렸을 때 그들은 화들짝 놀랐다. "좀 지나갈게." 술래 토끼였다. 몸집이 크고 운동을 잘할 것처럼 보이는 소년이었다. 짙은 머리카락이 땀에 젖은 이마에 달라붙어 있었다. 한쪽 어깨에는 종잇조각들이 든 가방을 메고 있었다. 아이들은 뒤로 비켜주었다. 토끼는 기찻길을 따라 뛰어갔고 인부들은 곡괭이 자루에 기대서 그를 지켜봤다. 토끼는 쉬지 않고 달리더니 터널 속으로 사라졌다.

"어, 저기 들어가는 건 불법인데." 현장 감독이 말했다.

"웬 걱정입니까?" 가장 나이 많은 인부가 말했다. "내가 늘 말하지만, 남이야 뭘 하든 놔둬요. 베이츠 씨는 젊었을 때가 없었수?"

"보고해야겠어요." 현장 감독이 말했다.

"내가 늘 말하지만, 남의 흥 깨지 말라니까요."

"승객이 선로를 건너는 건 어떤 이유에서든 금지되어 있는데." 현장 감독이 꺼림칙한 듯 중얼거렸다.

"쟤는 승객이 아니잖소." 인부 한 사람이 말했다.

"선로를 건넌 것도 아니고. 적어도 여기서 보이는 곳에서는 안 건넜잖아요." 다른 인부가 말했다.

"아직 핑계를 대야 할 만한 일을 한 것도 아니고." 세 번째 인부가 거들었다.

"그리고 이제 쟤가 보이지도 않잖소." 가장 나이 많은 인부가 말했다. "내가 늘 말하지만, 눈에 보이지 않는 건 모른 척하는 겁니다."

토끼가 지나간 길에 작은 흰색 점처럼 뿌려진 종잇조각들을 따라 사냥개들이 왔다. 다 합치면 30명이었다. 사다리처럼 가파른 계단을 하나씩, 둘씩, 셋씩, 여섯씩, 일곱씩 무리 지어 내려왔다. 바비, 필리스, 피터는 학생들이 지나갈 때마다 몇 사람인지 세어보았다. 맨 앞에서 달리던 학생들은 맨 아래까지 내려왔을 때 잠시 주저했다. 그러고는 곧 기찻길을 따라 흩어져 있는 하얀 것들을 발견하고는 터널 쪽으로 향했다. 학생들이 하나씩, 둘씩, 셋씩, 여섯씩, 일곱씩 어두운 터널 속으로 사라졌다. 붉은 셔츠를 입은 마지막 학생이 어둠 속으로 사라지는 모습이 마치 바람에 꺼지는 촛불처럼 보였다.

"저 학생들은 자기가 어디에 들어가고 있는지 알고 있나?" 현장 감독이 말했다. "컴컴한 곳에서는 달리기가 쉽지 않을 텐데. 터널 안쪽에는 두세 군데 커브도 있고."

"터널을 완전히 빠져나가려면 오래 걸리겠죠?" 피터가 물었다.

"적어도 한 시간은 넘게 걸릴걸."

"그럼 우리는 언덕 꼭대기를 가로질러 넘어가서 학생들이 반대쪽으로 나오는 걸 보자." 피터가 말했다. "저 사람들이 나오기 한참 전에 우리가 도착할 수 있을 거야."

좋은 계획 같았다. 아이들은 길을 떠났다.

아이들은 가파른 계단을 올라갔다. 그 계단에서 작은 산토끼의 무덤에 놓을 야생 벚꽃을 딴 적이 있었다. 아이들은 언덕 중간을 깎은 길의 꼭대기에 다다라서 언덕 위를 올려다봤다. 올라갈 일이 만만치 않아 보였다.

"알프스산맥 같아." 바비가 숨을 헐떡이며 말했다.

"아니면 안데스산맥." 피터가 말했다.

"그거 같은데. 히미…. 이름이 뭐더라?" 필리스가 숨도 제대로 못 쉬며 말했다. "에버래스팅산. 그만 좀 쉬자."

"계속 가." 피터가 헐떡거리며 말했다. "조금만 더 가서 쉬자."

필리스는 오빠 말을 따랐고 아이들은 그대로 계속 갔다. 풀밭이 부드럽고 경사가 완만한 곳이 나오면 뛰었다. 돌도 넘고, 나뭇가지를 꺾어다가 바위 오를 때 쓰고, 나무와 바위 사이 좁은 틈새를 기어가

218

고, 계속, 계속, 위로 또 위로, 그렇게 간 끝에 그토록 가보고 싶어 했던 언덕 맨 꼭대기에 마침내 올랐다.

"중지!" 피터가 소리치더니 풀밭 위에 몸을 던져 벌렁 드러누웠다. 언덕 꼭대기는 부드러운 풀밭이 깔린 고원이었다. 이끼 낀 바위와 마가목이 점처럼 군데군데 보였다.

바비와 필리스도 풀밭 위에 몸을 던졌다.

"시간은 많아." 피터가 헐떡이며 말했다. "나머지 길은 다 내리막길이야."

아이들은 충분히 쉬고 나서 일어나 앉아 주위를 둘러보았다.

그때 바비가 외쳤다. "와, 저것 좀 봐!"

"어딘데, 어디?" 필리스가 물었다.

"경치 말이야." 바비가 말했다.

"난 경치 싫더라." 필리스가 말했다. "오빠도 그렇지 않아?"

"다시 가자." 피터가 말했다.

"하지만 이 경치는 해변에서 마차를 타고 구경하는 그런 경치랑은 달라. 거긴 모두 바다와 모래와 벌거숭이 언덕이었지만 이건 꼭 엄마 시집에 나오는 '알록달록한 시골' 같아."

"시시하진 않네." 피터가 말했다. "수도교 좀 봐. 계곡을 가로질러 다리를 벌리고 있는 거대한 지네 같아. 시내 쪽도 보면, 잉크 스탠드에 꽂아둔 펜처럼 교회 첨탑들이 나무들 사이로 혼자 뾰족뾰족 튀어나와 있어. 시에 나오는 구절 같아."

"그곳에서 정의로운 열두 도시의 깃발이 빛나는 것을 보았네."

"너무 좋다." 바비가 말했다. "올라온 보람이 있어."

"토끼 사냥 놀이를 볼 수 있으니 올라온 보람이 있는 거지." 필리스가 말했다. "벌써 다 가버리지만 않았다면 말이야. 빨리 가자. 이제부터는 다 내리막길이야."

"그건 내가 10분 전에 이미 말했는데." 피터가 말했다.

"그래, 지금은 내가 말했어." 필리스가 말했다. "가자."

"시간은 많다니까." 피터가 말했다. 사실 시간은 많았다. 아이들은 터널 윗부분일 거라고 생각했던 곳까지 내려갔지만, 추측이 이삼백 미터 정도 틀렸기 때문에 다시 언덕을 기어올라야 했다. 터널 위에 도착했지만 토끼나 사냥개의 흔적은 보이지 않았다.

"벌써 오래전에 다 지나간 게 틀림없어." 필리스가 말했다. 아이들은 터널 위에 있는 벽돌 난간에 몸을 기댔다.

"그런 것 같지는 않은데." 바비가 말했다. "이미 학생들이 다 지나갔다고 해도 여기 너무 멋있다. 용이 굴에서 나오는 것처럼 기차가 터널에서 빠져나오는 게 보이겠어. 위에서 내려다본 적은 한 번도 없잖아."

"이제는 볼 수 있겠다." 필리스가 말했다. 기분이 약간 풀린 듯했다.

그곳은 어떤 장소보다도 흥미진진한 곳이었다. 터널 위는 기찻길에서 생각보다 훨씬 멀리 떨어져 있었다. 아이들은 마치 덤불과 덩굴 식물, 풀, 들꽃으로 뒤덮인 다리 위에 있는 것 같았다.

"토끼 사냥 놀이는 오래전에 끝나버렸다고." 필리스는 2분마다 같은 말을 되풀이했다. 그래서 피터가 난간에 기대 있다가 "저기 좀 봐. 나온다!"라고 갑자기 소리쳤을 때 필리스는 자기가 기쁜 건지 실망한 건지 알 수가 없었다.

아이들이 모두 토끼를 보려고 햇볕에 따뜻하게 달궈진 벽돌 담 너머로 몸을 구부리자, 때마침 토끼가 터널 그늘에서 아주 천천히 나왔다.

"저기 봐." 피터가 말했다. "내가 뭐랬어? 이제 사냥개들이 나올 차례야!"

곧 사냥개들이 나타났다. 하나씩, 둘씩, 셋씩, 여섯씩, 일곱씩 무리 지어 나오고 있었다. 그들 역시 천천히 걷고 있었고 무척 지쳐 보였다. 두세 명은 한참 뒤처져서 다른 사냥개들보다 훨씬 나중에 나왔다.

"끝났나 봐." 바비가 말했다. "다 나온 것 같은데. 우리 이제 뭐 할까?"

"저쪽에 나무가 우거진 곳으로 가서 점심 먹자." 필리스가 말했다. "이 위에 있으면 멀리까지 토끼 사냥 놀이하는 게 보일 거야."

"아직은 안 돼." 피터가 말했다. "저 사람들이 마지막은 아니야. 붉은 셔츠를 입은 사냥개가 아직 안 나왔어. 마지막 사냥개가 나오는 것까지 보고 가자."

하지만 아무리 기다리고 기다리고 또 기다려도 붉은 셔츠를 입은 소년은 나타나지 않았다.

"이제 점심 먹자." 필리스가 말했다. "너무 배가 고파서 머리가 다 아파. 다른 사냥개들과 섞여서 우리가 못 본 걸 거야."

하지만 바비와 피터 모두 그가 다른 소년들과 함께 나오지는 않앉다고 생각했다.

"터널 입구로 내려가 보자." 피터가 말했다. "거기서는 사냥개가 터널에서 나오는 게 보일 거야. 내 생각엔 그 사람이 완전히 지쳐서 터널 안의 대피 공간에서 쉬고 있을 것 같아. 누나는 여기서 지켜보고 있다가 내가 밑에서 신호하면 그때 내려와. 내려가는 도중에는 나무에 가려서 사냥개가 나오는 걸 못 볼 수도 있으니까."

그래서 피터와 필리스는 먼저 내려가고 바비는 동생들이 기찻길에서 신호를 할 때까지 기다렸다. 신호를 받은 바비도 터널 주위를 빙 둘러 난 길을 따라 내려갔다. 나무와 이끼 때문에 길이 미끄러워 기어서 겨우 내려갈 수 있었다. 그리고 층층나무 두 그루 사이로 빠져나와 기찻길에 있는 동생들과 만났다.

"이제 제발 뭐 좀 먹자." 필리스가 큰 소리로 투덜거렸다. "지금 안 먹으면 죽을 것 같아. 내가 죽으면 언니랑 오빠도 후회할걸."

"필리스한테 샌드위치 좀 줘. 바보 같은 말 좀 그만하게." 피터가 말했다. 야박한 목소리는 아니었다. "생각해보니," 피터가 바비를 돌아보며 덧붙였다. "아무래도 다들 하나씩 먹는 게 좋을 것 같아. 힘이 필요할지도 모르니까. 하지만 한 개 이상은 안 돼. 시간이 없어."

"뭐라고?" 바비가 물었다. 입에는 이미 샌드위치가 가득했다. 그녀도 필리스만큼 배가 고팠다.

"누나, 모르겠어?" 피터의 표정이 인상적이었다. "그 붉은 셔츠 입은 사냥개한테 사고가 생긴 거야. 분명해. 우리가 말하고 있는 지금도 쓰러져 있을지 몰라. 머리가 선로 쪽으로 향하게 누워 있다면 지나가는 열차에 꼼짝없이…"

"그렇게 책에서나 나올 법한 얘기하지 마." 바비가 입에 있던 샌드위치를 허겁지겁 삼키며 소리쳤다. "필, 내 뒤에 바짝 붙어서 따라와. 만일 기차가 오면 터널 벽에 달라붙고, 네 치마도 단단히 붙들고 있어."

"샌드위치 하나만 더 줘." 필리스가 애원했다. "그럼 언니 말대로 할게."

"내가 앞장설게." 피터가 말했다. "내가 생각해낸 계획이니까." 그러고는 터널 안으로 들어가기 시작했다.

물론 독자들도 터널 안으로 들어가는 게 어떤 건지 알고 있을 것이다. 기관차가 기적을 울리고, 기차가 덜컹거리며 달려오는 소리가 확 바뀌어 먹먹할 정도로 커진다. 어른들은 창문을 올리고 거기 달린 끈을 붙잡는다. 기차 객실은 순식간에 밤으로 변한다. 느린 완행열차에는 더러 없는 경우도 있지만 보통은 램프가 있다. 머지않아 객실 창밖의 어둠에 구름 같은 흰색이 칠해진다. 터널 벽에는 파란색 불빛이 일렁인다. 그러다가 기차 달리는 소리가 다시 한번 바뀐다. 터널 밖으로 나온 것이다. 어른들은 붙잡고 있던 끈을 놓는다. 창문은 덜걱거리며 제자리를 찾아 들어가고, 기찻길 옆에는 전선이 오르락내리락하고 있다. 직선으로 깎인 산사나무 울타리 속에서 어린나무들이 30미터마다 솟아 있다.

이것은 기차에 탔을 때 볼 수 있는 터널의 모습이다. 하지만 걸어서 들어갈 때 보는 터널은 완전히 다르다. 기찻길의 금속 부분에서 벽까지는 밑으로 완만하게 경사져 있다. 그래서 기찻길에 깔린 돌과 자갈에 발이 계속 이리저리 미끄러진다. 터널 안에는 끈끈한 물이 배어 나와 흐르고, 벽돌은 터널 입구와는 다르게 붉은색이나 갈색이 아니라 칙칙하고 찐득찐득해 보이는 녹색이다. 목소리도 햇빛 속에서 듣는 것과는 상당히 다르게 들린다. 그리고 터널 안으로 한참 들어가야 완전히 어두워진다.

터널 안이 아직 완전히 어두워지기도 전에 필리스가 바비의 치맛자락을 와락 붙잡았다. 치마가 50센티미터는 뜯겼지만 그때는 아무도 몰랐다.

"난 돌아가고 싶어." 필리스가 말했다. "느낌이 별로 안 좋아. 조금만 더 가면 완전히 깜깜해질 거야. 난 깜깜한 곳에 들어가고 싶지 않아. 오빠가 뭐라고 하건 상관없어. 안 갈래."

"이 바보야," 피터가 말했다. "나한테 양초 조각이랑 성냥이 있어. 그런데 이 소리는 뭐지?"

'이 소리'는 기찻길에서 나는 낮게 윙윙거리는 소리였다. 기찻길 옆 전선이 흔들리자 소리가 점점 더 커졌다.

"기차야." 바비가 말했다.

"어느 쪽 선로지?"

"난 돌아갈 거야!" 필리스가 외치며 바비의 손을 뿌리치려고 애썼다.

"겁먹지 마." 바비가 말했다. "안전하니까 걱정하지 마. 뒤로 물러서."

"뭘 꾸물거려?" 피터가 재촉했다. 피터는 벌써 몇 미터 앞에 있었다. "빨리! 대피 공간으로!"

주석으로 된 욕조에 물을 담고 머리를 집어넣은 다음, 찬물과 뜨거운 물을 모두 틀고 발로 욕조 옆면을 차 본 적이 있는가? 그 소리보다 달려오는 기차의 굉음이 훨씬 더 컸다. 하지만 피터는 온 힘을 다해 소리쳤고 바비는 그 소리를 들었다. 바비는 대피 공간까지 필리스를 질질 끌고 갔다. 필리스는 전선에 걸려 휘청였고 다리가 잔뜩 긁혔다. 바비와 피터가 필리스를 끌고 들어갔다. 아이들이 들어간 곳은 어둡고 축축하고, 아치 모양으로 움푹 파인 곳이었다. 으르렁거리는 기차 소리가 점점 더 커지고 있었다. 귀청이 떨어져 나갈 것 같았다. 저 멀리 보이는 기관차의 두 눈이 시시각각 커지며 밝아지고 있었다.

"진짜로 용이 맞네. 그럴 줄 알았다니까. 터널 안에서는 원래 모습으로 돌아가는 거야. 깜깜한 데서는." 필리스가 소리쳤다. 하지만 아무도 들을 수가 없었다. 기차의 비명이 필리스의 목소리를 삼켜버렸다.

기차가 철컹철컹 요란한 소음을 내며 무서운 속도로 내달렸다. 불 켜진 객실 창문들이 지나가면서 눈부신 섬광을 길게 만들어냈고, 터널 안은 기차가 뿜어낸 연기 냄새와 뜨거운 바람으로 가득했다. 그러나 기차는 아랑곳하지 않고 신경을 곤두서게 하는 금속성을 둥근 천장에 요란하게 울리면서 터널 안을 질주했다.

필리스와 바비는 서로에게 꼭 매달렸다. 피터조차 바비의 팔을 붙잡았다. 나중에 그는 '누나가 무서워할까 봐' 그랬다고 변명했다.

꼬리등과 소음이 차츰차츰 작아졌다. 그러다가 마지막으로 '쉿' 하는 소리를 내면서 기차가 터널을 빠져나갔다. 천장에서 물이 뚝뚝 떨어지는 축축한 터널 안은 다시 조용해졌다.

"와!" 아이들이 작은 목소리로 동시에 말했다.

피터는 떨리는 손으로 양초 조각에 불을 붙였다.

"가자." 피터가 말했다. 헛기침을 몇 번 하고 나서야 평소 목소리로 돌아왔다.

"어떡하지." 필리스가 말했다. "붉은 셔츠를 입은 사냥개가 기찻길에 있었으면 어떡해!"

"빨리 가서 보자." 피터가 말했다.

"우리 그냥 역에 가서 다른 사람을 불러오면 안 될까?" 필리스가 말했다.

"너 그럼 차라리 여기서 기다릴래? 피터와 나만 갔다 올게." 바비가 정색하며 물었다. 필리스는 더 이상 불평하지 않았다.

아이들은 어두운 터널 속으로 더 깊이 들어갔다. 피터가 촛불을 높이 들어 길을 비추며 앞장섰다. 촛농이 손가락을 타고 흘러내렸다. 소매까지 흘러내리기도 했다. 그날 밤 잠자리에 들면서 보니 손목부터 팔꿈치까지 촛농이 길게 흘러 있었다.

기차가 지나갈 때 아이들이 서 있던 곳에서 150미터쯤 더 들어갔을 때, 피터가 걸음을 멈추고 "저기요"라고 외쳤다. 그러고 나서 전보다 훨씬 빨리 걸어갔다. 다른 아이들이 피터를 따라잡았을 때 피터가 다시 멈췄다. 피터가 멈춘 곳에서 1미터도 안 되는 곳에 그들이 터널에 들어와 찾던 사냥개가 있었다. 필리스는 붉은색이 어렴풋이 보이자 두 눈을 꼭 감았다. 자갈 깔린 하행선 곡선 부근에 붉은 셔츠를 입은 사냥개가 있었다. 그는 등을 벽에 기댄 채 팔을 양옆으로 축 늘어뜨리고 눈을 감고 있었다.

"빨간 건 뭐야? 피야? 완전히 죽은 거야?" 필리스가 두 눈을 더 꼭 감았다.

"죽었냐니! 무슨 소리야?" 피터가 말했다. "붉은 건 그냥 셔츠야. 기절했을 뿐이야. 우리 이제 어떻게 하지?"

"옮길 수 있을까?" 바비가 물었다.

"모르겠어. 덩치가 크잖아."

"이마를 물로 좀 씻어주면 어때? 알아. 물은 없지만 우유가 있잖아. 한 병이 그대로 있어."

"그러자." 피터가 말했다. "사람들 하는 거 보니까 손도 문질러 주던데."

"깃털도 태우고. 나도 알아." 필리스가 말했다.

"깃털도 없는데 뭐하러 말해?"

"그게 마침…," 필리스가 말했다. 의기양양한 목소리였다. "내 주머니 속에 셔틀콕이 하나 들어 있어! 자, 봐!"

피터는 붉은 셔츠를 입은 소년의 손을 문질러주었고, 바비는 소년의 코밑에서 셔틀콕의 깃털을 하나하나 태웠다. 필리스는 미지근한 우유를 소년의 이마에 튀겼다. 아이들은 모두 최선을 다해 빠르고 간절하게 외쳤다.

"눈 좀 떠봐요! 말 좀 해봐요! 제발 말 좀 해보라고!"

12장
바비가 데려온 사냥개

"눈 좀 떠 봐요! 말 좀 해봐요! 제발 말 좀 해보라고!" 아이들은 의식을 잃은 붉은 셔츠의 사냥개에게 계속해서 같은 말을 되풀이했다. 창백한 얼굴의 소년은 눈을 감고 터널 벽에 기대어 앉아 있었다.

"우유로 귀를 적셔봐." 바비가 말했다. "기절한 사람들한테 그렇게 하는 걸 봤어. 우유가 아니라 향수였지만. 우유도 향수만큼 효과가 있을 거야."

아이들은 우유로 소년의 귀를 적셨다. 우유가 목을 타고 내려와 붉은 셔츠 속으로 들어갔다. 터널 안은 매우 어두웠다. 피터가 들고 있던 양초 조각은 이제 납작한 돌멩이 위에서 타고 있었고 거의 꺼져갔다.

"제발 눈 좀 떠요." 필리스가 말했다. "맙소사! 죽은 거야."

"맙소사! 너 정말!" 바비가 따라 했다. "죽지 않았어."

"제발, 정신 좀 차려." 피터가 소년의 팔을 흔들며 말했다.

그때 붉은 셔츠를 입은 소년이 한숨을 내쉬며 눈을 떴다. 하지만 눈을 곧바로 다시 감더니 들릴까 말까 한 소리로 말했다. "그만 좀 해."

"어? 안 죽었어!" 필리스가 말했다. "안 죽었을 줄 알았어." 그러더니 울기 시작했다.

"왜 그래? 난 괜찮아." 소년이 말했다.

"이것 좀 마셔." 피터가 딱딱한 목소리로 말하며 우유병 입구를 소년의 입속으로 밀어 넣었다. 소년은 깜짝 놀라 버둥거렸다. 그 바람에 소년이 "이게 뭐야?"라고 묻기도 전에 우유가 약간 엎질러졌다.

"우유야." 피터가 말했다. "겁내지 마. 우린 친구들이니까. 필, 지금 당장 그 울음 좀 그쳐."

"마셔봐." 바비가 부드럽게 말했다. "도움이 될 거야."

소년은 우유를 마셨다. 아이들은 그에게 아무 말도 하지 않고 옆에 서 있었다.

"잠깐 그냥 좀 놔두자." 피터가 나지막이 속삭였다. "우유가 몸에 들어가서 핏줄을 타고 퍼지기 시작하면 곧 괜찮아질 거야."

피터 말이 맞았다.

"이제 한결 나아." 소년이 말했다. "다 기억나." 소년이 움직여보려 했지만 그러지 못하고 끙끙거렸다. "이런! 다리가 부러진 것 같아." 소년이 말했다.

"넘어졌어요?" 필리스가 여전히 훌쩍이며 말했다.

"아니! 무슨 소리야. 난 어린애가 아니야." 소년이 화를 내며 말했다. "그 짜증 나는 전선에 걸려 넘어진 거야. 다시 일어나려 했는데 일어설 수가 없었어. 그래서 앉아 있었어. 으악, 이런! 너무 아프다. 너희는 어쩌다가 여기 왔니?"

"우리는 형들이 터널 속으로 들어가는 걸 봤거든. 형들이 터널 반대편에서 나오는 걸 보려고 언덕을 넘어서 왔어. 형 빼고는 다 나왔어. 그런데 형은 안 나오더라고. 그래서 우리가 구조대가 된 거지." 피터가 자랑스럽게 말했다.

"너희들 용감하구나." 소년이 말했다.

"뭐, 별거 아냐." 피터가 겸손하게 말했다. "우리가 부축하면 걸을 수 있겠어?"

"해볼게." 소년이 말했다.

소년은 일어나 걸어보려고 했지만 한쪽 발로만 겨우 설 수 있었다. 다른 쪽 발은 많이 아픈지 질질 끌었다.

"여기 좀 앉아야겠어. 죽을 것 같아." 소년이 말했다. "나 좀 놔줘. 빨리. 놓으라니까!" 그는 누워서 눈을 감았다. 세 아이는 희미한 불빛 속에서 서로를 바라봤다.

"어떻게 하지?" 피터가 말했다.

"이렇게 하자." 바비가 재빨리 말했다. "피터, 너는 가서 도움을 요청해. 여기서 가장 가까운 집으로 가."

"그래, 그 방법밖에 없겠어." 피터가 말했다.

"자, 누나가 형 발을 잡아. 필리스와 나는 머리를 잡을게. 그러면 대피 공간으로 옮길 수 있을 거야."

아이들은 소년을 옮겼다. 다시 기절한 것이 환자에게는 차라리 다행이었다.

"내가 이 사람이랑 같이 여기 있을게." 바비가 말했다. "너희는 제일 긴 양초 조각을 가지고 가. 빨리 가야 해. 여기 있는 초는 얼마 남지 않았으니까."

"누나를 혼자 두고 가면 엄마가 좋아하지 않으실 거야." 피터는 누나가 마음에 걸려 말했다. "내가 있을 테니 누나랑 필이 가."

"아니야, 아니야." 바비가 말했다. "너랑 필이 가. 그리고 네 접이식 칼을 빌려줘. 이 사람이 다시 깨어나기 전에 신발을 벗겨보려고."

"이렇게 해도 괜찮은 거겠지?"

"당연히 괜찮지." 바비가 짜증을 내며 말했다. "그럼 다른 방법이 있어? 어두우니까 여기에 이 사람을 혼자 내버려 두고 갈까? 그럴 순 없어. 서둘러. 더 말하지 말고."

피터와 필은 서둘러 터널 밖으로 향했다.

바비는 어둠 속에서 동생들의 모습을 지켜보았다. 조금밖에 남지 않은 양초의 희미한 불빛을 보니 모든 것이 끝난 것 같은 이상한 느낌이 들었다. 바비는 수녀원 벽 안에 산 채로 묻힌 수녀들이 어떤 기분이었을지 알 것만 같았다. 바비는 몸을 흔들어 이상한 기분을 떨쳐냈다.

"바보 같은 소녀처럼 굴지 말자." 바비가 중얼거렸다. 바비는 누가 자기를 '소녀'라고 부르면 늘 화가 났다. '바보 같은' 대신 '멋진' '좋은' '영리한'을 붙여도 싫었다. 자신에게 몹시 화가 났을 때만 '로버타'가 '바비'에게 '소녀'라는 표현을 쓸 수 있었다.

바비는 붉은 셔츠를 입은 소년의 발치에 있는 깨진 벽돌에 작은 초를 고정해놓았다. 그러고 나서 피터의 접이식 칼을 열었다. 그 칼은 언제나 칼날을 빼기가 어려웠다. 보통 반 페니짜리 동전이 있어야

만 겨우 뺄 수 있었다. 하지만 이번에는 어떻게 했는지 엄지손톱으로 뺄 수 있었다. 손톱이 부러져서 몹시 아팠다. 바비는 소년의 신발끈을 자르고 신발을 벗겼다. 소년이 신은 긴 양말도 벗기려 했지만 다리가 무서울 정도로 부어 있었다. 정상적인 다리 모양이 아니었다. 그래서 바비는 아주 천천히 조심스럽게 양말을 잘라서 벗겨냈다. 갈색 실로 짠 양말이었다. 바비는 누가 그것을 짰을지, 소년의 엄마일지, 아들을 걱정하고 있을지, 소년이 다친 다리로 집에 가면 엄마 마음이 어떨지 궁금했다. 소년의 양말을 다 벗기고 가엾은 다리를 보고 있자니 터널이 점점 어두워지고 땅도 흔들리는 것만 같았다. 아무것도 현실처럼 느껴지지 않았다.

"이 바보 같은 소녀야!" 로버타가 바비에게 말했다. 그랬더니 정신이 좀 들었다.

'다리 너무 아프겠다.' 바비는 속으로 생각했다. '쿠션이 있으면 좋겠는데. 아!'

바비는 필리스와 함께 빨간색 플란넬 속치마를 찢어서 만든 깃발로 위험 신호를 보내 기차를 멈추고 사고를 막은 날을 떠올렸다. 오늘 입은 속치마는 흰색 속치마지만 빨간색 속치마만큼 부드러웠다. 바비는 속치마를 벗었다.

"속치마가 이렇게 쓸모 있는 것이었다니!" 바비가 말했다. "속치마를 발명한 사람의 동상을 세워줘야 해." 그녀는 큰 소리로 말했다. 어떤 목소리라도 들리면 어둠 속에서 위안이 될 것 같았기 때문이다.

"뭘 세워줘야 한다고? 누구한테?" 갑자기 소년의 힘없는 목소리가 들렸다.

"아, 깨어났구나!" 바비가 말했다. "이 악물고 있어. 너무 아프게는 말고. 지금!"

바비는 소년의 다리를 들었다가 속치마를 접어 만든 쿠션 위에 조심스레 내려놓았다.

"또 기절하지 마. 제발!" 소년이 신음하자 바비가 말했다. 그녀는 우유를 적신 손수건을 펴서 소년의 가엾은 다리 위에 올려놨다.

"아, 아파!" 소년이 몸을 움츠리며 비명을 질렀다. "어, 아니야. 아프지 않네. 괜찮아. 정말이야."

"이름이 뭐야?" 바비가 물었다.

"짐."

"나는 바비야."

"그렇지만 넌 여자애잖아."

"응, 원래 이름은 로버타야."

"그냥 바비라고 부를게. 바비?"

"응?"

"방금 너 말고 아이들이 더 있지 않았어?"

"맞아. 피터와 필인데 내 동생들이야. 너를 데리고 나가줄 사람들을 부르러 갔어."

"이름이 이상하네. 다 남자 이름이야."

"그러게. 나도 남자였으면 좋을 텐데, 안 그래?"

"넌 그냥 그대로가 좋은 것 같은데."

"그런 뜻이 아니라, 내 말은, 너는 네가 남자였으면 좋겠다고 생각한 적 없어? 아, 너는 남자라서 그럴 필요가 없겠구나."

"너도 남자애만큼 용감해. 왜 다른 아이들과 함께 가지 않았어?"

"누군가는 너와 함께 있어야 하니까." 바비가 말했다.

"바비, 내 생각을 말해줄까?" 짐이 말했다. "너는 정말 멋진 아이야. 우리 악수하자." 짐이 붉은 셔츠를 입은 팔을 내밀자 바비는 그의 손을 꼭 잡았다.

"흔들지는 않을게." 바비가 설명했다. "너까지 흔들릴 수 있으니까. 네가 흔들리면 네 가엾은 다리도 흔들릴 거고 그러면 아플 거야. 손수건 있어?"

"없을 것 같은데." 소년이 주머니를 더듬었다. "어, 있다. 그런데 왜?"

바비는 손수건을 받아서 우유로 적신 다음 소년의 이마에 얹어 주었다.

"그러니까 좋다." 그가 말했다. "그런데 이게 뭐야?"

"우유야." 바비가 말했다. "물이 없어서."

"훌륭한 꼬마 간호사구나." 짐이 말했다.

"가끔 엄마한테 해드리거든." 바비가 말했다. "아, 물론 우유로 하지 않고 향수나 식초 탄 물로 하지. 아무래도 이제는 촛불을 꺼야 할 것 같아. 사람들이 와서 너를 밖으로 데리고 나갈 때 촛불이 필요하니까 좀 남겨둬야 해."

"이야!" 그가 감탄했다. "그런 것까지 다 생각해두는구나."

바비는 입바람을 불어 촛불을 껐다. 얼마나 칠흑같이 어두웠는지 독자들은 상상도 못 할 것이다.

　"바비," 어둠을 뚫고 목소리가 들렸다. "어둠이 무섭지 않니?"

　"아니, 별로. 내 말은⋯."

　"우리 손잡고 있자." 소년이 말했다. 그런 제안을 한 건 나름 친절한 행동이었다. 짐도 자기 또래 소년들처럼 입맞춤이나 손잡기 같은 모든 애정 표현을 싫어했다. 그는 그런 애정 표현을 '주물럭거린다'고 부르며 질색했다.

　바비는 붉은 셔츠를 입은 환자의 크고 거친 손을 잡고 있으니 어둠이 견딜 만해졌다. 짐은 바비의 작고 부드럽고 따뜻한 손을 잡고 있는 게 생각했던 것만큼 싫지 않아서 놀랐다. 바비는 짐에게 말을 걸고 재미있게 해주면서 고통을 잊게 하려고 애썼다. 하지만 어둠 속에서 계속 말을 하려니 쉽지 않았다. 그들은 곧 침묵에 빠졌다. 가끔 "바비, 괜찮아?"나 "네가 많이 아플까 봐 걱정돼, 짐. 정말 안됐다" 정도의 말이 침묵을 깼을 뿐이다.

　그리고 터널 안은 매우 추웠다.

● ● ●

　피터와 필리스는 햇빛을 향해서 긴 터널을 터벅터벅 걸었다. 촛농이 피터의 손가락을 따라 흘렀다. 필리스의 프록코트가 철사에 걸려 길게 쭉 찢어졌고, 풀린 구두끈에 걸려 넘어지면서 손과 무릎으로 땅을 짚는 바람에 필리스의 양손과 양 무릎에 멍이 들었지만, 그것만 빼고 별다른 사고는 없었다.

"이 터널에는 끝이 없나 봐." 필리스가 말했다. 정말 터널이 아주아주 긴 것처럼 느껴졌다.

"계속 걸어." 피터가 말했다. "모든 것에는 끝이 있어. 계속 하던 대로 하다 보면 끝에 도달할 거야."

곰곰이 생각해보면 피터의 말이 사실이다. 그리고 힘든 일을 겪을 때 이 말을 떠올리면 도움이 된다. 홍역을 앓거나 산수 문제를 풀거나 숙제를 할 때, 또는 망신을 당했을 때나 아무도 자신을 사랑하지 않을 것 같거나 앞으로 다시는 누구도 사랑할 수 없을 것 같은 기분이 들 때 피터가 한 말을 생각해보면 좋을 것이다.

"만세!" 피터가 갑자기 외쳤다. "터널 끝이 보여. 까만 종이에 핀으로 작은 구멍을 뚫어놓은 것 같아, 안 그래?"

작은 구멍은 점점 커졌고, 터널 양쪽 측면을 따라 푸르스름한 빛이 퍼졌다. 아이들 앞에 깔린 자갈길이 보였다. 공기도 점점 따뜻해지고 상쾌해졌다. 스무 걸음을 더 걷자 눈부시게 반가운 햇살 속으로 나왔다. 양옆으로 초록색 나무들이 줄지어 아이들을 반기고 있었다.

필리스는 길게 심호흡을 했다.

"이제 내가 살아 있는 동안은 절대로 터널에 들어가지 않을 거야." 필리스가 말했다. "그 안에 사냥개 이십 백 천 백만 명이 붉은 셔츠를 입고 다리가 부러진 채로 누워 있다고 해도 안 들어가." "바보 멍청이처럼 굴지 좀 마." 피터가 평소처럼 말했다. "그런 일이 있다면 들어가야 해."

"터널에 들어가다니 난 정말 용기 있고 착한 사람인 것 같아."

필리스가 말했다.

"그게 아닐 텐데." 피터가 말했다. "네가 용기가 있어서 들어간 게 아니라 바비 누나와 내가 몹쓸 사람이 아니라서 들어간 거잖아. 그런데 여기서 제일 가까운 집이 어딜까? 나무가 많아서 아무것도 안 보여."

"저기 지붕이 보이는데." 필리스가 기찻길 아래쪽을 가리키며 말했다.

"신호소다." 피터가 말했다. "신호수가 일하고 있을 땐 말을 걸면 안 돼. 그건 불법 행위야."

"저 터널 안에 들어간 것에 비하면 불법 행위를 하는 것쯤은 무서운 축에 끼지도 않아." 필리스가 말했다. "어서 가자!" 그러고는 기찻길을 따라 달리기 시작했다. 피터도 달렸다.

햇볕이 무척 뜨거웠다. 아이들이 달리기를 멈췄을 때는 둘 다 더워서 숨을 헐떡이고 있었다. 그들은 고개를 뒤로 젖히고 신호소 창문을 바라보며 "저기요!"라고 있는 힘껏 큰 소리로 외쳤다. 아무 대답도 없었다. 신호소는 텅 빈 유치원처럼 조용했다. 피터와 필리스는 열린 문 사이로 안을 들여다봤다. 신호수가 벽에 등을 기대고 의자에 앉아 있었다. 머리는 옆으로 기울어졌고 입은 벌어져 있었다. 신호수는 깊이 잠들어 있었다.

"세상에!" 피터가 외쳤다. "일어나세요!" 피터는 무시무시한 목소리로 소리를 질렀다. 왜냐하면 신호수가 근무 시간에 자게 되면 직업을 잃을 수 있는 것은 물론, 기차가 언제 지나가면 안전한지 알려주지 못하기 때문에 신호수에게 신호를 기대하는 기차들에게 끔찍한 사고가 날 위험이 있기 때문이다.

　신호수는 꼼짝도 하지 않았다. 피터는 그에게 달려들어 흔들기 시작했다. 그러자 신호수가 하품을 하고 기지개를 켜면서 천천히 잠에서 깼다. 그는 정신이 든 순간 벌떡 일어나, 필리스의 표현을 빌려 말하자면 '미친 사람처럼' 두 손을 머리에 대고 소리쳤다.

　"맙소사! 지금 몇 시야?"

　남자는 시계를 보더니 레버가 있는 곳으로 달려가 이쪽저쪽으로 확확 돌렸다. 전기 종이 딸랑딸랑 울리고 전선과 크랭크에서 삐걱거리는 소리가 났다. 그러고 나서 남자는 의자에 쓰러지다시피 했다. 얼굴은 창백해지고 이마에는 '마치 흰 양배추에 맺힌 커다란 이슬방울처럼' 땀이 맺혔다. 몸까지 덜덜 떨고 있었다. 피터와 필리스는 털로 뒤덮인 커다란 두 손이 마구 흔들리는 것을 보았다. 피터의 표현을 빌리자면 그것은 '특대 사이즈의 떨림'이었다. 신호수는 한숨을 길게 내쉬었다. 그러더니 갑자기 외쳤다. "하느님 감사합니다! 하느님 감사합니다! 마침 너희들이 오다니! 오, 감사합니다!" 남자의 어깨가 들썩이기 시작하더니 얼굴이 점점 붉어졌다. 그는 털로 뒤덮인 커다란 두 손으로 얼굴을 가렸다.

　"울지 마세요. 울지 마세요." 필리스가 말했다. "이제 다 괜찮아요." 필리스는 신호수의 크고 넓은 어깨 한쪽을 토닥여주었다. 피터도 다른 쪽 어깨를 정성스럽게 두드렸다.

　하지만 신호수는 완전히 넋이 나간 듯했다. 아이들은 한참 동안 그를 토닥이고 두드려줘야 했다. 마침내 남자가 보라색과 흰색 말굽이 그려진 빨간색 손수건을 찾아 얼굴을 훔치며 말했다. 이렇게 아이들이 남자의 어깨를 토닥거리며 위로하는 동안 기차 한 대가 우르릉거리며 지나갔다.

"정말 부끄럽구나. 부끄러워." 몸집이 큰 신호수가 울음을 그치고 말했다. "어린애처럼 콧물을 줄줄 흘리며 울다니." 그러다가 남자는 갑자기 화가 치미는 것 같았다. "그런데 너희는 여기서 뭘 하고 있는 거니?" 그가 말했다. "여기 들어오면 안 돼!"

"알아요." 필리스가 말했다. "저희도 여기 들어오는 게 잘못된 일이라는 걸 알고 있었어요. 하지만 두렵지 않았어요. 보세요. 결과적으로는 다 잘됐잖아요. 아저씨도 저희가 와서 다행이잖아요."

"맙소사. 너희가 오지 않았더라면…" 신호수는 잠시 말을 멈추더니 다시 말을 이었다. "그래, 일하는 시간에 자다니 부끄러운 짓이야. 아무런 피해도 없었지만 내가 그랬다는 게 알려지면…"

"그 사실이 알려지는 일은 없을 거예요." 피터가 말했다. "저희는 고자질쟁이가 아니거든요. 그래도 근무 시간에 주무시면 안 돼요. 그러면 위험해요."

"내가 그걸 모를 것 같니?" 남자가 말했다. "그래도 너무 졸려서 어쩔 수가 없어. 나도 내가 잠들면 어떻게 되는지 충분히 잘 알아. 그런데 쉴 수가 없어. 이 일을 할 사람을 구할 수가 없대. 난 지난 5일 동안 10분도 못 잤단다. 우리 아들이 아프거든. 의사 말로는 폐렴이래. 그 애를 간호해줄 사람이 나랑 걔 여동생밖에 없어. 그게 지금 내 상황이야. 우리 딸도 잠을 좀 자야 하는데. 위험하다고? 그래. 네 말이 맞아. 원한다면 지금 가서 다 일러바쳐라."

"일러바치지 않을 거라니까요." 피터가 짜증을 내며 말했다. 그러나 필리스는 신호수가 맨 처음에 한 이야기 빼고는 그의 말을 모두 무시했다.

"아저씨가 저희에게," 필리스가 말했다. "'내가 그걸 모를 것 같니?'라고 하셨죠? 아저씨가 모르시는 걸 제가 말씀드릴게요. 저기 저터널 안에 소년이 한 명 있어요. 붉은 셔츠를 입었고 다리가 부러졌어요."

"걘 터널에 도대체 왜 들어간거니?" 남자가 물었다.

"그렇게 화내지 마세요." 필리스가 부드러운 목소리로 말했다. "우리는 여기 와서 아저씨를 깨운 것 말고는 잘못한 게 없어요. 그리고 그래서 다 잘됐잖아요."

피터가 그 소년이 어떻게 터널 안에 들어가게 됐는지 신호수에게 말해줬다.

"글쎄다." 남자가 말했다. "내가 할 수 있는 일이 있는지 모르겠네. 난 신호소를 떠날 수 없거든."

"그래도 신호소에 있는 사람 말고 다른 사람을 찾으려면 어디로 가면 되는지 알려주실 수 있잖아요." 필리스가 말했다.

"저쪽으로 가면 브리그덴 농장이 있어. 저기 연기 보이냐? 나무들 사이로 피어오르고 있잖아." 남자가 말했다. 필리스는 신호수가 점점 더 짜증을 부린다는 것을 눈치챘다.

"그럼 안녕히 계세요." 피터가 말했다.

그러자 남자가 말했다. "잠깐만 기다려봐." 그는 주머니에 손을 넣더니 동전들을 꺼냈다. 1페니짜리가 많았고 1실링짜리 동전 한두 개, 6펜스짜리 동전 몇 개, 반 크라운짜리 동전 한 개가 있었다. 남자는 거기서 2실링을 집더니 피터와 필리스에게 내밀었다.

"자, 이걸 줄 테니 오늘 일어난 일에 대해서는 아무한테도 말하지 말아라." 남자가 말했다.

잠시 불쾌한 침묵이 흘렀다.

"아저씨는 정말 나쁜 사람이에요!" 필리스가 말했다.

피터는 남자에게 한 발짝 다가서더니 남자의 손을 아래에서 위로 쳤다. 손바닥에서 튀어 오른 동전 두 개가 바닥에 떨어져 굴렀다.

"제가 만일 고자질을 하게 된다면 이 일 때문일 거예요." 그가 말했다. "필, 가자!" 그러고는 당당한 걸음으로 신호소를 나왔다. 피터의 두 뺨이 시뻘겋게 달아올라 있었다.

필리스는 피터를 따라가지 않고 머뭇거렸다. 신호수는 2실링을 들고 있던 손을 아직 거두지 않고 있었다. 필리스가 그 손을 잡았다.

"아저씨를 용서할게요." 필리스가 말했다. "피터 오빠는 아저씨를 용서하지 않더라도요. 아저씨는 지금 제정신이 아니에요. 제정신이었다면 절대로 우리에게 돈을 내미는 일 같은 건 하지 않으셨을 거예요. 잠이 모자라면 머리가 이상해진다고 들었어요. 엄마가 말해 줬거든요. 아저씨의 아들이 빨리 낫길 바랄게요. 그리고…."

"빨리 와, 필!" 피터가 소리쳤다.

"제 신성한 명예를 걸고 약속할게요. 오늘 일은 아무한테도 얘기하지 않겠다고요. 우리 입 맞추고 화해해요." 필리스가 말했다. 필리스는 자기 탓도 아닌 싸움 후에 화해를 하려고 애쓰는 자신이 매우 훌륭하다고 생각했다.

신호수는 몸을 굽혀 필리스와 입을 맞췄다.

"얘야, 내가 정말 머리가 어떻게 된 것 같구나." 남자가 말했다. "이제 엄마한테 가렴. 너희에게 그럴 생각은 없었는데."

필은 신호소를 나와 피터를 따라 벌판을 가로질러 브리그덴 농장으로 갔다.

농장 남자들이 튼튼한 천을 씌운 들것을 들고 피터와 필리스를 따라 터널 안 대피소에 도착했을 때, 바비와 짐은 깊이 잠들어 있었다. 의사가 나중에 말하길 짐은 고통 때문에 탈진한 상태였다.

"이 소년은 어디에 사니?" 짐을 들것에 옮긴 다음 농장 관리인이 물었다.

"노섬벌랜드요." 바비가 답했다.

"전 메이드브리지에 있는 학교에 다녀요." 짐이 말했다. "아무래도 그곳으로 돌아가야 할 것 같아요."

"먼저 의사의 진찰을 받아야 할 것 같은데." 관리인이 말했다.

"그럼, 우리 집으로 데려가 주세요." 바비가 말했다. "길에서 멀지 않아요. 엄마도 그렇게 하는 게 당연하다고 말씀하실 거예요."

"너희 엄마가 다리 부러진 낯선 사람을 집에 데려가도 괜찮다고 하실까?"

"엄마도 불쌍한 러시아인 아저씨를 집에 묵게 한 적이 있는걸요." 바비가 말했다. "틀림없이 엄마는 그렇게 하는 게 당연하다고 말씀하실 거예요."

"알겠다." 관리인이 말했다. "우선 너희 엄마가 괜찮으실지 생각해봐야 하는 거야. 나도 '주인 어르신'이란 소리를 듣지만, 아내한테 물어보지 않고 이 소년을 마음대로 우리 집에 데려가지는 않겠다."

"정말 너희 엄마가 싫어하시지 않을까?" 짐이 바비에게 속삭였다.

"물론이지." 바비가 말했다.

"그럼 세 굴뚝집으로 데려간다?" 관리인이 다시 한번 확인했다.

"네." 피터가 말했다.

"우리 일꾼한테 빨리 자전거를 타고 가서 의사를 불러오라고 해야겠군. 자, 여보게들. 이제 들것을 흔들리지 않게 조심조심 드는 거야. 하나, 둘, 셋!"

● ● ᵒ

엄마는 공작부인과 음흉한 악당, 비밀 통로와 사라진 유언장에 대한 이야기를 쓰고 있었다. 작업실 문이 갑자기 활짝 열리자 엄마는 놀라서 펜을 떨어뜨렸다. 바비가 모자도 쓰지 않고 얼굴이 벌게져서 뛰어들어 오고 있었다.

"엄마!" 바비가 소리쳤다. "내려와 보세요. 우리가 터널에서 붉은 셔츠를 입은 사냥개를 찾았어요. 다리가 부러져서 사람들이 우리 집으로 데려오고 있어요."

"그럼 우리 집이 아니라 수의사한테 데려가야지." 엄마가 걱정스러운 얼굴로 말했다. "절뚝거리는 개를 데리고 있을 수는 없어."

"진짜 개가 아니라 소년이에요." 바비가 헐떡거리며 웃었다.

"그럼 그 애 엄마한테 데려가야지."

"엄마는 돌아가셨대요." 바비가 말했다. "그리고 아빠는 노섬벌

랜드에 계시대요. 엄마, 그 학생을 돌봐주실 수 없나요? 엄마도 우리 집에 그 학생을 데려오는 걸 당연하게 생각하실 거라고 제가 말했거든요. 엄마는 사람들을 항상 도와주시잖아요."

엄마는 미소 지으며 한숨을 쉬었다. 자식들이 엄마는 도움이 필요한 모든 사람에게 집과 마음을 내어주는 사람이라고 믿는다면 엄마 입장에서는 고마운 일일 것이다. 하지만 자식들이 그런 믿음을 바탕으로 행동하면 엄마는 가끔 당혹스럽다.

"그래, 우리 최선을 다해보자."

짐이 들것에 실려 왔을 때 그의 얼굴은 무서울 정도로 하얬고, 굳은 입술은 붉은색에서 시퍼런 보라색으로 변해 있었다.

엄마는 이렇게 말했다. "이 애를 우리 집으로 데려오다니 잘했구나. 짐, 이제 의사 선생님이 오시기 전에 침대에 편히 누울 수 있게 해줄게."

엄마의 친절한 눈빛을 본 순간 짐은 따뜻하고 편안한 기분이 들었을 뿐만 아니라 용기까지 얻었다.

"많이 아프겠죠?" 짐이 말했다. "겁쟁이처럼 굴려는 건 아니에요. 제가 다시 기절해도 겁쟁이라고 생각하시진 않겠죠? 일부러 아픈 척하는 건 절대로, 진짜로 아니에요. 고생하시게 해서 정말 죄송해요."

"걱정하지 말아라." 엄마가 말했다. "고생하는 건 우리가 아니라 너지. 가엾어라."

엄마는 피터에게 하듯 짐에게 입을 맞췄다. "네가 우리 집에 와서 기쁘구나. 그렇지 않니, 바비?"

"네." 바비가 말했다. 그리고 엄마의 표정을 보면서 붉은 셔츠를 입은 다친 사냥개를 집으로 데려오길 정말 잘했다고 생각했다.

13장
사냥개의 할아버지

엄마는 그날 다시 글을 쓸 수 없었다. 아이들이 세 굴뚝집으로 데려온 붉은 셔츠를 입은 사냥개에게 병상을 마련해줘야 했기 때문이다. 의사가 와서 소년을 치료했다. 소년은 무척 아파했다. 엄마는 치료가 진행되는 동안 소년 곁을 지켰다. 엄마가 없었다면 소년은 더 힘들어했을 것이다. 그렇지만 바이니 부인의 말에 따르면 치료받는 모습은 아무리 좋게 말한다 해도 '끔찍'했다.

아이들은 아래층 거실에 앉아 위층에서 나는 의사의 구두 소리를 듣고 있었다. 의사는 소년이 있는 방을 구석구석 왔다 갔다 하고 있었다. 한두 번씩 신음 소리도 났다.

"끔찍하다." 바비가 말했다. "포레스트 선생님이 치료를 빨리 끝내주셨으면 좋겠어. 짐이 너무 가엾어!"

"정말 끔찍하긴 하지." 피터가 말했다. "하지만 아주 흥미진진하기도 해. 의사들이 치료할 때 누구를 들어오게 할지에 대해 너무 깐깐하게 굴지 않았으면 좋겠어. 다리뼈 맞추는 거 정말 보고 싶은데.

뼈가 으드득거리는 소리가 엄청날 거야."

"그만 좀 해!" 바비와 필리스가 동시에 외쳤다.

"웃겨!" 피터가 말했다. "적십자 간호사가 되고 싶다며? 집에 오면서 둘이 하는 얘기 들었어. 내가 뼈 으스러지는 소리에 관한 얘기만 해도 못 견디면서 어떻게 간호사가 된다는 거야? 전쟁터에 가면 뼈가 으스러지는 소리를 진짜로 들어야 할 텐데. 그리고 팔꿈치까지 완전히 피에 젖을 수도 있고. 또…."

"그만!" 바비가 얼굴이 하얘져서 외쳤다. "너 때문에 내 기분이 지금 얼마나 이상한지 모르지?"

"나도 그래." 필리스가 얼굴이 불그레해져서 말했다.

"겁쟁이들!" 피터가 말했다.

"난 겁쟁이가 아니야." 바비가 말했다. "난 엄마가 갈퀴에 다친 네 발을 치료하실 때 도와드렸고 필도 그랬어. 너도 알잖아."

"그래, 그랬다고 쳐!" 피터가 말했다. "그럼 이러면 어때? 내가 매일 30분씩 부러진 뼈랑 인간의 내장에 대해서 누나한테 얘기해주면 아주 좋을 것 같은데. 그러면 누나도 그런 데 익숙해질걸."

위에서 의자 옮기는 소리가 났다.

"잘 들어봐." 피터가 말했다. "저게 뼈 부러지는 소리야."

"오빠, 좀 그만하면 안 돼?" 필리스가 말했다. "바비 언니가 싫어하잖아."

"위에서 무슨 일을 하고 있는지 말해주지." 피터가 말했다. 피터가 왜 그렇게 고약해졌는지 나도 모르겠다. 오전에 너무 친절하고 다정했기 때문에 이제는 달라져야 하는 시간인지도 모른다. 이것을 반

작용이라고 한다. 누구나 자기 안에서 그런 모습을 가끔 발견한다. 평소보다 오래 특별히 착하게 행동했을 때, 갑자기 착하게 굴고 싶지 않은 강렬한 충동이 욱하고 치밀어오르는 경우가 가끔 있다.

"위에서 무슨 일을 하고 있는지 말해주지." 피터가 말했다. "뼈가 부러진 사람을 침대에 묶어서, 의사가 처치할 때 저항하거나 방해하지 못하게 하는 거야. 그리고 한 사람은 환자의 머리를 잡고 다른 사람은 다리를 잡는 거지. 부러진 쪽 다리 말이야. 그리고 뼈가 서로 맞을 때까지 부러진 다리를 잡아당기는 거야. 으드득! 알겠지? 그다음에는 붕대를 감아서…. 우리 뼈 맞추기 놀이하자!"

"싫어!" 필리스가 말했다.

하지만 바비는 예상외로 이렇게 말했다. "좋아. 하자! 내가 의사를 할게. 필은 간호사를 해. 피터 너는 뼈가 부러진 사람이야. 넌 속치마를 안 입으니까 다리 만지기가 더 쉽잖아."

"내가 가서 부목이랑 붕대를 가져올게." 피터가 말했다. "누나랑 필리스는 침상을 준비해놔."

옛날 집에서 가져온 상자를 묶었던 끈은 모두 지하 저장고에 둔 나무 궤짝 안에 들어 있었다. 피터가 뒤엉킨 끈 뭉치와 부목으로 쓸 판자 두 개를 가져오자 필리스가 신이 나서 킬킬 웃었다.

"그럼 시작해볼까." 피터가 말했다. 그러고는 긴 나무 의자에 누워 매우 고통스러워하는 듯한 신음 소리를 냈다.

"소리가 너무 커!" 바비가 피터를 긴 의자에 끈으로 꽁꽁 묶으며 말했다. "필, 잡아당겨."

"너무 꽉 묶지는 마." 피터가 투덜거렸다. "그러다 다른 쪽 다리도 부러지겠다."

바비는 아무 말 없이 피터의 몸을 끈으로 계속 감았다.

"그 정도면 돼." 피터가 말했다. "전혀 움직일 수가 없어. 아, 가엾은 내 다리!" 피터가 다시 신음 소리를 냈다.

"못 움직이는 거 확실해?" 바비가 물었다. 말투가 조금 이상했다.

"응, 확실해." 피터가 답했다. "피가 철철 나는 걸로 할까, 어떡할까?" 피터가 발랄한 목소리로 물었다.

"네 마음대로 해." 바비가 팔짱을 낀 채, 끈으로 꽁꽁 묶여 누워 있는 피터를 내려다보며 딱딱하게 말했다. "필과 나는 이제 갈 거야. 그리고 네가 우리한테 피랑 상처 같은 얘기를 다시는 안 하겠다고 약속하기 전에는 안 풀어줄 거야. 가자, 필!"

"못됐어!" 피터가 몸부림치며 말했다. "난 절대 약속 안 해. 절대로! 소리 지를 거야. 그럼 엄마가 내려오실걸."

"해봐." 바비가 말했다. "우리가 너를 왜 묶어놨는지 엄마한테 말해보시지. 가자, 필. 그리고 나 못된 사람 아니야, 피터. 우리가 그만하라고 했는데 네가 안 들었잖아."

"흥. 이러는 거 누나가 생각해낸 것도 아니잖아. 《스탈키 회사*》에서 봤지?"

아무 대답 없이 그 자리를 당당하게 떠나던 바비와 필은 문 앞에서 의사와 마주쳤다. 그는 만족스러운 표정으로 두 손을 비비며 들어오고 있었다.

---

* 러디어드 키플링의 소설

"얘들아, 드디어 치료가 끝났다." 의사가 말했다. "깨끗하게 부러져서 잘 붙을 거야. 용감한 소년이더라. 그런데 이건 다 뭐니?"

그의 시선은 긴 의자에 묶인 채 꼼짝도 못 하는 피터를 향했다.

"죄수 놀이하는 거니?" 의사가 물었다. 그의 눈썹이 약간 올라갔다. 의사는 위층에서 누군가 뼈 맞추는 치료를 받고 있는데 바비가 이런 놀이를 하고 있을 거라고는 상상도 못 했다.

"어, 아니에요!" 바비가 외쳤다. "죄수 놀이가 아니라요, 부러진 뼈 맞추기 놀이를 하고 있었어요. 피터가 뼈 부러진 환자고요, 저는 의사예요."

의사는 얼굴을 찌푸렸다.

"정말 냉정한 놀이구나." 의사가 엄격한 목소리로 말했다. "지금 위층에서 무슨 일이 벌어지고 있는지 조금이라도 생각해봤니? 저 불쌍한 소년은 이마에서 땀을 뚝뚝 흘리면서 비명을 안 지르려고 입술을 꽉 깨물고 있어. 다리에 손이 스치기만 해도 고통스러울 텐데도. 그리고…"

"선생님도 묶어놔야겠어요." 필리스가 말했다. "선생님도 피터 오빠만큼이나 나빠…"

"쉿, 조용히 해." 바비가 말했다. "죄송해요. 하지만 저희가 냉정하게 군 건 아니에요. 정말이에요."

"냉정한 사람은 저였겠죠." 피터가 뿌루퉁하게 말했다. "됐어, 누나. 고상한 척하면서 나를 보호하려고 하지 마. 누나가 그러는 거 정말 못 참겠다니까. 제가 피랑 상처 얘길 계속했거든요. 적십자사 간호사로 훈련시키려고요. 누나와 필리스가 그만하라고 했는데 제

250

가 계속했어요."

"그리고?" 포레스트 박사가 자리에 앉으면서 말했다.

"그리고 제가 '우리 뼈 맞추기 놀이하자'라고 했어요. 농담이었어요. 전 바비 누나가 안 한다고 할 줄 알았거든요. 전 그냥 장난으로 한 말이었는데 누나가 '그래'라고 하는 거예요. 하자고 하니까 안 할 수 있나요. 그랬더니 두 사람이 절 이렇게 묶어놓은 거예요. 《스탈키 회사》에서 보고 따라 한 거라고요. 정말 창피하지도 않나 봐."

피터는 몸부림치더니 간신히 몸을 돌려 의자 등받이에 얼굴을 묻었다.

"우리 말고는 아무도 모를 줄 알았어요." 바비가 은근히 자기를 망신 주는 피터의 말에 화를 내며 말했다. "선생님이 내려오실 줄 몰랐어요. 그리고 피랑 상처 얘기를 들으면 기분이 정말 이상해져요. 피터를 묶은 건 그냥 장난이었어요. 풀어줄게, 피터."

"안 풀어줘도 상관없어." 피터가 말했다. "이게 누나가 생각하는 '장난'이라면."

"피터, 내가 너라면 말이다," 의사가 말했다. 사실 그도 무슨 말을 해야 할지 몰랐다. "너희 어머니가 내려오시기 전에 풀어달라고 하겠다. 지금 엄마를 걱정시키고 싶진 않겠지?"

"피나 상처에 관한 얘기를 안 한다고는 약속 못 해, 알지?" 피터가 퉁명스럽게 말했다. 바비와 필리스가 매듭을 풀기 시작했다.

"정말 미안해, 피터." 바비가 의자 밑에 묶어둔 커다란 매듭을 더듬어 찾느라 피터 쪽으로 몸을 숙이며 말했다. "하지만 네 말 때문에 정말 속이 울렁거렸다고."

"나도 말하겠는데, 누나 때문에 내 속도 울렁거려." 피터가 대꾸했다. 그리고 몸을 흔들어 느슨해진 끈을 털어내고 일어섰다.

"내가 여기 들어온 건," 포레스트 박사가 말했다. "너희 중에 내 진료실에 함께 가줄 수 있는 사람이 있는지 알고 싶어서야. 너희 어머니께서 당장 필요하신 게 있어서 갖다 드려야 하는데, 내 조수에게는 서커스 보고 오라고 휴가를 줬거든. 피터, 나와 같이 가줄래?"

피터는 바비와 필리스에게 말 한 마디, 눈길 한 번 안 준 채 의사와 함께 나갔다.

피터와 의사는 세 굴뚝집에서 도로로 이어지는 문까지 아무 말도 없이 걸었다.

그때 피터가 말했다. "선생님, 제가 가방 들어드릴게요. 무겁죠? 안에 뭐가 들어 있어요?"

"응, 칼이랑 랜싯*, 환자들을 아프게 하는 다양한 도구들이 있지. 마취제인 에테르도 한 병 있고. 소년한테 에테르를 줘야 했어. 너무 고통스러워서."

피터는 아무 말이 없었다.

"그 소년을 어떻게 발견했는지 말해줄래?" 포레스트 박사가 말했다.

피터는 짐을 어떻게 발견했는지 의사에게 설명했다. 그러자 의사는 용감한 구조 이야기들을 들려줬다. 피터도 여러 번 말한 적 있지만, 의사는 같이 이야기 나누기에 아주 재미있는 사람이었다.

* 외과 수술용 작은 칼

피터는 진료실에서 구경할 게 많았다. 양팔 저울이며 현미경, 저울, 계량컵을 자세히 볼 수 있는 더없이 좋은 기회였다. 피터가 집으로 가지고 갈 물건들이 다 준비되자 의사가 불쑥 말을 꺼냈다.

"미안하지만 내가 좀 참견해도 괜찮겠니? 너한테 해주고 싶은 얘기가 있단다."

'이제 시작이구나.' 피터는 속으로 생각했다. 어쩐지 아까 잘 빠져나왔다고 생각하던 참이었다.

"과학에 관련된 얘기야." 의사가 말했다.

"네." 의사의 문진으로 쓰이는 암모나이트 화석을 만지작거리며 피터가 말했다.

"남자아이와 여자아이는 작은 남자와 여자란다. 그리고 우리는 여자보다 훨씬 단단하고 강해." (피터는 '우리'라는 표현이 마음에 들었다. 아마 의사도 피터가 좋아할 거라고 생각한 것 같다.) "그리고 힘도 훨씬 세지. 여자에게는 상처가 되는 것이 우리에게는 상처가 안 되기도 해. 너도 알겠지만 여자아이를 때려서는 안 돼."

"물론 그래서는 안 되겠죠." 피터가 뿌루퉁한 채 중얼거렸다.

"누나나 여동생이라도 마찬가지야. 여자아이는 우리보다 훨씬 부드럽고 약하거든. 또 그래야만 하고." 의사가 덧붙였다. "만일 여자가 부드럽고 약하지 않다면 아기들에게 좋지 않을 거야. 모든 동물이 어미에게 착하게 구는 것은 그것 때문이야. 동물들은 절대로 어미와 싸우지 않아. 알지?"

"알아요." 피터가 말했다. 흥미를 느끼는 듯했다. "수토끼 두 마리는 그냥 내버려 두면 하루 종일 싸우지만 암토끼랑 있으면 안 싸우죠."

"그래. 사자나 코끼리처럼 사나운 동물들도 암컷한테는 굉장히 다정하단다. 우리도 그래야 해."

"알겠어요." 피터가 말했다.

"여자들은 마음도 여리단다." 의사는 말을 계속했다. "우리가 별것 아니라고 생각하는 것도 여자에게는 커다란 상처가 될 수 있어. 그러니까 남자는 주먹뿐 아니라 말도 아주 조심해야 하는 거야. 여자들도 아주 용감하단다. 바비가 그 불쌍한 소년을 위해 컴컴한 터널 속에 혼자 남아 사람들을 기다린 걸 생각해봐. 신기하지 않니? 여리고 상처받기 쉬운 여자일수록, 해야만 하는 일을 하기 위해서 더 큰 용기를 낼 수 있다는 게. 난 그동안 용감한 여자들을 많이 봐왔어. 너희 어머니도 그중 한 분이시다." 의사는 갑자기 말을 멈췄다.

"맞아요." 피터가 말했다.

"내가 하고 싶은 말은 여기까지야. 이런 얘기해서 미안하구나. 하지만 말을 해줘야 알 때도 있으니까. 내 말 무슨 뜻인지 알겠지?"

"네." 피터가 답했다. "제가 잘못했어요."

"그래, 네가 잘못한 일이야. 사람들은 이해를 하면 잘못했다는 걸 인정한다니까. 모든 사람이 이런 과학적 사실을 배워야 하는 건데. 잘 가렴!"

피터와 의사는 진심을 담아 악수했다. 피터가 집에 오자 바비와 필리스는 의심쩍은 눈초리로 피터를 보았다.

"화해하자." 엄마가 원했던 물품이 담긴 바구니를 탁자에 내려 놓으며 피터가 말했다. "포레스트 선생님이 과학적인 얘기를 해주셨어. 아니, 내가 선생님 얘기를 말해준대도 소용없을 거야. 이해하지 못할 테니까. 하지만 요약하자면, 여자아이들은 토끼처럼 가엾고 여리고 약하고 겁이 많대. 그래서 우리 남자들이 참아줘야 한대. 선생님이 여자들은 여자 동물이랬어. 이 바구니, 내가 엄마한테 가지고 갈까? 아니면 누가 할래?"

"난 남자애들이 어떤지 알아." 필리스가 양 볼이 벌게져서 말했다. "남자애들은 이 세상에서 제일 못되고, 무례하고…."

"남자애들도 아주 용감해." 바비가 말했다. "가끔은."

"아하, 위층에 있는 형 말하는 거야? 알았어. 필, 계속해봐. 뭐라고 하든 내가 참아야지 어쩌겠어. 너는 가엾고 약하고 겁 많고 여리…."

"내가 머리카락을 잡아당기면 못 참을걸." 필리스가 피터에게 달려들며 말했다.

"피터가 화해하자고 했잖아." 바비가 필리스를 떼어놓으며 말했다. "필리스, 모르겠어?" 피터가 바구니를 들고 나간 사이 바비가 필리스에게 속삭였다. "피터는 정말로 미안해하고 있어. 단지 그렇다고 말하지 않을 뿐이야. 우리가 미안하다고 말해주자."

"우리가 너무 물러터진 거 아닌가?" 필리스가 못마땅한 듯 말했다. "오빠가 우리더러 여자 동물이라 그랬잖아. 또 여리고 겁도 많고…."

"그럼 피터가 우릴 물러터졌다고 생각한대도 우린 하나도 겁 안 난다는 걸 보여주자." 바비가 말했다. "그리고 우리가 동물이면 피터도 동물이야."

피터가 여전히 턱을 치켜든 채 돌아오자 바비가 말했다.

"피터, 널 묶어서 미안해."

"미안해할 줄 알았어." 피터가 뻣뻣하고 거만하게 말했다.

바비와 필리스는 참기가 어려웠다. 하지만….

"그래. 우리가 미안해." 바비가 말했다. "이제 서로 화해하자."

"내가 이미 화해하자고 했잖아." 피터가 퉁명스럽게 말했다.

"그래. 진짜로 화해하는 거야." 바비가 말했다. "필, 이제 차 마실 준비하자. 피터, 넌 식탁보를 깔아."

진짜로 화해하는 분위기가 무르익은 것은 아이들이 차를 다 마시고 설거지를 할 때였다. 필리스가 말했다. "그런데 포레스트 선생님이 정말로 우리가 여자 동물이라고 말씀하셨어? 아니지?"

"응, 그렇게 말씀하셨어." 피터가 딱 부러지게 말했다. "그런데 선생님은 우리 남자들도 남자 동물이라는 뜻으로 말씀하셨어." "선생님은 정말 재미있으셔!" 필리스가 말하면서 컵을 하나 깨뜨렸다.

. . .

"엄마, 들어가도 돼요?" 피터가 엄마 작업실 앞에서 물었다. 엄마는 책상에 촛불 두 개를 켜놓고 앉아 있었다. 촛불이 청회색빛 하늘과 대비를 이루며 주황색과 보라색으로 빛나고 있었다. 하늘에는 별들이 벌써 나와 반짝이고 있었다.

"그래, 아가." 엄마가 집중해서 글을 쓰느라 무심히 말했다. "무슨 일이니?" 엄마는 글을 조금 더 쓰다가 펜을 내려놓고 종이를 접었다. "짐의 할아버지께 편지를 쓰고 있었어. 여기서 가까운 곳에 사신 대."

"네, 엄마가 차 마실 때 말씀해주셨잖아요. 그 얘기를 하러 왔어요. 엄마, 꼭 그분께 편지를 써야 하나요? 형이 다 나을 때까지 우리랑 여기서 살면 안 돼요? 형네 가족한테 말하지 말고요. 가족들이 얼마나 놀라겠어요."

"그러게." 엄마가 웃으며 말했다. "많이 놀라실 것 같구나."

"사실은," 피터가 말을 계속했다. "누나랑 필리스가 있어서 물론 좋긴 한데요… 음, 둘이 나쁘다는 건 아니에요. 그런데 가끔 함께 얘기할 수 있는 남자 형제가 있었으면 좋겠어요."

"그래." 엄마가 말했다. "네가 심심할 것 같다는 생각은 들어. 하지만 나도 어쩔 수가 없구나. 아마 내년에는 학교에 보내줄 수 있을 거야. 너도 좋아할 것 같구나. 그렇지 않니?"

"학교 친구들도 좋긴 하겠지만," 피터가 솔직히 말했다. "짐 형이 다리가 다 나은 다음에도 여기 산다면 우리 둘이 정말 재미있게 지낼 수 있을 것 같아요."

"엄마도 틀림없이 그럴 거라고 생각해." 엄마가 말했다. "글쎄다. 어쩌면 여기서 계속 지낼 수도 있겠지. 그런데 너도 알다시피 우리 형편이 넉넉하지 않아. 짐에게 필요한 것을 다 해줄 수가 없단다. 그리고 짐한테는 지금 간호사가 꼭 필요해."

"엄마가 간호해주시면 안 돼요? 엄마는 사람들을 정말 잘 보살펴주시잖아요."

"피터, 칭찬해줘서 고맙구나. 하지만 나는 간호를 하면서 글을 쓸 수 없단다. 그게 문제야.”

“그렇다면 형의 할아버지께 꼭 편지를 보내셔야겠군요?”

“그럼. 짐의 학교 교장 선생님께도 보내야 해. 두 분께 이미 전보를 치긴 했지만 직접 편지도 써야지. 얼마나 걱정하시겠니.”

“그럼, 엄마. 형의 할아버지가 간호사를 고용하면 되잖아요.” 피터가 제안했다. “그럼 정말 좋을 텐데. 그 할아버지가 엄청난 부자였으면 좋겠어요. 책에 나오는 할아버지는 보통 그렇던데.”

“피터, 짐의 할아버지는 책에 나오는 할아버지가 아니잖니.” 엄마가 말했다. “그분이 부자이길 기대해서는 안 돼.”

“그럼요 엄마,” 피터가 생각에 잠겨 말했다. “우리 모두가 나오는 책을 쓰시면 어때요? 그러면 즐거운 일이 많이 일어나게 할 수 있잖아요. 짐 형의 다리가 빨리 아물어서 내일은 다 낫게 하고, 아빠도 집에 빨리 돌아오시게 하고, 또….”

“아빠가 많이 보고 싶니?” 엄마가 물었다. 피터는 엄마의 목소리가 조금 차갑다고 생각했다.

“아주 많이요.” 피터가 짧게 답했다.

엄마는 두 번째 편지의 봉투를 붙이고 주소를 썼다.

“엄마도 아시겠지만,” 피터가 천천히 말했다. “아빠이기 때문에 보고 싶은 것도 있지만, 아빠가 안 계셔서 집에 남자는 지금 저밖에 없잖아요. 그래서 짐 형이 여기 계속 살았으면 하는 거예요. 우리 모두가 나오는 책을 써서 아빠도 빨리 돌아오게 해주시면 안 돼요?”

엄마는 피터를 갑자기 끌어안았다. 그리고 잠시 아무 말 없이 그대로 있었다.

"우리가 하느님이 쓰시는 책의 등장인물이라고 생각하면 되지 않을까? 엄마가 책을 쓰면 실수를 할 수도 있지만, 하느님은 이야기를 어떻게 끝맺어야 하는지 아주 잘 알고 계셔. 우리에게 가장 좋은 방법으로 이야기를 끝맺어주실 거야." 엄마가 말했다.

"엄마, 정말 그렇게 믿으세요?" 피터가 조용히 물었다.

"그렇단다." 엄마가 말했다. "엄마는 언제나 그렇게 믿어. 너무 슬퍼서 아무것도 믿을 수 없을 때만 빼고는. 하지만 믿을 수 없을 때도 그것이 진실이라는 걸 알기 때문에 믿으려고 노력하지. 피터, 너는 엄마가 얼마나 노력하는지 모를 거야. 자, 이제 우체국에 가서 이 편지들을 부쳐주렴. 그리고 더 이상 슬퍼하지 말자꾸나. 용기를 갖자, 용기를! 용기가 모든 덕목 중에 가장 훌륭한 거란다. 엄마가 확신하는데, 짐은 우리 집에 이삼 주 더 있어야 할 거야."

남은 저녁 시간 동안 피터가 너무 천사처럼 착하게 굴어서 바비는 피터가 어디 아픈 건 아닌지 걱정됐다. 다음 날 아침, 피터가 예전처럼 필리스의 머리카락을 의자 등받이에 묶는 것을 보고 나서야 바비는 안심했다.

아침 식사가 끝나자마자 누군가 문을 두드리는 소리가 났다. 아이들은 짐이 집에 온 기념으로 꺼낸 황동 촛대를 닦느라 바빴다.

"의사 선생님인가 보다." 엄마가 말했다. "엄마가 나가볼게. 부엌문을 닫아라. 지금 너희가 다른 사람 만날 모습은 아닌 것 같구나."

하지만 문을 두드린 사람은 의사가 아니었다. 아이들은 목소리와 위층으로 올라가는 발소리를 듣고 의사가 아니라는 것을 알 수 있었다. 그 발소리는 들어본 적이 없지만 목소리는 들어본 적이 있다고 다들 확신했다.

꽤 긴 시간 동안 아무 소리도 들리지 않았다. 구두 소리와 목소리가 다시 내려오지도 않았다.

"도대체 누굴까?" 아이들은 궁금해하며 서로에게 물었다.

"어쩌면," 피터가 말했다. "포레스트 선생님이 노상강도에게 공격을 당해서 길거리에서 돌아가신 걸지도 몰라. 지금 온 사람은 선생님 자리를 대신해달라는 전보를 받은 사람인 거지. 바이니 부인이 그랬는데 포레스트 선생님의 휴가에는 선생님 일을 대신 하는 동네 사람이 있대. 그렇게 말씀하셨죠?"

"그래, 그렇게 말했지." 뒷부엌에서 바이니 부인이 답했다.

"아마 선생님은 발작을 일으켜서 쓰러지셨을 거야." 필리스가 말했다. "어떤 처치로도 가망이 없어서 저 사람이 엄마한테 소식을 전하러 온 거야."

"말도 안 돼!" 피터가 쌀쌀맞게 말했다. "그렇다면 엄마가 그 사람을 형 방에 데리고 올라가시지 않았을 거야. 왜 그러시겠어? 잠깐, 들어봐. 방문이 열린다. 이제 내려오겠다. 내가 부엌문을 조금 열어볼게."

피터가 부엌문을 열었다.

"엿듣는 게 아니야." 피터가 바비의 나무라는 말에 답했다. "생각이 있는 사람이라면 계단에서 비밀 얘기를 하진 않겠지. 그리고 엄마가 포레스트 선생님네 마부랑 할 비밀 얘기가 뭐가 있겠어. 누나가 저 사람은 마부일 거라고 했잖아."

"바비." 엄마가 바비를 불렀다.

아이들은 부엌문을 열었다. 엄마가 계단 난간에 기대 몸을 기울인 채 내려다보고 있었다.

"짐의 할아버지가 오셨다." 엄마가 말했다. "손과 얼굴을 씻고 와서 그분을 만나보렴. 그분께서도 너를 만나고 싶어 하셔!" 침실 문이 다시 닫혔다.

"이런!" 피터가 말했다. "우리가 그 생각을 못 했어! 바이니 부인, 따뜻한 물 좀 주세요. 이제 보니 제가 부인의 검은색 모자만큼 새까매요."

세 아이는 정말 더러웠다. 황동 촛대를 닦는 약은 촛대는 깨끗하게 하지만 그것을 닦는 사람은 깨끗함에서 점점 멀어지게 한다.

아이들이 여전히 비누칠을 하고 플란넬 수건으로 닦느라 정신없는 가운데 구두 소리와 목소리가 계단을 내려와 식당으로 들어갔다. 아이들은 깨끗하긴 했지만 아직 젖어 있었다. 손이 완전히 마르려면 시간이 오래 걸리는데, 아이들은 짐의 할아버지를 빨리 보고 싶어서 기다릴 수가 없었다. 그들은 줄지어 식당으로 들어갔다.

엄마는 창가 쪽에 앉아 있었다. 그리고 예전 집에서 아빠가 즐겨 앉던 가죽 안락의자에 앉아 있는 사람은….

아이들의 친구 노신사였다!

"설마!" 피터가 말했다. 노신사에게 "안녕하세요?"라고 인사하기도 전이었다. 피터가 나중에 설명하길, 자기는 너무 놀라서 '예의'라는 걸 생각하지도 못 했다고 한다. 그러니 예의를 차릴 수 없었을 수밖에.

"노신사 할아버지다!" 필리스가 외쳤다.

"오, 할아버지셨군요!" 바비가 말했다. 그제야 아이들은 정신이 들었고 예의를 갖춰야 한다는 생각도 났다. 아이들은 "안녕하세요?"라고 아주 공손히 인사했다.

"이분이 짐의 할아버지, ○○씨란다." 엄마가 노신사의 이름을 말해주었다.

"너무 멋져요!" 피터가 외쳤다. "꼭 책에 나오는 이야기 같아요. 그렇죠, 엄마?"

"정말 그렇구나." 엄마가 웃으며 말했다. "책에서나 일어나는 일이 가끔은 현실에서도 일어나지."

"할아버지가 짐 오빠의 할아버지라니 정말 기뻐요." 필리스가 말했다. "세상에는 노신사 할아버지가 정말 많을 텐데, 그중에서 할아버지라니!"

"저, 그런데요…," 피터가 말을 꺼냈다. "짐 형을 데려가시지는 않을 거죠? 그러실 건가요?"

"당장은 아니다." 노신사가 말했다. "너희 어머니께서 짐이 여기 더 머무는 것을 기꺼이 허락해주셨다. 간호사를 보낼 생각이었는데 너희 어머니께서 친절하게도 짐을 직접 간호해주시겠다고 하는구나."

"하지만 엄마, 글쓰기는 어떻게 하고요?" 누가 말리기도 전에 피터가 말했다. "엄마가 글을 쓰지 않으면 짐 형이 먹을 것도 못 살 텐데요."

"괜찮단다." 엄마가 서둘러 말했다.

노신사가 엄마를 아주 다정하게 바라봤다.

"잘 알겠습니다. 부인께서는 아이들을 믿고 모든 얘기를 해주시는군요."

"물론입니다." 엄마가 말했다.

"그럼 제가 아이들에게 우리의 작은 약속을 말해줘도 되겠군요." 노신사가 말했다. "얘들아, 너희 어머니께서 당분간 글쓰기를 멈추고 내 병원의 수간호사가 되어주시기로 하셨단다."

"이런! 그럼 우리는 세 굴뚝집이랑 기찻길이랑 이 모든 것에서 떠나야 하나요?" 필리스가 당황한 듯 물었다.

"아니, 아니란다, 얘야" 엄마가 황급히 답했다.

"그 병원은 '세 굴뚝집 병원'이란다." 노신사가 말했다. "그리고 우리 가엾은 짐이 그 병원의 유일한 환자지. 앞으로도 다른 환자는 없었으면 좋겠구나. 수간호사는 너희 어머니시고, 병원 직원으로 가정부와 요리사를 한 명씩 둘 거야. 짐이 다 나을 때까지."

"엄마가 다시 글을 쓰실 수 있을까요?" 피터가 물었다.

"두고 보자꾸나." 노신사가 말하면서 바비를 잠깐 쳐다봤다. "어쩌면 좋은 일이 생겨서 어머니께서 글을 안 쓰셔도 될지 모르지."

"저는 글쓰기를 좋아합니다." 엄마가 재빨리 말했다.

"저도 압니다." 노신사가 말했다. "제가 참견하려는 건 아니니 걱정하지 마세요. 하지만 누가 알겠습니까? 멋지고 아름다운 일들이 실제로 일어나지 않습니까? 그리고 우리는 그런 일들이 일어날 거라는 희망 속에서 인생을 살아가고요. 제가 손자를 보러 또 와도 될까요?"

263

"물론이죠." 엄마가 말했다. "제가 짐을 간호할 수 있게 해주셔서 얼마나 감사한지 모릅니다. 정말 사랑스러운 아이예요!"

"짐 오빠가 밤에 '엄마, 엄마' 하고 계속 불렀어요." 필리스가 말했다. "제가 두 번이나 깨서 들었어요."

"저를 부른 건 아니었어요." 엄마가 나지막이 노신사에게 말했다. "그래서 제가 짐을 더 돌봐주고 싶은 거예요."

노신사가 일어났다.

"엄마가 형을 돌봐주기로 해서 너무 기뻐요." 피터가 말했다.

"얘들아, 어머니를 잘 돌봐드리렴." 노신사가 말했다. "너희 어머니는 100만 명 중에 한 명 있을까 말까 한 훌륭한 분이시거든."

"맞아요." 바비가 속삭였다.

"신이 너희 어머니를 축복하시길!" 노신사가 이렇게 말하며 엄마의 두 손을 잡았다. "신의 은총이 함께하길 바랍니다. 그리고 함께할 겁니다. 이런, 내 모자가 어디 있지? 바비, 나를 대문까지 배웅해주겠니?"

대문에서 노신사는 걸음을 멈추고 말했다.

"얘야, 너는 정말 착한 아이로구나. 네 편지를 읽었다. 하지만 넌 그 편지를 쓸 필요가 없었어. 신문에서 네 아빠의 재판 기사를 읽었을 때 나도 의심이 생겼어. 너희들이 누군지 알고 난 뒤부터 난 어떻게 된 일인지 알아보고 있었단다. 아직 많이 알아낸 건 없어. 하지만 나는 희망을 가지고 있단다. 희망을 품고 있지."

"오, 할아버지!" 바비는 목이 약간 메었다.

"그래. 커다란 희망이라고 말하고 싶구나. 하지만 비밀을 조금만 더 지켜다오. 헛된 희망을 드렸다가 너희 어머니를 실망하게 할 수는 없지 않니? 그렇지?"

"하지만 헛된 희망이 아니잖아요!" 바비가 말했다. "저는 할아버지가 알아내실 거라고 믿어요. 편지를 쓸 때부터 알았어요. 헛된 희망은 아니에요. 그렇죠?"

"그렇단다." 노신사가 말했다. "나도 헛된 희망 같지는 않아. 그랬으면 너한테 말하지도 않았겠지. 그리고 넌 희망이 있다는 말을 들을 자격이 있단다."

"우리 아빠가 그 일을 했다고 생각하시진 않죠? 그렇죠? 제발 그렇게 생각하시지 않는다고 말씀해주세요."

"애야, 난 너희 아버지가 그런 일을 하지 않았다고 확신한단다."

설사 헛된 희망이라고 해도 그것은 바비의 마음속에서 밝게 빛나며 따뜻하게 번지고 있었다. 그 뒤로 며칠 동안 마치 종이 초롱이 안에 든 촛불의 빛으로 밝게 빛나듯, 그녀의 얼굴도 마음속 희망의 불빛으로 환히 빛났다.

14장
끝

세 굴뚝집의 생활은 노신사가 손자를 보러 온 뒤로 많이 달라졌다. 아이들은 이제 노신사의 이름을 알았지만 그의 얘기를 할 때 절대 이름을 부르지 않았다. 적어도 자기들끼리 있을 때는 그랬다. 아이들에게 그는 언제나 '노신사'였다. 우리에게도 '노신사'로 남는 편이 좋을 것 같다. 내가 독자들에게 노신사의 진짜 이름이 스눅스나 젠킨스(그의 실제 이름은 아니다)라고 말해준다 해도 '노신사'만큼 진짜같이 느껴지지는 않을 것이다. 그리고 어쨌든 나도 비밀 하나 정도는 가져도 된다고 생각한다. 딱 하나다. 나는 이미 독자들에게 다른 것은 다 말해주었다. 마지막 장인 이 장에서 할 얘기 빼고는. 솔직히 내가 모든 얘기를 완전히 다 한 것은 아니다. 그렇게 한다면 이 책은 절대 끝나지 않을 텐데 그건 유감스러운 일이 아닐까?

아무튼 내가 얘기했듯 세 굴뚝집의 생활은 전과는 많이 달라졌다. 요리사와 가정부는 매우 친절한 사람들이었다. (그들의 이름은 말해줄 수 있다. 클라라와 에델윈이다.) 두 사람은 엄마에게 바이니 부인이 집에 꼭 필요한 것 같지는 않다고 말하면서 부인이 나이가 많아 일을 꼼꼼하게 하지 못한다고 했다. 그래서 바이니 부인은 일주일에 두 번만 와서 빨래와 다림질을 하기로 했다. 그리고 클라라와 에델윈은 방해만 받지 않는다면 일을 제대로 할 수 있겠다고 말했다. 이 말은 아이들이 더 이상 차 마실 준비를 하거나, 상을 치우거나, 차 마신 그릇들을 설거지하거나, 방 청소를 하지 않아도 된다는 것을 의미했다.

그 덕에 집안일을 종종 하기 싫어하는 척했던 아이들에게 여유시간이 꽤 많이 생길 것으로 보였다. 하지만 이제 엄마는 글쓰기도 안 하고, 해야 할 집안일도 없어서 아이들을 가르칠 시간이 생겼다. 그리고 아이들에게는 배워야 할 것들이 있었다. 자기를 가르치는 사람이 아무리 좋은 사람이어도, 세상 어디에서나 공부는 공부다. 그리고 가장 재미있는 공부라고 해봤자 감자를 깎거나 불을 지피는 것보다는 재미없다.

한편 엄마에게 공부 가르칠 시간이 있다는 것은 예전처럼 아이들과 놀아주고 짧은 시를 지어줄 시간도 있다는 뜻이었다. 엄마는 세 굴뚝집에 이사 온 후로 아이들에게 시를 지어줄 시간이 많지 않았다.

집에서 하는 공부에는 참 이상한 점이 있었다. 무슨 공부를 하고 있든 아이들은 항상 다른 공부를 하고 싶어 했다. 피터는 라틴어를 공부할 때 바비처럼 역사 공부를 하고 싶다고 생각했다. 바비는 필리스가 하고 있는 산수 공부를 더 하고 싶어 했다. 물론 필리스는 라틴어가 훨씬 더 재미있는 공부라고 생각했다.

하루는 아이들이 공부를 하려고 앉았는데 각자 자기 자리에 놓인 짧은 시를 발견했다. 아이들이 받은 시들을 아래에 적어놓았다. 엄마가 아이들의 기분과 그들이 쓰는 언어를 얼마나 잘 이해하고 있는지 보여주는 시들이다. 어른이 아이를 이렇게 잘 이해하는 경우는 아주 드물다. 대부분의 어른은 기억력이 나빠서 자신이 어렸을 때 느꼈던 것을 잊어버린다. 물론 이 시들은 아이의 목소리로 듣는 게 좋을 것이다.

피터

나는 한때 카이사르의 책이 쉽다고 생각했네.
내가 얼마나 어리석었던지!
어떤 남자애가 카이사르의 책을 공부하기 시작했는데
그는 그게 무슨 뜻인지 도무지 알 수 없었네.
오, 어리석고 멍청한 동사들이여!
차라리 왕들의 연대표를 외우고 싶어!

바비

내가 공부하는 것 중 가장 싫은 것은
누가 누구의 뒤를 이어 왕위를 계승했는지 외우는 것.
여왕과 왕의 순서를 모두 줄줄이.
그들이 몇 년도에 무엇을 했는지,

토할 정도로 많은 연도들까지.
산수 공부를 했으면!

필리스

사과가 몇 파운드, 몇 파운드 있는지
내 석판에 가득해요. 당신이 쓴 돈은 얼만가요!
숫자를 쓰고 지우고 쓰고 지우고
울면서 나누기를 배울 때까지.
석판을 깨버리고 기쁘게 소리 지를 거야.
나도 남자애처럼 라틴어를 배울 수 있다면!

물론 이 시들은 공부를 더 즐겁게 했다. 가르치는 사람도 공부
가 당신에게 간단하고 쉽지 않다는 것을 안다. 그리고 확실히 익힐
때까지 잘 모르는 게 당신의 어리석음 때문이라고 생각하지도 않는
다. 가르치는 사람이 이런 생각을 갖고 있다는 것을 알아뒀으면 좋
겠다.

짐의 다리가 좋아지자 아이들은 방으로 올라가서 그의 옆에 앉
아 학교생활과 친구들에 관한 재미있는 이야기를 들었다. 파르라는
소년이 있었는데 짐은 그에 대해 안 좋은 생각을 잔뜩 가지고 있는
듯했다. 그리고 짐은 윅스비 마이너라는 소년의 의견을 매우 중요시
했다. 짐의 이야기에는 페일리 3형제도 등장했다. 그중 막내는 페일
리 터츠였는데 싸움의 대부분은 그의 몫이었다.

피터는 너무나 즐거워하며 짐의 이야기에 열중했다. 엄마도 관심을 가지고 듣는 듯했다. 하루는 엄마가 짐에게 종이를 한 장 주었다. 거기에는 엄마가 지은 파르와 페일리, 그리고 윅스비에 관한 시가 적혀 있었다. 그들 이름도 시 속에 멋지게 들어가 있었다. 그뿐 아니라 엄마의 시에는 짐이 파르를 좋아하지 않는 이유 전부와, 어떤 문제에 대한 윅스비의 현명한 의견도 담겨 있었다. 짐은 굉장히 기뻐했다. 자기를 위해 특별히 쓴 시를 받은 것은 처음이었다. 짐은 엄마의 시를 외울 정도로 읽고 또 읽었다. 그러고 나서는 시를 윅스비에게 보냈다. 윅스비도 짐만큼 그 시를 좋아했다. 독자들도 좋아할 것이다.

새로 온 소년

그의 이름은 파르.
차 마실 때 빵과 우유가 있었대.
그의 아빠는 곰을 죽였대.
그의 엄마는 머리를 깎아준대.

비가 올 땐 덧신을 신는다네.
사람들은 그를 '펫*'이라 부르지!
부끄러워할 줄도 모른다네.

* 애완동물이라는 뜻

친구들에게는 세례명을 말해줬다지.

크리켓 포수를 할 줄 몰라.
크리켓 공을 무서워해.
집에 틀어박혀 책만 읽어.
이상한 꽃들의 이름도 알고 있어.

프랑스어를 할 때는 '무쑤…'
우쭐하지 마.
망볼 줄도 몰라. 자기 차례가 오면 쏙 빠지고.
그러면서 학교에는 배우러 왔대!

축구도 안 한대. 다칠 것 같대.
페일리 터츠랑은 싸우려 하지 않아.
아무리 노력해도 휘파람도 못 불어.
우리가 놀리면 울어버리고!

윅스비 마이어가 파르에 대해 말하더군.
새로 온 소년이 다 그렇지.
내가 학교에 처음 왔을 때
난 그렇게 바보처럼 굴지 않았는데!

짐은 아이들의 엄마가 어떻게 그렇게 재치 있게 시를 지을 수 있는지 놀랐다. 아이들도 멋진 시라고 생각했다. 하지만 엄마가 멋진 시를 짓는 것은 아이들에겐 자연스러운 일이었다. 엄마가 사람들이 실제 말하는 방식으로 시를 쓰고 짐이 한 말을 시의 마지막 줄에 넣는 등 놀라운 발상을 하는 것도 아이들에게는 익숙한 일이었다.

짐은 피터에게 체스와 체커, 도미노를 가르쳐주었다. 멋지고 조용한 시간이었다.

짐의 다리가 점점 나아지자 바비, 피터, 필리스에게 짐을 즐겁게 해주고 싶다는 생각이 막연히 들기 시작했다. 단순한 놀이가 아니라 정말 멋진 일로 즐겁게 해주고 싶었다. 하지만 그런 일을 생각해내기란 무척 어려웠다.

아이들 모두 머리가 무겁고 부어오른 것처럼 느껴질 때까지 생각을 하고 또 했다. "소용없어." 피터가 말했다. "형을 즐겁게 할 만한 일이 떠오르지 않는다면 뭐 어쩔 수 없지. 그만 생각하자. 형이 좋아할 만한 일이 저절로 생길 수도 있잖아."

"가끔은 어떤 일이 저절로 일어나기도 하지. 일부러 애쓰지 않아도 말이야." 필리스가 언제나처럼 세상 모든 일을 자기가 한 것인 양 말했다.

"무슨 일이 생겼으면 좋겠다." 바비가 꿈꾸는 듯한 표정으로 말했다. "아주 좋은 일이."

아주 좋은 일은 그녀가 이 말을 하고 나서 정확히 4일 후에 일어났다. 동화에서 무슨 일이 생기는 것은 꼭 3일 후기 때문에, 나도 4일 후가 아니라 3일 후라고 말할 수 있으면 좋겠다. 하지만 이것은 동화가 아닐뿐더러, 정말로 3일이 아니라 4일 후였고, 나는 정직함을 빼면 아무것도 아닌 사람이니 어쩔 수 없다.

아이들은 그때쯤 기찻길에 거의 가지 않아 '기찻길의 아이들'이라고 할 수 없었다. 하루하루 지나면서 아이들은 불편한 마음이 들었다. 어느 날 필리스가 말을 꺼냈다.

"기찻길이 우리를 그리워하지 않을까." 필리스가 슬픈 표정을 지으며 말했다. "우리 요새 기찻길 보러 안 가잖아."

"고마워할 줄 모른다고 할 것 같아." 바비가 말했다. "함께 놀 사람이 아무도 없을 때는 푹 빠졌었잖아."

"퍼크스 아저씨는 항상 짐 형의 안부를 물으러 오시잖아." 피터가 말했다. "그리고 신호수 아저씨의 어린 아들도 많이 나았고. 아저씨가 그렇다고 했어."

"난 사람들 얘기한 게 아니야." 필리스가 설명했다. "기찻길 얘기였어."

"내 마음에 걸리는 건," 바비가 말했다. 이날은 4일로, 화요일이었다. "우리가 9시 15분 기차에 손을 흔드는 것을 그만두고 아빠에게 우리의 사랑을 전하지 않게 된 거야."

"우리 다시 시작하자." 필리스가 말했다. 아이들은 '초록색 용'을 향해 다시 손을 흔들기로 했다.

집에 하인들이 생기고 엄마가 글쓰기를 안 하게 되어 생긴 변화들 덕분에, 모든 것이 시작되었던 낯선 아침 이후로 아주아주 오랜 시간이 흐른 것처럼 느껴졌다. 그 낯선 아침에 아이들은 일찍 일어나서 주전자 바닥을 다 태우고, 아침으로 사과 파이를 먹고, 처음으로 기찻길을 보았다.

지금은 9월이다. 기찻길로 향하는 비탈길의 잔디는 다 말라서 바스락거렸다. 조금 긴 풀들이 마치 금으로 된 철사처럼 뾰족뾰족 튀어나와 있었고, 연한 파란색 실잔대는 거칠고 가는 줄기 위에서 흔들렸으며, 체꽃은 연보라색 꽃잎이 누울 정도로 활짝 폈다. 황금색 별처럼 생긴 망종화는 기찻길로 가는 길 중간쯤에 있는 웅덩이 가장자리에서 빛났다. 바비는 꽃을 한 손 가득 꺾고는, 그걸 짐의 가없은 다리를 덮고 있는 초록색과 분홍색 비단 담요 위에 놓으면 얼마나 예쁠까 생각했다.

"서둘러." 피터가 말했다. "잘못하면 9시 15분 기차를 놓치겠다!"

"난 지금보다 더 빨리 뛸 수는 없어." 필리스가 말했다. "아, 귀찮아! 구두끈이 또 풀렸어!"

"필리스, 네가 결혼할 때," 피터가 말했다. "교회에서 입장하는데 구두끈이 풀어져서 네 신랑이 거기에 걸려 넘어지고 바닥에 부딪혀 코가 깨지면, 네가 그 남자랑 결혼하지 않겠다고 하겠지. 그럼 넌 노처녀가 될 거야."

"아니야." 필리스가 말했다. "아무하고도 결혼을 안 하느니 차라리 코가 깨진 사람이랑 하겠어."

"코가 깨진 사람이랑 결혼하는 것도 끔찍할걸." 바비가 말했다. "결혼식 때 꽃향기도 못 맡을 거 아냐! 비참할 것 같아."

"무슨 결혼식장의 꽃 얘기를 하고 있어!" 피터가 소리쳤다. "저길 봐. 신호가 내려갔어. 뛰어야 해!"

아이들은 내달렸다. 그리고 아주 오랜만에 손수건이 깨끗하든 말든 상관하지 않고 9시 15분 기차를 향해 손을 흔들었다.

"아빠에게 우리의 사랑을 전해줘!" 바비가 외쳤다. 다른 아이들도 따라서 외쳤다. "아빠에게 우리의 사랑을 전해줘!"

일등칸 창문에서 노신사가 아이들에게 손을 흔드는 모습이 보였다. 손짓이 꽤 컸다. 거기에 이상한 점은 없었다. 노신사는 항상 손을 흔들어주었으니까. 하지만 놀랍게도 모든 객실에서 사람들이 손수건을 펄럭이거나 신문을 흔들거나 손을 세게 흔들고 있었다. 기차가 큰 소리를 내면서 휙 지나갔다. 그 밑에서 작은 조약돌이 튀어 오르며 춤을 췄다. 아이들은 멍하니 서로를 바라보았다.

"뭐지!" 피터가 말했다.

"뭐지!" 바비가 말했다.

"뭘까?" 필리스가 말했다.

"도대체 사람들이 왜 저러지?" 피터가 물었다. 하지만 바비와 필리스에게 답을 기대하지는 않았다.

"잘 모르겠어." 바비가 말했다. "어쩌면 노신사 할아버지가 역에서 사람들한테 우릴 보면 손을 흔들어주라고 말씀하신 걸지도 모르지. 우리가 좋아할 거라 생각하시고."

사실은 이렇게 된 일이었다. 자신이 기차를 타는 역에서 아주 유명하고 존경받는 노신사는 그날 아침 일찍 역에 도착했다. 그는 젊은 직원이 신기한 도구를 들고 표를 끊어주는 개찰구 앞에 서서, 들어가는 승객들에게 무슨 말을 일일이 전했다. 노신사의 말을 듣고 사람들은 고개를 끄덕였다. 승객들의 얼굴에 놀라움, 관심, 의심, 기쁨, 떨떠름함이 보였다. 그들은 플랫폼으로 들어가 어떤 신문 기사를 읽었다. 기사를 읽은 승객들은 기차에 올라, 이미 기차에 타고 있던 승객들에게 노신사가 한 얘기를 들려주었다. 얘기를 들은 승객들은 자기가 읽고 있던 신문에서 그 기사를 찾아 읽고는 매우 깜짝 놀라고 기뻐했다. 기차가 아이들이 손을 흔드는 울타리를 지날 때 승객들은 신문과 손, 손수건을 마구 흔들어주었다. '마스켈라인과 쿡' 극장에 걸려 있는 그림에서 본 것처럼 기차 한쪽 면 전체에서 하얀 것이 펄럭였다. 아이들은 기차가 살아 있는 것처럼 느껴졌다. 그리고 자기들이 그토록 아낌없이 오랫동안 보냈던 사랑에 기차가 드디어 응답해주는 것 같다고 생각했다.

"심상치 않아!" 피터가 말했다.

"심치 않아!" 필리스가 피터의 말을 흉내 내며 말했다.

하지만 바비는 이렇게 말했다. "노신사 할아버지의 손짓이 다른 때와 좀 다른 것 같지 않았어?"

"아니." 동생들이 답했다.

"내 생각엔 그랬어." 바비가 말했다. "우리한테 신문으로 뭔가를 말해주려고 하는 것 같았어."

"무슨 말?" 피터가 당연히 이어질 만한 질문을 던졌다.

"모르겠어." 바비가 답했다. "그런데 기분이 굉장히 이상해. 꼭 무슨 일이 생길 것만 같은 기분이 들어."

"무슨 일이 생길 거냐면," 피터가 말했다. "필리스의 긴 양말이 곧 흘러내릴 거야."

피터의 말이 맞았다. 9시 15분 기차를 향해 손을 너무 열심히 흔드는 바람에 양말을 고정해둔 고무줄이 끊어졌다. 급한 대로 바비의 손수건으로 양말을 묶고는 모두 함께 집으로 돌아갔다.

그날따라 바비는 수업이 평소보다 어려웠다. 게다가 너무나 창
피하게도 고기 48파운드와 빵 36파운드를 144명의 아이들에게 얼
만큼씩 나눠주면 되는지를 계산하는 아주 간단한 문제를 풀지 못해
서 엄마가 바비를 걱정스럽게 바라봤다.

"아가, 어디 아프니?" 엄마가 물었다.

"모르겠어요." 바비는 뜻밖의 대답을 했다. "제 기분이 어떤지
저도 잘 모르겠어요. 게으름을 피우려고 하는 건 아닌데…. 엄마, 오
늘 하루만 공부 안 하면 안 될까요? 혼자 있고 싶어요."

"그래. 그만해도 좋아." 엄마가 말했다. "하지만…."

바비가 석판을 떨어뜨렸다. 원을 그릴 때 편리한 초록색 표시가
있는 부분을 가로질러 금이 갔다. 더 이상 예전의 석판이 아니었다.
그런데도 그녀는 석판을 집어 들지 않고 곧바로 뛰쳐나갔다. 엄마는
복도에서 바비가 우비와 우산들 사이로 손을 더듬어 정원용 모자를
찾고 있는 것을 보았다.

"아가, 무슨 일이니?" 엄마가 물었다. "어디 아픈 건 아니지?"

"모르겠어요." 바비가 답했다. 숨이 약간 가빠 보였다. "그런데
좀 혼자 있고 싶어요. 제 머리가 정말 이상해진 건지 속이 울렁거리
는 건지 모르겠어요."

"좀 누워 있는 게 좋지 않겠니?" 엄마가 바비의 머리카락을 이
마에서부터 뒤로 쓸어주며 말했다.

"정원에 나가면 기운이 더 날 것 같아요." 바비가 말했다.

하지만 바비는 정원에 오래 있을 수 없었다. 접시꽃과 과꽃과 늦

게 핀 장미가 모두 무슨 일이 일어나길 기다리는 것처럼 보였다. 모든 것이 뭔가를 기다리는 듯한 조용하고 눈부신 가을날이었다.

그녀는 기다릴 수 없었다.

"기차역에 가야겠다. 가서 퍼크스 아저씨께 신호수의 어린 아들은 좀 어떤지 물어봐야지."

바비는 기차역으로 내려갔다. 가는 길에 우체국 노부인을 만났다. 노부인은 바비에게 입을 맞추고 안아주었다. 바비는 노부인이 이런 말을 해서 놀랐다.

"신의 축복이 함께하길, 아가." 그리고 말을 멈추더니 잠시 후 말했다. "뛰어가렴. 얼른."

그동안 무례하고 거만하게 굴던 포목상집 아들은 모자에 손을 대며 놀랍게도 이런 말을 입 밖에 냈다.

"꼬마 아가씨, 안녕! 분명히…."

손에 신문을 펼쳐 들고 오던 대장장이의 태도는 더 이상했다. 절대로 웃지 않는 게 규칙인 것처럼 웃는 걸 보여준 적이 없던 대장장이가 지금은 멀리서부터 활짝 웃으며 신문을 흔들면서 다가오고 있었다. 바비가 "안녕하세요"라고 인사하자 대장장이는 그녀의 옆을 지나며 이렇게 답했다.

"좋은 아침이구나, 꼬마 아가씨. 네가 많이 기뻐하길 바란다! 진심으로!"

"오! 무슨 일이 일어나려나 봐. 그런 게 분명해. 사람들이 너무 이상해. 꿈에 나오는 사람들 같아." 바비는 혼자 중얼거렸다. 심장이 점점 빨리 뛰었다.

역장은 바비의 손을 따뜻하게 꼭 잡아주었다. 그러고는 마치 펌프 손잡이를 움직이듯이 위아래로 크게 흔들었다. 하지만 이렇게 특이할 정도로 열정적인 인사를 하는 이유를 말해주진 않았다. 그는 이렇게만 말했다.

"꼬마 아가씨, 11시 54분 기차는 조금 늦어지고 있어. 명절 때라 평소보다 짐이 많거든." 역장은 이렇게 말하고는 바비가 따라 들어갈 엄두도 못 내는 자신의 내밀한 사원으로 재빨리 들어갔다.

퍼크스는 보이지 않았다. 바비는 플랫폼으로 가서 기차역에서 지내는 고양이와 함께 외로움을 나눴다. 이 삼색 고양이는 평소에 사람들 앞에 나오지 않는 편이지만, 오늘은 바비가 신은 갈색의 긴 양말에 몸을 비비면서 등을 둥글게 말고 꼬리를 흔들며 갸르릉 소리를 냈다.

"이상하네! 다들 오늘 왜 이렇게 친절하지? 야옹이 너까지도!"

퍼크스는 11시 54분 기차의 도착 신호가 울릴 때까지도 나타나지 않았다. 그리고 마침내 모습을 드러냈을 때 그 역시 아침에 만난 다른 사람들과 마찬가지로 신문을 들고 있었다.

"안녕! 이제 왔구나." 퍼크스가 말했다. "이 기차가 그 기차라면 정말 딱 맞춰 왔네! 신의 축복이 너와 함께하길! 나도 신문에서 봤단다. 태어나서 이렇게 기뻤던 적은 없는 것 같구나." 그는 잠시 바비를 바라보더니 말했다. "꼬마 아가씨. 기분 나빠하지 말아줘. 하지만 오늘 같은 날에는 이러지 않을 수가 없구나!" 그러더니 그는 바비의 한쪽 뺨에 입을 맞추고 다른 쪽 뺨에도 입을 맞췄다.

"기분 나쁜 건 아니지?" 퍼크스가 걱정스러운 듯 물었다. "내가 너무 무례하게 굴었나? 하지만 오늘 같은 날에는…."

"아니에요, 아니에요." 바비가 말했다. "무례하신 거 아니에요, 퍼크스 아저씨. 우리는 아저씨를 진짜 삼촌처럼 정말 사랑해요. 그런데 오늘 같은 날이라뇨?"

"여기 이 신문 말이다!" 퍼크스가 말했다. "내가 신문에서 봤다고 했잖니!"

"신문에서 뭘 보셨는데요?" 바비가 물었다. 하지만 11시 54분 기차가 증기를 뿜으며 역으로 이미 들어오고 있었고, 역장이 퍼크스가 일하고 있어야 하는 자리들을 점검하고 있어서 퍼크스는 자기 자리로 돌아가야만 했다.

바비는 혼자 남았다. 기차역 고양이가 벤치 밑에서 황금색 눈으로 그녀를 다정하게 보고 있었다.

물론 독자들은 무슨 일이 일어나려고 하는지 이미 정확히 알고 있을 것이다. 바비는 그렇게 영리하지 못했다. 바비는 꿈에서나 느끼는, 어렴풋하고 혼란스럽고 뭔가 기대되는 느낌이 들었다. 그녀의 마음이 무엇을 기대했는지는 내가 말해줄 수 없다. 아마도 이제 곧 일어나리라고 독자들도 생각하고 나도 생각하는 그 일 아닐까? 바비의 머리는 아무것도 예상하지 못했다. 머리가 멍했고, 마치 아주 오랫동안 걷고 왔는데 저녁 식사 시간이 한참 지났을 때 느껴지는 피곤함과 어리석음과 텅 빈 듯한 기분 말고는 아무것도 느낄 수가 없었다.

11시 54분 기차에서 내린 사람은 세 명뿐이었다. 맨 처음 내린 승객은 살아 있는 닭들이 가득 든 바구니 같은 상자 두 개를 들고 내린 시골 남자였다. 닭들이 불안한 듯 고리버들로 된 상자의 구멍 사이로 적갈색 머리를 내밀고 있었다. 두 번째 승객은 식료품집 주인의 처제 미스 페킷이었다. 그녀는 양철 상자 한 개와 갈색 종이로 싼 꾸러미 세 개를 들고 있었다. 그리고 세 번째 승객은….

"오! 아빠! 아빠!" 바비의 외침이 기차에 타고 있는 모든 이의 마음속에 칼처럼 날카롭게 파고들었다. 승객들은 창밖으로 고개를 내밀었다. 입을 꼭 다문 핼쑥한 키 큰 남자와 그에게 온몸으로 매달리는 여자아이가 보였다. 남자는 두 팔로 아이를 꼭 안았다.

● ● ●

"아주 좋은 일이 일어날 줄 알았어요." 아빠와 함께 언덕을 오르며 바비가 말했다. "하지만 그게 아빠가 오시는 걸 줄은 몰랐어요. 아빠! 아빠!"

"그럼 엄마가 내 편지를 못 받았다는 거니?" 아빠가 물었다.

"오늘 아침에는 아무 편지도 안 왔어요. 오, 아빠! 진짜 우리 아빠 맞죠? 그렇죠?"

바비는 아빠와 손잡는 느낌을 잊지 않고 있었다. 지금도 예전과 똑같은 느낌이 들었다. 아빠가 맞았다. "너 혼자 들어가거라, 바비. 그리고 아주 조용히 엄마한테 말씀드리렴. 이제 다 괜찮아졌다고. 나쁜 짓을 저지른 사람을 잡았거든. 이제 아빠가 범인이 아니라는 걸 모두가 알아."

"저는 언제나 알고 있었어요." 바비가 말했다. "저와 엄마와 우리의 노신사 할아버지는 알고 있었어요."

"그래." 아빠가 말했다. "다 그분 덕이란다. 엄마가 편지로 네가 다 알게 됐다고 말해줬어. 그리고 그동안 네가 엄마한테 어떤 존재 였는지도 알려줬단다. 사랑스러운 우리 딸!" 두 사람은 걸음을 잠시 멈췄다.

이제 아빠와 바비는 들판을 가로지르고 있다. 바비가 집으로 들어간다. '엄마한테 아주 조용히 말씀드리기' 위해 적당한 말을 찾을 때까지 눈빛으로 미리 말하지 않으려고 애쓰고 있다. 슬픔과 고통과 이별이 이제는 다 끝났고 아빠가 집에 돌아왔다고.

아빠는 정원 안을 걸으며 기다리고 또 기다린다. 꽃을 자세히 살펴본다. 봄과 여름 내내 눈에 보이는 것이라곤 돌바닥과 자갈, 드문드문 난 풀뿐이었던 그에게 꽃 하나하나가 다 기적처럼 보인다. 하지만 아빠의 시선은 자꾸 집을 향한다. 머지않아 그는 정원을 떠나 가장 가까운 문 앞에 가서 선다. 뒷문이다. 그리고 마당 저쪽에서는 제비들이 원을 그리며 돌고 있다. 찬 바람과 매서운 서리를 피해 늘 여름처럼 따뜻한 곳으로 날아갈 채비를 하고 있다. 아이들이 진흙으로 작은 둥지를 만들어준 바로 그 제비들이다.

이제 문이 열린다.

바비가 부르는 목소리가 들린다.

"들어오세요, 아빠. 들어오세요!"

아빠가 집으로 들어가고 문이 닫힌다. 내 생각에 우리는 문을 열거나 아빠를 따라가지 않는 게 좋을 것 같다. 가족들도 우리가 들어가는 걸 바라지 않을 것이다. 우리는 빨리, 조용히 물러나는 게 가장 좋겠다. 벌판 끝, 가늘고 뾰족한 황금색 풀과 실잔대, 체꽃, 망종화 사이에서 하얀 집을 어깨너머로 마지막으로 한 번 바라보자. 지금 이 순간 우리에게도, 다른 누구에게도 방해받고 싶지 않을 세 굴뚝집을.

작가 소개

이디스 네즈빗는 영국의 아동 문학 작가이자 소설가, 시인이다. 네즈빗은 1858년 8월 15일에 케닝턴에서 태어났다. 그녀가 세 살 때 아버지가 세상을 떠났으며, 자매인 매리의 건강 문제로 가족들은 프랑스와 스페인, 독일 등을 오가며 살았다. 그 후 3년 동안 머물렀던 영국 켄트주에서 《기찻길의 아이들》을 비롯한 여러 작품의 영감을 얻었다고 전해진다.

네즈빗은 1890년대 초반에 어린이를 위한 소설을 쓰기 시작해 60권이 넘는 아동 책을 단독·공동 집필했으며, 성인을 대상으로 한 소설과 시집도 출간했다. 그녀의 책은 생생한 인물 묘사와 독창적인 줄거리, 쉽고 유머러스한 문체를 자랑한다. 네즈빗은 환상과 마법에 대한 책을 많이 썼는데, 평범한 일상을 살던 아이들이 놀랍고 신기한 인물이나 사건을 맞닥뜨리는 이야기와, 어린아이다운 행동이나 아이들에게 닥친 불운을 코믹하게 풀어낸 이야기였다.

그녀의 자서전을 쓴 줄리아 브리그스는 네즈빗을 가리켜 '아동 문학 최초의 현대 작가'라 칭했다. 네즈빗은 아동 문학에 새로운 시도를 했는데, 아이가 있는 그대로의 현실과 조우하여 얻는 냉혹하고 힘든 진실을 소설에 도입했다. 그동안 성인 소설에서만 다루어졌던 주제가 아동 소설까지 확장된 것이다. 네즈빗의 팬이자 작가인 노엘 스트릿필드는 "네즈빗이 쓴 문구는 허튼 것이 없이 경제적이며, 그녀는 영국 시골 마을에서 보내는 무더운 여름날을 떠올리게 하는 데 최고의 재능을 가진 사람이다"라고 말했다.

네즈빗의 작품은 《메리 포핀스》의 작가 P. L. 트래버스와 《하울의 움직이는 성》의 작가 다이애나 윈 존스, 《해리포터》 시리즈의 작가 J. K. 롤링 등 후대의 많은 작가에게 직간접적인 영향을 끼쳤다. 네즈빗의 작품 중 배스터블가ᵅ 아이들의 모험을 그린 《보물을 찾는 아이들》은 널리 알려졌다. 《나니아 연대기》 시리즈를 집필한 C. S. 루이스는 자신의 작품에 '배스터블 아이들'을 언급했으며, 마이클 무어콕은 성인이 된 배스터블을 주인공으로 한 시리즈를 집필하기도 했다. 2012년 오즈월드 재클린 윌슨은 네즈빗의 《사미아드》 3부작의 속편을 써서 《모래요정과 네 아이들》이라는 제목으로 출간했다.

《기찻길의 아이들》과 《보물을 찾는 아이들》 외에도 《모래요정과 다섯 아이들》 《피닉스와 양탄자》 《신비한 부적 이야기》 《마법 도시》 《세븐 드래곤즈》 등 많은 작품으로 아동 문학사에 이름을 남긴 네즈빗은 1924년 5월 4일 폐암으로 세상을 떠났다.

작품 소개

《기찻길의 아이들》은 1905년에 〈런던 매거진〉에 연재되어 1906년 책으로 출간되었다. 이 책은 여러 차례 영상화되었으며, 1970년 영화화된 버전이 가장 유명하다. 《옥스포드 인명사전》은 네즈빗에게 깊은 애정을 가지고 있던 오즈월드 배런이 이 이야기의 플롯을 제공했다고 기재했다. 《기찻길의 아이들》의 배경은 작가 네즈빗이 산책하곤 했던 집 근처의 첼스필드 기차역을 참고했으며, 첼스필드와 노크홀트 사이의 선로 공사와 터널을 관찰해서 이야기에 반영했다고 한다.

《기찻길의 아이들》은 외무부에서 일하던 아빠가 첩자라는 누명을 쓰고 감옥에 갇힌 후, 기찻길 근처 '세 굴뚝집'으로 이사 온 가족에 대한 이야기다. 아이들은 집 근처 역에서 정기적으로 9시 15분 기차를 타는 노신사와 친구가 되는데, 이야기의 마지막에서 노신사가 아버지의 결백을 입증하고 가족은 다시 만나게 된다.

이야기 중반, 세 아이와 엄마는 역에서 만난 슈팬스키라는 몸이 좋지 않은 러시아 남자를 집에서 돌보게 된다. 그는 러시아에서 가난한 사람들을 어떻게 도울지에 대한 책을 썼다는 이유만으로 감옥에 보내졌고, 전쟁이 일어나 죄수 중에 군대에 지원할 사람을 뽑자, 자원했다가 탈영해 가족을 찾으러 영국까지 온 사람이다. 아이들은 노신사의 도움으로 슈팬스키의 가족을 찾아준다.

아빠와 러시아 신사의 이야기에서 볼 수 있듯이, 결백한 사람이 누명을 쓰고 감옥에 갇힌 뒤 마침내 혐의를 푸는 내용은 이 책의 큰 부분을 차지하고 있다. 이는 책이 집필되기 몇 년 전에 전 세계적으로 화제가 된 '드레퓌스 사건'에서 영향을 받은 것으로 보인다. '드레퓌스 사건'이란 1894년, 프랑스군의 유대인 출신 포병 장교 알프레드 드레퓌스의 간첩 혐의를 둘러싸고 정치적으로 큰 물의를 빚은 사건이다. 유출된 정보 서류의 필적이 유사하다는 것 외에 별다른 물증이 제시되지 않았음에도 유대인이라는 점이 불리하게 작용해 억울하게 종신형을 선고받았다가 1906년 무죄가 입증되었다.

《기찻길의 아이들》은 지금까지 여러 차례 라디오 드라마와 TV 시리즈, 영화, 연극 및 뮤지컬 등으로 제작되었다. 1940년, 다섯 개의 에피소드로 구성된 라디오 드라마로 제작되어 처음 방송됐으며, 1991년 다시 한번 제작되어 방송되었다. BBC에서 네 차례 TV 시리즈로 제작되기도 했는데, 1968년에 제작된 버전은 영국영화협회에서 뽑은 '가장 위대한 영국 TV 프로그램 100'으로 선정되었다. TV 시리즈의 성공 후 영화로 제작되어 1970년 개봉했으며, 1999년 10월 ITV에서 TV 영화로 새롭게 제작했다. 2005년 처음 연극으로 제작된 후 2017년까지 꾸준히 공연되었다.

기찻길의 아이들

초판 1쇄 발행 2019년 2월 20일

지은이 이디스 네즈빗
옮긴이 김영서
기획 및 번역 감수 강주헌
발행인 박영규
총괄 한상훈
편집장 김기운
기획편집 김혜영 정혜림 조화연 디자인 이선미 마케팅 신대섭

발행처 주식회사 교보문고
등록 제406-2008-000090호(2008년 12월 5일)
주소 경기도 파주시 문발로 249
전화 대표전화 1544-1900 주문 02)3156-3681 팩스 0502)987-5725

ISBN 979-11-5909-954-0 04840
ISBN 979-11-5909-949-6(세트)
책값은 표지에 있습니다.